KB189464

목소리의 증명

목소리의 증명

단요 장편소설

위즈덤하우스

차례

"괴물을 죽이는 건 도덕적인 행동이지."

시어도어 스터전,《인간을 넘어서More than Human》

서
序

   사람처럼 생각하고 말하는 기계가 있었다. 80억 명의 소식을 한데 모아 전해주는 웹사이트가, 설명을 듣고 상상한 그림을 그려주는 프로그램이 있었다. 생각만으로 사물을 움직이는 시대를 열겠다며 장담하던 사업가가, 사람의 머리에 칩을 꽂아 넣으려는 과학자들이 있었다. 생각하는 기계들과 어디에도 없던 생물이 있었다. 그 모든 기술과 욕망이 만들어낸 시대가 있었다……. 사악할 만큼 게걸스럽고 충격적으로 다양한 시대였다……. 새 휴대폰을 얻지 못해 죽음을 꿈꾸는 아이와 굶어 죽어가는 아이가 같은 공기를 호흡하는 시대였다.

   걷기부터 계단 오르기까지 일상의 모든 움직임을 기계에게 맡긴 다음 건강 산업에 돈을 가져다 바치고, 어떤 나라의 공장에서는 매일 새로운 티셔츠가 찍혀 나오는데 바로 그 나라의 빈민가에서 누더기의 산이 자라고, 아이들은 그 산을 타고 오르며 입을 만한 옷을 줍고, 유명인들의 삶, 꾸며진 삶, 화면 속에만 존재하는 삶을 탐내느라 모두가 불행해지고, 버튼을 누르기만 하면 어디에도 없었던 사진이 마법처럼 생겨나고, 그 사진들은 거짓말하는 정치인에게 투표할 이유가 되고, 보이고 들리는 모든 것을 믿을 수 없으니 기쁨과 고통 또한 무의미하고, 진실과 거짓이 그 자체로 헛소리가 되면 끝내 남는 것은 찰나의 쾌락과 갈망, 갈망, 갈망……

●

18세기 말부터 21세기 말까지, 300년 남짓한 기간 동안 지속된 시대가 있었다. 세계 인구가 10억일 적에 막을 올려, 100억에 달하는 사람들이 무지막지한 열기와 빛으로 타오르며 끝난 시기였다. 역사학자와 행정가 들은 거기에 무절제기라는 이름표를 붙였지만 낭만적인 작가들은 폭죽 축제라는 별칭을 고안했다. 폭죽은 한순간에 치솟아 하늘을 밝게 물들인 다음 거짓말처럼 사라진다. 그리고 매캐한 악취와 먼지를 남긴다. 그 시대도 마찬가지였다. 축제는 끝났고 인류는 뒤처리에 애를 먹는 중이다.

역사학자의 기록이란 대개 가망 없는 난장판을 둘러보면서, '다음에는 이런 건 하지 맙시다'라며 중얼거리는 식이다. 하지만 어떤 사람은 유별난 낙관론자라서 그 한탄에서도 용케 신나는 분위기를 읽어내고, 무절제기 대신 자유기라는 명칭을 쓴다. 하나의 축제를 바라보는 두 가지 관점이 있는 셈이다. 무절제와 자유. 후자는 공식 석상에서 비웃음이나 듣고 말지만, 그 나름대로 일리가 있다. 당시 사람들이 자유라는 개념에 종교적인 권위를 부여했다는 점에서 특히 그렇다. 중세인들이 듣던 신의 음성은 종종 거룩한 기적이었지만 대부분은 환청이었고, 무절제기에 호명되던 자유 또한 다르지 않았다.

물론 자유는 솔깃하다 못해 소중한 단어고, 타인이 강제로 내 팔다리를 묶어 가두거나 입을 막는 상황은 직관적으로도 부당해 보인다. 따라서 본격적인 역사 수업이 시작되는 5학년 교실에서는 연초마다 똑같은 문답이 재연된다. 아이들은 자유에 무슨 나쁜 점이 있느냐며 묻고, 선생들은 이런 예시를 댄다.

서론: 외관상으로는 전혀 구분할 수 없는 사탕 두 개가 있는데, 하나에는 독약이 들어 있고 다른 하나는 무해하다고 하자. 이때 어떤 사람이 독약이 든 사탕을 골라 죽게 되었다고 해서, 그가 자유롭게 죽음을 선택했다고는 말할 수 없을 것이다. 즉 어떤 행동이 자유의 산물이기 위해서는 올바른 정보에 근거해 결과를 추론하고, 그에 따라 이성적으로 판단할 수 있는 상태가 전제되어야 한다.

정신질환자의 예시: 약을 정기적으로 먹지 않으면 망상과 환각을 겪는 사람

이 있다고 하자. 그런데 망상에 시달리는 사람은 자신의 상태를 온전히 돌아볼 수 없기 때문에, 그 스스로는 꾸준한 복약을 장담하지 못한다. 그렇다면 이 사람의 자유를 보장하기 위해서는 어떻게 해야 할까? 강제로라도 약을 먹여야 할까, 아니면 스스로 결정하도록 내버려둬야 할까?

혹은 이런 것도 있다.

마약 중독자의 예시: 어떤 사람이 마약에 중독되어서, 마약에 대한 충동과 갈망 외에는 어떤 것도 떠올리지 못하게 되었다고 하자. 그대로 내버려둘 경우 이 사람은 가진 약을 모두 써버린 다음 다른 약을 구하려 할 것이고, 그만큼 재활에서 멀어질 것이다. 그렇다면 이 사람의 자유를 보장하기 위해서는 어떻게 해야 할까?

한편 본론은 이렇다.

욕망과 기술의 문제: 인류의 역사는 기술과 욕망의 역사다. 욕망은 기술을 발전시키며 기술은 다시 새로운 욕망을 만들어낸다. 편히 일하려는 욕망이 증기기관을 발명한 것처럼, 기관차와 철도의 도입이 광범위한 물류 배송을 가능케 한 것처럼, 그에 따라 시장의 규모가 확대된 것처럼······. 하지만 이런 순환이 반드시 좋은 것인가? 어느 순간부터인가 인류는 그 순환을 지배하는 대신 그저 휘둘리지 않았던가? 그게 과연 자유인가?

그러니까 기술에는 마약과 같은 성격이 있으며 욕망은 그 짝패란 말인가? 즐거워지고 싶은 마음, 더 좋은 것을 바라는 마음이 사람을 중독시키는가? 인류가 갈망과 충동에서 벗어나 진실로 자유로워지기 위해서는 기술을 경계해야 하는가? 학교에서 배우기로는 그렇다. 치즈에 눈이 멀어 덫으로 달려들어가는 쥐가 어리석듯, 바다가 쓰레기로 뒤덮이는데도 공장을 멈추지 못하는 사회 또한 어리석다. 그 어리석음의 결말이 떠들썩한 전쟁이었음은 말할 것도 없다.

그렇다면 여기서 수수께끼 하나. 욕망은 기술을 발전시키고 기술은 다시 욕망을 키우는데…… 욕망의 규모에는 한계가 없지만 자원은 한정적이므로 그 끝에는 파멸이 있다. 파멸을 막으려면 어떻게 해야 할까?

1번: 인간을 뜯어고친다.
2번: 기술의 사용과 발전을 통제한다.

누가 보더라도 2번이 훨씬 쉽고 간편하다. 그래서 정치인들은 문명재건청을 세웠고(말인즉슨, '청'이라는 명칭은 이 시기의 흔적이다), 얼마 지나지 않아 문명재건청의 행정관들이 정치를 휘어잡게 되었다. 정부를 다스리는 정부라고나 할까. 문명재건청의 역할은 다양한 기술 중에서 무엇을 남기고 무엇을 잊을지, 그리고 무엇을 발전시킬지 결정하는 것이다. 치매 예방 약은 괜찮지만 90초짜리 동영상으로 가득한 웹 플랫폼은 불가능하고, 오락용 라디오 방송은 괜찮지만 가상현실 기기는 의료 목적이 아니라면 쓸 수 없다.

그런데 기술의 범위는 곧잘 사회의 형태를 결정한다. 단순히 무언가를 허용하고 무언가를 금지시키는 것만으로 끝날 일이 아니라는 의미다. 교통수단을 예로 들자. 누구든 자기만의 승용차를 가지고 스스로 운전할 수 있는 사회가 좋은 사회일까, 아니면 중앙 컴퓨터에 의해 제어되는 무인 택시로 가득한 사회가 좋은 사회일까? 도시공학과 대중교통 설계가 극도로 발전해 자가용이 필요 없어진 사회는 어떨까? 이건 의견이 갈릴 문제다.

그래서 행정관들은 여기에 대해서도 간편한 해결책을 고안했다. 각 지역을 적당한 규모로 분할해서 거주구를 나눈 다음, 제각기 다른 형태의 사회를 구현하는 것이다. 생쥐 사육장을 꾸미는 것과 비슷하다. 어떤 사육장에는 나무 쳇바퀴와 자동 급수대가 있고, 어떤 사육장에는 진짜 잔디와 강이 있다. 충분한 수의 생쥐를 풀어놓은 다음 몇 년만 기다리면 생쥐 사육에 가장 적합한 환경을 알아낼 수 있을 것이다. 생쥐가 아니라 인간이, 몇 년이 아니라 수백 년이, 사육장마다 수백 마리가 아니라 거주구마다 몇백만 명이 필요하다는 점이 다를 뿐이다.

실험용 쥐 신세라며 투덜거리는 사람도 있지만 대부분은 별생각 없이 잘 지낸다. 굳이 문명재건청 때문이 아니더라도, 사회는 대개 개인의 선택에 앞서 결정되기 마련이다. 원시인들이 자동차도 냉장고도 운동화도 없는 세계를 선택했겠느냔 말이다. 물론 어떤 원시인은 남다른 번뜩임으로 바퀴와 불을 발명했다지만, 대부분은 주어진 환경을 바꾸려 애쓰기보다는 그저 적응하며 살아간다.

결국 이 시대에는 세 종류의 사람이 있는 셈이다. 거주구에 머무르며 느긋한 삶에 만족하는 사람, 문명재건청에 들어갈 만큼 번뜩이는 사람, 그저 불만으로 가득한 사람. 마지막 유형은 문명재건청이 인간의 가능성과 미래의 역사를 자그마한 분재 화분에 가두는 중이라고 주장한다. 거기에 대한 문명재건청의 답변은 이렇다. 자신들이 가꾸는 미래가 분재 화분이라면 과거는 그저 사막이었다고, 사나운 정글조차 아니라 사막이었으며 얼마 안 되는 선인장과 야자수만이 푸릇푸릇했다고……

●

바로 위의 주장을 반박하고 싶은 사람이 많을 것이다. 그러나 지금은 자유에 대해 길게 떠들 때가 아니다. 우리가 정확히 누구인지 밝히기에도 이르다. 그런 것들은 이야기를 진행하면서 자연스레 알게 될 것이다.

우리는 미성년자고, 삼촌과 함께 살고 있으며, 다른 거주구에 볼일이 있다. 문제는 거주구 외부로 이어지는 궤도열차를 타기 위해서는 당국의 허가가 필요하다는 것이다. 보통은 서류를 제출하고 일주일쯤 기다리면 심사가 완료되지만 미성년자라면 보호자 동의를 추가로 받아야 한다.

내 계획을 알면 삼촌은 결코 허락하지 않을 것이다. 하지만 방법이 있다. 삼촌은 연합신문사 소속 기자기 때문이다. 연합신문사 기자는 서류 없이 궤도열차 표를 예매할 수 있는 신분이며, 나는 삼촌의 시민보장번호를 알고, 지문까지 가지고 있다. 몇 년 전에 과학 실험을 하면서 삼촌의 엄지를 실리콘으로 본떠놓았던 것이다. 신분 위조에 쓰라며 손가락을 대준 것은 아니겠지만 준비물은 모두 갖춰진 셈이다. 검문을 대비한 거짓말도 몇 개 준비해놨다.

학교는 막 여름방학에 접어들었고, 삼촌은 재택근무로 특별 기사를 마무리 짓느라 일주일가량 집에만 갇혀 있을 예정이다. 삼촌 명의로 몰래 열차표를 끊더라도 이상한 점을 알아챌 행정관은 없을 것이다. 우리는 체육관에 가는 척 배낭을 둘러메고 집을 나선다. 가출이다. 여행이 제때 끝나기를 바라지만, 뜻밖의 곤경을 마주칠 듯한 예감이 든다.

1부

OZK001 04301620 블랙박스 녹취록 H3120 G-T

G 비가 오네. 빨리 들어가자. 외부 연계 활동은 처음이었을 텐데, 잘했어.

T 바깥에서는 이런 일들을 하는군요.

G 이건 간단한 거야. 그냥 체험만 하는 거지. 넌 아직 학생이니까.

T 뭔가 잘못됐다는 생각이 들어요.

G 왜?

T 아무리 생각해도 전 문명재건청에 어울리는 사람은 아닌 것 같아요. 정말로요. 여기서 일할 자격이 없는 것 같아요. 그러니까 저보다 건강한 사람이…… 제정신인 사람이 여기 있어야 한다고 생각해요.

G 그럴 리가. 네 문제는 다른 게 아니라 바로 그거야. 없는 문제를 만들어서 믿어버리는 거.

T 무슨 말씀이세요?

G 네가 그렇게나 제정신이 아니라면 나랑 이러고 있지도 않을 텐데. 학교 다닐 때 심리검사도 여러 번 해봤을 테고.

T 지금까지 제가 했던 이야기 들으셨잖아요. 심리검사라거나 상담이라거나, 그런 건 아무 소용도 없어요. 심리검사에 나오는 문장들, 그러니까 작은 동물을 괴롭히고 싶다거나, 아이들을 돌보는 걸 좋아한다거나 하는 문장들은 정반대처럼 보이지만 사실 똑같은 거예요. 그렇다에 체크하면 그런 사람처럼 보이고, 아니다에 체크하면 아닌 사람처럼 보이죠. 그뿐이에요. 말은 그냥 하면 나오는 거고 검사지는 체크한 대로만 결과가 나오는 거예요.

G 멀쩡한 사람 흉내를 내고 있다 이거지?

T 네, 노력하고 있죠.

G 그런 노력은 누구나 하는 거야. 나도 상사들이 짜증 나게 굴면 한 대 때려주고 싶어지는걸. 내 키가 조금만 컸더라면, 혹은 법이 없었더라면 정말로 쳤을지도 모르지. 항상 좋은 생각만 하고 사는 사람이 세상에 어디 있겠어?

T 그런 게 아니에요.

G 너한테 뭐라 하려는 게 아니야. 사람들한테는 모두 부족하고 이상한 면이 있다고, 남들도 너처럼 부족한 구석을 꽁꽁 숨기

고 있을 뿐이라고, 그건 자연스러운 일이라고, 그러니까 널 나쁘게 볼 사람은 아무도 없다고 말하고 싶을 뿐이지. 다들 널 좋아해.

T 아뇨, 아뇨, 아뇨. 전 그래선 안 된다고 말하는 거예요.

G 난 너랑 꽤 친해졌다고 생각했는데. 나뿐만이 아니야. 네가 온다는 얘기를 들었을 때 다들 기대했거든. 열일곱 살이면 무척 어린 편이니까. 그렇잖아. 잠깐만, 울고 있는 거 아니지?

T 제발 제 말을 믿으세요. 이건 정말로 그런 문제가 아니에요…….

G 잘할 거라고 믿어. 지금까지 잘했잖아. 성실하고, 얌전하고, 성과도 좋고…….

T 아뇨, 저는 물론 잘하고 있죠. 그게 바로 문제예요. 증명하려면 모든 걸 망쳐야 하고, 최선을 다하면 아무도 믿어주지 않는다구요. 만약 믿어주더라도 별게 아니라고, 과장일 뿐이라고 생각하죠. 제 말 이해하세요?

G 힘든 거 이해해. 나도 어릴 때는…….

(굉음)

#1

| 3호 |

내 이름은 태서고, 열일곱 살이고, 손발이 묶인 채 미니밴 뒷좌석에 처박혀 있다. 방학맞이 가출 소동을 벌이면서 사고를 쳤기 때문이다. 나는 짙은 안개에 감싸인 풍경을 바라보듯 앞좌석과 뒷좌석을 가로막은 철판을 노려보고, 저 너머에 앉은 경찰들이 나를 붙잡던 순간을 떠올린다. 그리고 창밖을 힐끔 살핀다. 산을 낀 채 굽이굽이 돌아가는 2차선로의 나머지 절반이 보인다. 처음에는 저들이 나를 근처 경찰서에 내려놓으리라 믿었는데, 이제는 확실한 게 아무것도 없다.

붙잡힐 때 얼핏 신분 도용 같은 죄목을 들었던 듯하다. 그러나

도용이래봐야 시민보장번호와 지문 수준이다. 가출한 동안 누굴 때린 적도 없고 거짓말로 돈을 뜯어내지도 않았다. 나는 그냥 아홉 살까지 함께 살았던 사람들을, 부모님을 찾고 싶었을 뿐이다. 그게 산골짜기로 끌려갈 만큼 엄청난 잘못이라고 말할 사람은 없을 것이다. 착오가 있었던 게 분명하다. 지나가던 학생을 테러리스트로 착각했다거나, 수배 중인 범죄자와 얼굴이 기막히게 닮았다거나 하는 종류의 착오.

나는 목을 가다듬으며 자세를 바로잡는다. 상체를 살짝 앞으로 기울이자 플라스틱 벨트가 배를 아프도록 짓누른다. 안전벨트보다는 구속구에 가까운 물건이다. 통증을 애써 무시하며 철판 정중앙의 구멍에 초점을 맞춘다. 열두 개의 작은 원이 일정한 간격으로 모여 커다란 원 하나를 완성하고 있다. 그 사이로 넘겨다보이는 앞좌석은 색색깔의 조각이기만 하다. 분위기가 나쁘지 않기만을 빌 뿐이다.

"계세요? 들리시죠?"

운을 떼자마자 후회가 인다. 계세요라니, 달리는 차에서 꺼내기에는 이상한 질문이다. 그러면 그 경찰들이 달리 어디 있겠는가? 게다가 목소리는 잔뜩 갈라지고 떨려서, 울고 있다고 해도 믿을 지경이다……. 한참을 기다려도 대답이 돌아오지 않는 탓에 정말로 울고 싶어진다.

욕이라도 해봐. 그러면 반응이 오겠지. 얌전하게 굴면 무시하는 게 사람 심리라니까. 몸부림도 안 치고, 제자리에서 꿈쩍도 안 하는데 뭐가 무섭겠느냔 말이야. 붙잡혀 왔으면 붙잡힌 사람답게 난리를 쳐야지, 무슨 모범생처럼…….

설상가상으로 퉁명스러운 목소리까지 들려오기 시작한다. 철판 너머로부터 시작된 게 아니라, 목뼈와 두개골이 맞닿은 틈에서 웅얼거리는 목소리다. 차에 탄 뒤로 뚝 끊겨서 내심 겁을 먹고 있었는데, 다시 듣게 되니 반가운 마음이 크다. 그러나 순전히 기뻐할 일은 아니다. 정신을 바짝 차리지 않으면 목소리에게 몸을 빼앗길 테고, 목소리는 곧바로 난동을 부릴 게 뻔하다. 그러면 내가 소년원에 갈 확률도 올라가는 셈이다.

비록 상황이 꼬여서 이 꼴이 됐을지라도, 나는 얌전한 모범생이고 싶다. 나는 녀석을 설득하려 애쓰지만 잘되지 않는다. 우리는 기억 속에만 있는 가족들에 대해 이야기하고, 가출을 먼저 제안한 게 누구였는지 따져보다가, 급기야 서로를 탓하기 시작한다. 거기에 또 다른 목소리가 더해지면서 머릿속은 난장판이 되어간다.

"자, 설명이 늦었다만…… 우리는 경찰청이 아니라 문명재건청 소속이다."

그러다가 때늦은 답변이 돌아온다. 우리 셋은, 그러니까 나와 목소리 둘은 말싸움을 멈추고 신경을 곤두세운다. 문명재건청이라는 단어에는 그만한 무게가 있다.

"곧 도착한다. 기본적인 정보를 확인하고 지문을 등록한 다음 담당자와 이야기를 나누게 될 거야. 네 보호자에게도 연락이 갔으니 걱정 말고 가만히 있어라."

세상에는 역사의 길이만큼이나 다양한 고통이 있으며 언제는 전쟁으로 인해 어린아이 두 명당 한 명이 고아였던 시기도 있었다고들 한다. 그게 당장 100년쯤 전이었다. 그러나 지금은 썩 평화로운 시기고, 아홉 살에 교통사고가 나서 부모님을 잃는 건 충격적인 경험 중에서도 손꼽히는 축에 든다. 또 다른 기억과 자아를 만들어내고 믿어버릴 만큼 말이다. 주치의는 내가 전형적인 트라우마 증세를 보인다고 말했다. 덕분에 의료 기록에는 기억상실이나 해리성 정체감 장애나 외상 후 스트레스 장애나 무감동증이나 품행장애 같은 진단명이 덕지덕지 달라붙어 있다.

다만 그런 낱말들이 내가 느끼고 겪는 바를 표현하기에 충분한 것 같지는 않다. 그건 누가 남자라거나 고등학교에 다닌다거나 성적이 어떻다거나 하는 말과 다를 바가 없어서, 사람 자체에 대해서는 아무것도 알려주지 않는다. 머릿속이 항상 전쟁터다. 단순히 총탄만 난무하면 좋을 텐데 제각기 신념도 있고 요구 사항도 뚜렷하다. 예컨대 또 다른 기억에 대한 게 그렇다. 두 종류의 환청(목소리들은 이 단어를 싫어하지만), 그러니까 1호와 2호의 주장은 이렇다. 교통사고는 아예 일어난 적이 없으며 나는 뒤늦게 찾아온 불청객에 불과하다는 것이다. 그게 내가 목소리들에게 3호라고 불리는 이유다.

상식적으로 생각하면 이건 모두 말도 안 되는 소리다. 일어난 적 없는 교통사고를 꾸며내서 아이를 치우는 게 가능한 일이겠느냔 말이다. 지금은 삼촌 댁에서 지내는 중인데, 삼촌도 부모님 이야기를 피한 적이 없다. 따라서 제일 간편한 설명은 의료 기록을 믿는 것이다. 충격적인 사고를 겪은 탓에 머리 한구석이 망가졌다고. 덕분에 환청과 망상이 심해졌으며 두 분의 죽음을 부정하게 되었다고. 나도 평소에는 그렇게 믿는다.

하지만 목소리들에게 온종일 시달린 후에는 마음이 흔들리기 마련이고, 한편으로는 지친다. 그게 10년씩이나 계속됐다면 내 심경도 짐작이 갈 것이다. 끝날 기미 없이 지지부진하게 이어지는 카드 게임을 하다 보면 참을성 없는 사람이 패를 내던지는 때가 온다. 거기서부터 다시 시작이다. 나는 목소리들에게 내기를 걸었다. 기억을 따라가서 부모님의 흔적을 찾아보자는 것이다. 성공하면 목소리들이 이기고, 아니라면 내가 이긴다.

그래서 누가 이겼냐고? 아마 우리 모두 패배한 것 같다. 결론을 내기 직전에 게임 판이 엎어졌으니 말이다. 미니밴이 한참을 내달려 도착한 곳은 문명재건청 소속 제3연구병원이고 나는 작은 사무실에 앉아 있다. 심각한 분위기가 아니라는 점이 그나마 위안이 된다. 등을 받친 철제 의자는 아늑하진 않아도 자세를 잘 잡아주는 형태고, 입구를 지키고 선 직원도 별생각이 없어 보이는 표정이다. 눈이 마주치자 직원은 안심하라는 듯 한쪽 눈을 찡긋거린다. 자기 앞에 있는 열일곱 살짜리가 의자를 내던지고 난동을 부릴 가능성은 전혀 생각하지 않는 모양새다.

물론 나로서도 그럴 마음은 없다. 나는 직원이 거슬려하지 않을 정도로만 조심스레 다리를 굽혔다 편다. 너무 오랫동안 같은 자세로 묶여 있었던 탓에 관절이 기름칠하지 않은 볼 베어링처럼 삐걱거린다. 체조도 못 될 움직임을 반복하는 동안 내 시선은 사무실을 훑는다. 바로 앞에는 연회색 플라스틱 상판과 진회색 다리가 단조로운 대비를 이루는 사무용 책상이 있고, 새카만 모니터와 새카만 사무용 의자 너머에는 창문이 있다. 흰 벽이 안쪽으로 쑥 들어가면서 무채색의 세계에 빛의 문을 열어놓는 듯하다.

창문 너머로 보이는 나뭇잎들이, 그 사이로 스미는 빛줄기가 잠시 주의를 사로잡는다. 몸은 여기에 남은 채 정신만 스르륵 빠져나가는 듯하다. 이건 모두 꿈이고, 저 창문은 내 침대 바로 옆에 붙은 것이고, 눈을 감았다 뜨면 삼촌네 집일 거라고 믿어보자…… 그러다가 문득 두런거리는 소리가 들려오고 짧은 꿈도 멈춘다. 입구를 지키고 섰던 직원과 새로 들어온 연구원이 인사를 나누고 있다. 호리호리한 중키의 여자다.

"그러면 가보게."

"나중에 뵙겠습니다."

직원이 떠나자 사무실에는 나와 여자만 남는다. 진회색 니트와 검은 슬랙스를 보니 이 사람이 사무실의 주인일 거라는 느낌이 온다. 어깨까지 길러서 한 갈래로 묶은 머리카락은, 새치가 섞인 탓에 색이 흐리다. 한편 옆모습으로만 보이는 얼굴은 이상하게 울퉁불퉁하고 붉어서 초현실적인 느낌을 준다. 이내 여자가 나를 향해 고개를 돌리자 퍼즐의 온전한 형상이 나타난다. 왼쪽 눈썹 바로 밑으로부터 시작되어 입가에서 멈추는 흉터……. 흉터 한가운데에 박힌 눈동자가 진흙 위로 솟은 조약돌처럼 번뜩이고 있다.

"네가 태서구나."

곧은 직선 같은 입술이 열리며 내 이름을 부른다. 흉터가 없는 쪽의 얼굴은 선이 굵지 않은데도 강인해 보이는 인상이다. 마흔쯤 되었을 것이다.

"안녕하세요."

나는 일어나 인사한다.

"내 이름은 가문비고, 네 담당자다. 당분간 여기서 지내면서 심리 상담을 진행할 거야. 담당자님이라 부르면 된다."

심리 상담이라니, 이게 도대체 무슨 일일까 싶다. 경찰서가 아니라 연구병원에 끌려온 것부터가 이상했는데. 나는 내 의료 기록지에 적힌 이야기들을 떠올리며 불안해하지만, 도망칠 방법은 도무지 떠오르지 않는다. 어떤 취급이든 얌전히 받아들일 수밖에.

"네, 담당자님."

가문비는 다시 앉으라는 듯 턱을 까닥이고, 나를 지나쳐 책상 너머로 향한다. 잠시 우리 사이에 침묵이 맴돈다. 가문비는 세금 명세서를 살피듯 모니터를 바라보고 있다. 의료 기록을 확인하는 중일 것이다. 그러는 동안 나는 흉터에 대해 생각하다가, 문득 상대의 왼쪽 눈이 의안이라는 사실을 깨닫는다. 유리구슬에 한 층을 덧씌운 듯, 고동색 눈동자 위에 두 겹으로 된 광채가 일렁이고 있다. 몸을 앞으로 기울여서 손을 뻗으면 금방 잡힐 거리다.

꺼내서 던지면 엄청 재밌겠다.

거기에 생각이 닿는 순간 어린애 같은 목소리가 머릿속에서 깔깔거린다. 2호다. 헛소리하지 말라며 핀잔을 주는 목소리도 들린다. 이건 1호다. 나는 그 대화에 수치심을 느끼며 고개를 수그린다. 나는 제정신이니까 심리 상담은 필요하지 않다고 말하고 싶지만, 멀쩡한 척 행동하면서 상담사와 주치의를 속일 수도 있지만, 그게 흉내고 속임수라는 사실은 분명히 안다. 진단명을 붙여준 주치의보다 내가 더 잘 아는 것이다.

"네가 이제 열일곱 살이지. 민평3고등학교 소속에, 중학교 시절에는 자주 싸움을 벌였지만 지금은 전반적으로 교우 관계가 원만한 편이라고 적혀 있구나. 대학교 과목들을 여럿 선이수한 상태고 외부 활동 기록도 좋아. 장래 희망은 임상심리사 혹은 뇌공학자고, 이산수학과 전자회로에도 흥미를 보인다……."

타이밍 좋게 가문비가 운을 뗀다. 머릿속의 난장판에 휘말려 들어가기 직전이다. 나는 지난한 말다툼에서 빠져나와 현실의 문제로 시선을 옮긴다. 가문비는 지금까지 읊은 내용을 재확인하려는 듯 나를 지긋이 바라보고 있다. 나는 고개를 끄덕인다.

"맞아요."

"진로에 대해 깊이 고민해봤니?"

"사람의 정신이라거나 심리 같은 것에 관심이 많은 편이에요. 그래서 장래 희망은 꽤 확고한 편인데, 잘 안 된다면 회로 설계사도 괜찮을 것 같아요. 사회에 도움이 되는 일이니까요. 제가 잘해낼 수 있고 다른 사람에게도 좋은 일이면 뭐든 괜찮아요."

"초등학교 도덕 교과서를 읽는 것 같구나."

가문비가 나지막한 어조로 농담을 던진다. 평가일지도 모른다. 둘 중 무엇이든 적당한 대답이 떠오르지 않는다. 이 상황에서, 이런 문답이 오가는 게 의아하다고 느낄 뿐이다. 어쨌든 나는 가출 소동을 벌이면서 사고를 친 애고 여기는 문명재건청 소속 연구병원이기 때문이다. 그 점을 먼저 물어봐야 할까 생각하는데, 머릿속이라도 읽은 것처럼 다음 말이 날아든다.

"문명재건청이 왜 세워졌는지, 어떤 일을 하는 곳인지는 알 거라 생각한다. 중요한 곳이니까."

"네, 역사 시간에 배웠죠."

"그러면 연구원 육성이 어떤 식으로 이루어지는지는 알고 있니?"

"깊이 아는 건 아니지만, 특별자치구 안에 연수원이 따로 있고…… 학교 선생님들이 추천서를 써주신다고 들었어요. 성적이나 관심 분야 외에도, 성격이라거나 태도 같은 걸 종합적으로 보고 판단한다고요. 일차적인 판단이 끝나는 건 고등학교 졸업 직전이고, 사회에 나간 후에도 특별 채용으로 뽑히는 경우가 많지만……."

순간 퍼즐이 맞물리는 기분이 든다. 나는 고개를 살짝 들어 가문비를 마주 본다.

"혹시 선생님들이 제 얘기를 하셨나요?"

"추천서가 세 장 들어왔지. 우리도 몇 년간 널 지켜봤고."

"그건 몰랐어요. 선생님들이 말씀해주신 적이 없었거든요."

"규정상 학생에게는 비밀로 하게 되어 있어. 미리 알면 변수가 생길 수 있으니까. 원래대로였다면 무난하게 최종 선발이 됐을 거다."

그렇다면 나는 찬란한 미래를 환청 때문에 날려버린 셈이다. 완전히는 아니겠지만. 가출 소동이 그렇게나 치명적인 문제였다면 추천서를 그냥 지워버렸을 것이기 때문이다. 나를 여기까지 데려올 이유가 없는 셈이다. 미약한 희망이 이는 찰나 가문비의 얼굴에도 희미한 웃음이 떠오른다.

"정리해보자. 너는 일종의…… 의학적 문제만 제외하면 흠잡을 데 없는 적임자야. 문명재건청에 어울리는 성격이기도 하지. 야심가들은 언제나 필요하지만 그런 사람들만으로 조직을 꾸려나갈 수는 없어. 기술을 유출하거나 다른 마음을 품는 경우가 잦거든. 너처럼, 큰 욕심이 없으면서도 맡은 일에는 최선을 다하는 사람이 필요하지."

"네."

"그런데 네 의학적 문제가 위험 요소란 말이야. 이번에 가출하면서 벌인 일들은 말할 것도 없고, 열두 살 때의 사건도 그렇지. 평소에는 조용하고 예의 바르다가 갑자기 돌발 행동을 하는 사람을 어떻게 생각해야 할까? 네가 듣는 목소리들에 대해서는?"

순간 1호가 머리 뒤편에서 외친다. 그래서 뭐 어쩌라는 거야? 그렇게나 의심스러우면 추천서 찢어버리고 다른 애 구하라 그래. 문명청 들어가고 싶어서 안달 난 애가 한둘도 아닌데.

"곤란할 거라고 생각해요. 하지만 이유가 있긴 해요. 열두 살 때 일에 대해서는 드릴 말씀이 없지만, 이번에는 사정이 있어요. 그리고 저는 목소리들이랑 잘 지내는 편이고, 앞으로는 이런 일 절대 없을 거예요. 이상하게 생각하실지도 모르겠지만……."

나는 1호의 목소리를 애써 외면한다. 가문비의 진단을 그런 식으로 증명할 필요는 없다.

"우리도 그럴 거라고 믿는다. 그래서 가출 신고가 들어온 후로 네 행적을 계속 추적했고, 이런 자리를 마련한 거야. 이번 심리 상담은 너 자신을 위한 것이기도 하지만 문명재건청이 널 판단하기 위한 것이기도 해."

1호가 다시 소리 지른다.

계속 쫓아다니다가 마지막에 가서 붙잡았다 이거잖아. 사람 미행해놓고 개같은 소리 하지 말라 그래. 누가 누굴 판단하겠다는 거야? 다들 통지서만 주면 굽실거리면서 좋아하니까 자기네가 뭘 하는지도 모르지? 내가 하기 싫다면 어쩔 건데?

평소에는 퉁명스럽고 불친절할 뿐이지 이 정도는 아니었는데, 내기를 방해받은 게 짜증스러운 모양이다.

하지만 문명재건청 소속이 되는 것은 객관적으로 훌륭한 미래니까 나로서는 반대할 이유가 없고, 그렇게 되면 1호의 궁금증도 쉽게 풀릴 것이다. 시민등록명부에서 사람 두 명을 찾아내는 건 문명재건청 연구원에게 어려운 일이 아닐 테니까. 나는 머릿속으로 이런저런 이유를 들어 1호를 설득하면서 입으로는 가문비에게 궁금한 것들을 묻는다.

"오늘은 단순히 설명만 하는 거고, 정식 상담은 내일부터 시작이라고 하셨죠."

"그래."

"혹시 실례가 아니라면…… 하나만 부탁드려도 괜찮을까요? 문명청 일이랑 관련된 건 아니에요. 개인 정보 관련으로 문제가 있을 수도 있고요. 그래도 일단은 말해봐야 다음 상담에 도움이 될 것 같아서요."

"어떤 부탁이길래?"

현행범 주제에 너무 뻔뻔하게 구는 게 아닌가 싶어 걱정스럽다. 하지만 어쩔 수가 없다. 나는 이 문제를 서둘러 매듭짓기로 결심하고, 우리가 가출한 이유를 읊은 다음 1호가 무척이나 화나 있다고 말한다. 그리고 기억하는 것과 새로 알아낸 정보를 나열하면서 이 조건에 맞는 사람을 찾아줄 수 있느냐고 묻는다. 직접 만날 필요는 없으니 존재 여부만 확인하면 된다. 예상대로 가문비는 영 난처하다는 기색이다.

"보이지 않고, 온도도 없고, 만질 수도 없는 용을 기른다고 주장하는 사람처럼 말하는구나. 그런 용이 없다는 증거를 내놓지 못한다고 해서 용이 존재하는 건 아니라는 거지. 네 서류들은 이미 확인해봤다. 두 분 모두, 오래전에 사망 처리가 되셨어. 이미 죽은 사람이 정말로 죽었다는 걸 어떻게 더 증명할 수 있겠니. 그건 증거를 가져올 수 없는 종류의 문제야."

"그런데 아닐 수도 있으니까요. 또, 저희끼리 알아본 단서들도 있고요. 물론 제가 그걸 모두 믿는 건 아니지만……."

"네가 단서라며 댄 게, 기껏해야 정황 아니냐. 키 작고 조용한 사람이 구립 도서관에서 일하다가 어디로 이사 갔다는 수준의 정황 말이다."

"저도 이 부탁이 이상하다는 건 알아요. 그런데 1호가 꼭 말하라고 해서 전달드리는 거예요."

"너도 알겠지만 제삼자의 정보를 일반인에게 알려주는 건 개인정보 보안 문제야. 내 권한으로 할 수 있는 일도 아니지. 건의는 해보겠다만 기대하진 않는 편이 좋을 거다."

나는 입꼬리를 끌어당겨 살짝 미소 짓는다.

"잘 안 돼도 저는 괜찮아요."

나는 정말로 괜찮다. 사실 상담이 엉망진창으로 끝나고 문명재건청 소속이 되는 꿈을 접어야 할지라도 상관없다. 내가 지금 당장 원하는 건, 아니, 평생토록 원한 건 목소리들이 헛생각을 그만두고 조용해지는 것뿐이다. 다행히도 1호는 건의가 받아들여질 가능성에 만족했는지, 혹은 시스템의 엄정함에 항복한 것인지 입을 다문다. 그렇게 본론이 끝나자 사무적인 설명이 이어진다. 주제는 상담 일정이나 소년원 처분 가능성, 숙소 안내 등이다.

그 후 가문비는 일전의 직원을 불러 안내역을 맡긴다. 숙소는 병원의 1인실이다. 불안해할 이유는 여전히 많지만, 오늘의 걱정거리가 모두 해결되었다고 생각하니 걸음이 가볍다.

| 1호 |

3호는 내가 궁금증을 해결하지 못해서 화내는 중이라고 믿는 모양이지만, 전혀 아니다. 요점이 어긋났다. 나는 부모란 인간들에게 원한도 그리움도 의문도 없다. 나를 버리고 숨은 것에 대해서 따질 마음도 없다. 첫 번째 이유는 그 사람들을 이해하기 때문이고, 두 번째 이유는 패배가 확정된 사안으로 싸우고 싶지 않기 때문이다. 그리고 마지막 이유는, 누가 뭐라건 내 추리가 옳기 때문이다. 틀림 없다. 3호는 어디선가 굴러들어 온 녀석이고, 내 부모는 살아 있으며, 이 수수께끼에는 문명재건청이 엮여 있다.

다른 사람에게는 망상 취급이나 받는 기억이지만, 나는 과거를 손에 꽉 붙들어놓으려 한다. 그걸 놓치면 내가 누구였는지 알아주는 사람이 한 명도 없게 된다. 나는 나 자신을 알고 믿는 거의 유일한 존재고, 가능하다면 한 명이 아니고 싶다. 그래서 나는 또 다른 누군가를 기다리면서 매일 설명을 가다듬는다. 하지만 어디서부터 이야기해야 할까……? 처음부터……? 처음이라면 언제……?

역시 2호부터 소개하는 편이 낫겠다.

두세 살쯤부터 나는 머릿속의 목소리와 친구처럼 어울리곤 했다. 장난기가 심한 목소리였다. 엄마의 양말을 감춰보라거나, 풍뎅이를 붙잡아보라거나 하는 속삭임들을 따라가면 심장이 두근거리다 못해 갈비뼈 바깥으로 튀어나갈 만큼 근사한 순간들을 마주칠 수 있었다. 그 나이에는 그런 게 재미있었다. 식탁에 매미 허물을 올려놓는 것만 아니라면 부모님도 장난을 즐겼다.

하지만 모든 아이는 자라는 법이고, 나도 자랐다. 매미 허물이나 양말 따위가 아니라 더 크고 중요한 물건을 손에 쥘 나이가 되었다는 의미다. 하지만 목소리는 하나도 자라지 않았고, 똑같은 놀이를 계속 부추겨댔다. 덕분에 나는 행위의 본질을 결정하는 것은 행위 자체가 아니라 전후 맥락이라는 사실을 조금 일찍 배웠다. 풍뎅이 등딱지를 만지작거리는 두 살짜리는 귀엽지만 고양이의 목을 조르며 꿈틀거리는 느낌을 즐기는 일곱 살짜리는 소름 끼친다.

부모님은 고양이에게서 나를 떼어놓고 왜 그랬느냐고 엄하게 물었다. 그런 반응은 처음이었으므로, 나와 목소리는 함께 놀라서 울기 시작했다. 그리고 목소리 이야기를 더듬더듬 꺼냈다. 그러자 부모님은 내심 안도한 표정으로 나를 타일렀고, 교훈 담긴 동화도 읽어주었다. 목소리에 대해서는 더 말하지 않았다. 짓궂은 상상 친구와 어울리는 건 자연스러운 발달 과정이라고, 어린이는 폭력의 무게를 모르기 마련이라고 여겼을 것이다. 일곱 살이면 아직은 어려도 되는 나이라고 믿었을 것이다.

그게 핵심이다. 어린아이들은 무식한 순진성으로 인해 잠자리의 날개를 뜯거나 친구를 차도로 밀어버린다. 목소리는 처음부터 세 살이었고, 내가 일곱 살일 때도 세 살이었으며, 아홉 살이 될 때까지도 세 살이었다. 나는 처음에는 목소리가 좋았고, 일곱 살에는 목소리를 무서워하기 시작했으며, 아홉 살이 되자 지쳤다. 애써 목소리를 달래보아도 어른들은 나를 말썽쟁이로만 보았기 때문이다. 그들은 그 말썽이야말로 자제력의 산물이라는 걸, 내 노력이 없었더라면 문제가 더욱 심각해졌으리라는 걸 결코 상상하지 못하는 듯했다.

나는 서서히 지쳐갔다. 지친다는 것은 어느 누구를 위해서도 최선을 다할 필요가 없다는 느낌, 상황이 얼마나 더 나빠지든 상관없으니 손을 떼고 싶다는 느낌에 압도당하는 것이다. 원한이나 분노와는 다르지만 그만큼 위험해질 수 있는 것이다. 목표가 정해진 유도탄과 노선을 벗어난 열차의 차이라고나 할까. 그래서 목소리의 속삭임과는 별개로, 나는 이따금 진정한 문제를 증명하고 싶은 충동에 사로잡히곤 했다. 조금만 편해지고자 하면 곧바로 그렇게 될 거였다.

그때가 아홉 살이었다. 나는 막 4개월이 된 동생 때문에 신경이 잔뜩 곤두서 있었고, 감기 기운 탓에 머리가 어질거렸다. 피곤하기도 했다. 그래서 잠깐 손을 놔버렸다. 그리고…… 음……. 자랑스럽게 말하진 못할 일이 터졌다. 물론 동생은 심하게 다치지 않았다. 흉터가 생기거나 후유증이 남을 수준조차 아니었다. 하지만 부모님은 그걸 방정식의 마지막 미지수가 확정되는 순간으로 여겼는지, 죽은 아기라도 본 것처럼 울기 시작했다. 그러고는 새벽까지 내 이야기를 수군거렸다. 이젠 안 되겠어요, 돌려보냅시다, 하는 말을 문틈으로 얼핏 들었다. 여름이 끝나갈 무렵이었다.

그때부터 신경이 잔뜩 곤두선 채 매일매일을 세기 시작했으므로, 나는 인생이 바뀐 날을 정확히 기억하고 있다. 11월 7일이었다. 평소처럼 잠들었다가 기나긴 꿈을 통과해 나오자 1월 5일이었고, 나는 열 살이 되어 연구병원에 누워 있었다. 온몸을 꼼짝하지 못하는 상태로 교통사고가 났다는 소식을 들었다. 팔다리를 다친 것은 아니지만 중추신경에 문제가 생겨서 당분간 누워만 있어야 한다고 했다.

그렇게 몇 차례의 수술을 마치자 또 다른 목소리가 나타났다. 내가 3호라 부르는 녀석이다. 그러니 다시 소개하겠다. 처음부터 있던 목소리가 2호고, 그 이후에 생긴 것이 3호다. 물론 3호는 나를 환청 따위로 취급하는 걸 제외하면 객관적으로 좋은 녀석이다. 규칙을 잘 따르고, 예의 바르고, 무덤덤한 만큼 화도 거의 내지 않는다. 감정을 다스리는 법도 잘 안다. 3호가 없었더라면 나는 아직도 2호를 달래느라 쩔쩔맸을 테고, 애진작 범죄자가 되었을지도 모른다. 예전 기억을 화두에 올리지만 않는다면 우리는 친구처럼 잘 지낸다. 시답잖은 농담을 주고받거나 귀찮은 일을 나누기도 한다. 3호가 작문 숙제를 마치면 나는 기하학 문제를 푸는 식이다.

하지만…… 아무래도 이상하지 않은가? 사건이 벌어진 직후에 그런 대화가 부모님 사이에 오갔고, 얼마 지나지 않아 절묘하게 중추신경만 끊기는 교통사고가 일어났고, 수술을 몇 차례 마친 다음에야 비로소 3호가 나타났다는 것은? 이 절차에 모두 문명재건청이 관여했다는 사실은 또 어떤가?

문명재건청은 대부분의 기술을 비공개 상태로 통제하지만, 한 사람의 삶이 걸린 문제에는 꽤나 너그러운 편이다. 거주구 의사들은 까다로운 환자를 맞닥뜨리면 소견서를 작성해 심사평가원(당연하게도 문명재건청의 부속기관이다)에 보내고, 심사평가원이 해당 소견서를 검토한다. 그러고 나서 문명재건청 소속 의사들이 적절한 치료법을 찾아 수술을 진행해준다. 교통사고가 진실이라면 나는 확실히 그 너그러움에 빚지고 있다. 단순히 신경과 인대를 이어 붙이는 것 이상의 치료, 예컨대 뇌파를 인식해 척수신경에 적절한 전기적 신호를 보내주는 뇌-신체 인터페이스 기기를 머릿속에 삽입하기란 일반적인 기술로는 불가능하기 때문이다.

하지만 기기의 기능이 설명과 같은지 누가 장담하겠는가? 수혈을 하듯 다른 사람의 정신이 주입되었다고, 의심하지 않을 이유가 어디 있단 말인가? 세상의 모든 기술을 통제하는 집단이라면, 곧 인간 본성마저 다스리려 들지 않겠는가? 내 가설은 이렇다. 부모는 나를 문명재건청에게 '돌려보냈'으며, 교통사고는 인체 실험을 벌이기 위한 변명일 뿐이고, 3호는 그 수술의 결과물이라는 것이다.

이 모든 이야기가 흔하디흔한 음모론처럼 들리는 건 안다. 나와 엇비슷한 이유로 문명재건청을 규탄하는 사람이 한가득이고, 그 사람들이 실험당했다고 주장하는 기술들은 대체로 있는지조차 모를 것들이다. 문명재건청이 기술 목록을 공개하지 않으니 심증과 정황 이상의 증거를 내밀 수가 없다. 즉 3호의 반응은 상식적이다⋯⋯. 하지만 어떤 상식은 진실을 가리는 수사학에 불과하고, 나는 정말로 사정이 다르다. 이게 가장 합리적이며 진실에 가까운 추론이다. 다시 강조하건대 정말이다.

| 3호 |

나는 직원과 함께 상담실을 나선다. 느낌상으로는 썩 긴 대화가 아니었는데도 어느덧 해가 기울어 있다. 복도 우측 창이 쏟아내는 노을이 맨들맨들한 리놀륨 바닥에 주황색 도형을 놓고, 내 그림자는 울퉁불퉁하다. 등 뒤에서 짤깍 소리가 나며 문이 닫힌다. 그 울림에 반사적으로 고개를 돌리자 문간에 붙은 기계가 시선을 사로잡는다. 손바닥보다 약간 작은 직육면체인데, 전면부에는 크기가 서로 다른 유리 평판 두 개와 렌즈가 조밀하게 붙어 있다.

"시설에서 쓰는 잠금장치야. 아까 오른손 엄지 지문 등록한 거 있지? 저 왼쪽 평판에 손가락을 대고 잠깐 기다리면 문이 열려. 접근 권한이 있으면 말이지. 너는 지금 방문객 권한이니까, 이 상담실이랑 네 병실 외에는 못 연다고 보면 돼. 렌즈는 안면 인식에 쓰이는데, 넌 아마 등록이 안 됐을 거야."

설명하는 목소리와 함께 손이 불쑥 다가와 시범을 보인다. 나는 그제야 고개를 들어 직원을 올려다본다. 살짝 처진 눈썹이 서글서글한 인상을 주는 남자다. 나이는 아직 서른이 되지 않은 듯하고, 키에 맞춰 입은 제복이 헐렁해 보인다. 질문이 이어진다.

"맞다, 이것부터 묻자. 이런 거 말이야, 살던 곳에는 없었어?"

"지문 인식 자체는 열차 탈 때 해봤어요. 다른 거주구로 가는 궤도열차 있잖아요. 잠금장치는…… 저희 거주구에서는 터치식이랑 버튼식 잠금장치를 섞어 써요."

"전자 기기는?"

"학교에서는 전자잉크 태블릿으로 수업하고요, 컴퓨터도 평소에 많이 써봤어요. 다른 건, 음, 정확히 뭐를 예로 들어야 할지 모르겠네요."

"그 정도면 충분해. 알아야 할 건 거의 아는 셈이니까. 가끔은 열쇠만 쓰는 동네에서 환자가 오기도 하거든. 그때는 얼마나 골치가 아팠는지 몰라. 20세기인을 냉동시켰다가 깨운 것 같더라니까."

직원이 너스레를 떨고, 나는 얼빠진 티를 내지 않으려 살짝 웃는다. 문명재건청의 목표 중 하나는 인류에게 최적인 기술 수준이 어느 정도이며 그 형태가 무엇인지를 규명하는 것이다. 거주구마다 환경이 제각기 다른 것도 그 때문이다. 수백만 명, 수천만 명, 수억

명 규모의 사회 실험이라고나 할까. 다행히도 내가 살던 지역은 기술 수준이 꽤 높은 곳이고, 100개의 거주구를 줄 세운다면 앞에서 스무 번째는 될 것이다.

"자, 앞으로 자주 볼 테니 미리 통성명을 해두자. 내 이름은 청견이야. 당분간 네 일상생활이랑 적응을 도울 예정이고. 담당자님이라고 부르면 돼."

"방금 전에 만나뵌 분도 담당자님이라 부르라고 하셨는데, 호칭은 모두 똑같이 쓰는 건가요?"

"아, 그래? 그분 정식 직함은 선임 연구원 겸 종합가야. 상담은 그분이 전담하실 테니 담당자라는 말도 틀린 건 아니지만…… 어쨌든 나는 연구자는 아니야."

청견의 얼굴에서 순간 미소가 사라지면서 씁쓸한 기색이 나타난다. 나는 마지막 문장에 담긴 속뜻을 눈치채고, 더 묻지 않기로 한다. 문명재건청의 주축은 연구원과 행정관이지만 그게 전부는 아니다. 단순한 트랜지스터 라디오든 서버용 컴퓨터든, 모든 기계에는 나사가 필요한 법이다. 문명재건청에도 나사 같은 직역이 있다. 시설 관리인이나 일반 사무원, 혹은 청소부 같은 사람들이다.

거주구 사람이라면 문명재건청보다 거주구 내부 정치에 더 큰 관심을 기울이기 마련이지만(기술을 통제하는 비밀 요원들과 우리 집 앞에 공원을 만들어줄 정치인 중에서 누가 더 중요하냐면, 당연히 후자다) 이런 나사들은 흔치 않은 예외다. 잊을 만하면 형평성 문제가 불거져 나오는 탓이다.

나사 직역을 차지하는 사람들은 대개 연구원과 행정관 들의 아들딸이다. 거주구 시민이 보기에 이건 순전한 특혜다. 연구원은 적성에 맞지 않고 행정관이 되기에도 영민함이 부족한 사람이, 거주구에서 태어났더라면 평범한 회사원이 되었을 사람이 부모 덕으로 문명재건청에 이름을 올리는 것은 명백한 부조리니까. 그런 직역이 반드시 필요하다면 거주구에도 공개 채용 기회를 열어달라는 사람들이 많다.

물론 문명재건청에게도 명분은 있다. 무엇보다 나사 직역에 속하는 부류는 대개 양정(兩庭)이라 불리는, 행정관 및 연구원을 위한 특별자치구에서 평생을 보낸 사람들이기 때문이다. 이들을 대뜸 거주구로 추방한다면 적응이 어렵거니와 사회적 위화감도 극심할 게 뻔하다. 보안 문제 또한 빼놓을 수 없는 걱정거리다. 거주구 정치인들이 낙제아에게 접선해, 부모님의 컴퓨터에서 기술 서류를 훔쳐내도록 꼬드긴다면 어쩌겠느냐 말이다. 한편 그 역도 마찬가지로 성립한다. 나사 직역을 공개적으로 채용하기 시작한다면 청소부로 위장한 거주구 비밀 요원이 나타날 테니까.

그러니까 이건 집단 이기주의보다 훨씬 복잡한 설명이 필요한 사안이고, 의견도 도무지 하나로 통일되는 법이 없다. 문명재건청의 사정을 봐줘야 한다는 사람이 있으면 연구원들의 결혼을 금지해야 한다는 사람이 있다. 2세가 없으면 처분을 걱정할 필요도 없으리라는 논리다. 한편 문명재건청 소속이라고 해서 나사들에게 온정적인 것만도 아니다. 기술력은 충분하니, 낙오자들을 어디엔가 치워놓고 잡일은 기계에게 맡기면 되지 않겠느냐며 떠들다가 징계를 받은 고위직이 있을 정도다.

그렇다면 나사들 스스로는 이런 처지를 어떻게 느끼고 있을까? 묘한 이야기지만 지금까지는 생각해본 적이 없다. 신문에 올라오는 것은 언제나 거주구 사람들의 입장이거나 문명재건청 행정관의 입장이기 때문이다.

하지만 이제 내 앞에는 청견이 있고, 청견은 나사 역할이고, 청견의 표정은 그게 어떤 종류의 곤란인지를 설명해주고 있다. 낱말 하나로는 요약하지 못할 곤란이다. 어디에서도 환영받지 못하는 느낌이 들지만 면전에서 욕을 퍼붓는 사람은 없고 생존의 문제조차 아니라서, 그리고 실제로 묘한 입장인 것도 사실이라서, 내놓지 못하고 쌓이기만 하는 감정들이 있다. 분함이나 억울함이나 서러움 같은 것들 말이다.

버터와 설탕과 우유를 오랫동안 뭉근히 끓이면 캐러멜이 되듯이, 다양한 감정도 오래도록 눌러놓으면 하나로 뭉치며 무언가 다른 게 된다. 나는 그 다른 것의 이름을 모르지만 이름을 제외한 나머지는 알고 있다. 목소리들을 인생의 동반자로 여기는 일과, 불가피한 만큼 불편한 입장을 감내하는 일은 닮은 구석이 거의 없을지라도 설명하기 어려운 기묘함을 공유하는 듯하다.

나는 2호가 노래를 부르듯 낙오자, 낙오자라고 흥얼거리는 것을 듣는다(청견이 이 사실을 알면 기분 나빠하겠지만, 2호는 자기가 하는 말이 무슨 의미인지도 모를 것이다). 그리고 내 미래에 음산한 그림자가

드리우는 것을 느낀다. 지금은 문명재건청이 나를 마음에 들어하는 모양이지만, 심리 상담이 잘 풀린다는 보장은 없기 때문이다. 그러면 문명재건청은 나를 거주구로 돌려보내는 대신 사소한 일자리를 주면서 치워버릴 테고, 그렇게 되면 나는 눈앞의 남자처럼…….

"아무튼, 담당자님이다. 더 친해지면 형이라고 불러도 되겠지."

청견의 목소리가 나를 현실로 끌어낸다. 생각의 길이로만 따지면 밤이 되었다 해도 이상하지 않을 듯한데 해의 높이는 그대로고 나도 아직 노을에 발을 담그고 있다. 아마 몇십 초도 지나지 않았을 것이다. 나는 시간의 길이에 대해 생각하다가 되묻는다.

"친해질 만큼 오래 있어야 하나요?"

청견은 복도 너머를 향해 힐끔 시선을 던진다.

"가면서 이야기하자."

나는 걸음을 옮기며 천천히 주위를 둘러본다. 아이보리 색으로 칠해진 벽면과 진회색 문들이 낯익다. 복도가 꺾이는 자리에 설치된 엘리베이터 한 쌍도 익숙하다. 병상과 화물을 옮기는 데에 쓰이는 대형 엘리베이터가 하나, 두 발로 걸을 수 있는 사람을 위한 일반 엘리베이터가 하나다. 여기가 바로 어릴 때 수술을 받았던 병원인지, 아니면 문명재건청 산하 연구병원이라 인테리어가 비슷할 뿐인지가 긴가민가하다. 어쨌거나 지금 중요한 문제는 아니다.

"보자, 지금 일정상 보름은 확실히 있어야 돼."

엘리베이터를 기다리는 동안 청견은 추후 일정을 읊는다. 가문비에게 대강 설명을 듣긴 했지만 나는 잠자코 듣는다. 상담은 나흘에 한 번씩이고, 그 사이사이에는 심리검사와 신체검사를 치를 예정이다. 이 신체검사는 단순히 몸무게를 잰다거나 혈당을 측정하는 것과는 조금 다르다. 내가 몸을 차지하고 있을 때와 목소리들이 몸을 차지하고 있을 때를 각각 나누어서, 반응 속도와 신체 능력을 확인하겠다는 것이다. 그리고 뇌-신체 인터페이스 기기, 그러니까 내 뇌와 척수신경을 잇는 기계도 점검할 예정이라고 한다.

"일단 확인만 하는 거니까, 여기 있는 동안 수술대에 오를 일은 없을 거야. 전신마취한 다음 네댓 시간쯤 자고 일어나면 끝. 기기 자체에 관리 프로그램이 내장되어 있어서, 직접 열어볼 필요가 없거든. 근거리 통신으로 접속해서 내부 고장이나 버그만 우선 체크하는 거지. 교체 판정이 나면 두 달은 더 있어야 할 텐데 이건 그때가서 생각해볼 문제고……."

엘리베이터가 도착하자 청견의 말이 잠시 끊긴다. 1호가 그 틈을 타고 교체하면 목소리 하나 더 생기는 거 아니야, 라며 비아냥거린다.

평생 고물 달고 다닐 수도 없잖아. 10년 가까이 같은 거 썼으면 바꿀 때도 됐지.

그러면 네가 없어지려나? 버그니까.

야, 나도 정말 버그 좀 고쳤으면 좋겠다. 그러면 이런 소리도 안 들을 텐데. 버그는 너희들이잖아.

너 계속 말 바뀌는 거 알아? 언제는 우리가 환청이라고 하고, 지금은 버그라 하고…….

내가 뭐, 너랑 떠드는데 어디까지 진지해야 돼? 네가 경찰이야?

2호가 끼어든다. 얘 또 짜증 나는 소리 한다. 한 대 때려줘. 한 대 때려.

1호가 어떻게, 라고 묻자 2호는 주먹으로, 라고 대답한다. 그러고는 내가 스스로를 후려갈기는 이미지가 머릿속에서 한차례 번쩍인다.

하여간 바보들이다.

나는 관심을 끄고 엘리베이터 내부의 버튼 패널을 훑어본다. 19층까지 있고, 우리는 11층에서 4층으로 내려가는 중이다. 버튼 패널에는 아까 봤던 잠금장치가 붙어 있는데, 다른 층으로 가는 데에도 접근 권한이 필요한 모양이다. 나는 방문객 권한으로 갈 수 있는 층이 어디어디일까 궁금해하다가(아마 거의 없을 것 같다) 청견을 따라 내린다. 얼마 걷지 않아 병실이 나타난다. 너른 창문이 소공원을 향해 트여 있는 1인실이다.

"아무튼 보름 지나면 검토할 부분들이 따로 생길 테니까, 당분간 퇴소가 어려울 거야. 거주구로 돌아갔다가 곧바로 다시 와야 하면 너도 귀찮고 복잡하잖아, 그렇지?"

청견은 엘리베이터를 타기 전에 꺼냈던 말을 이제야 마무리 짓는다. 나는 고개를 끄덕이면서 앞으로 지낼 곳을 살핀다. 병실이라기보다는 작은 호텔 방에 가까운 구조인데, 입구 바로 옆에 화장실이 마련되어 있고 책상도 갖추고 있다. 책상 위에 놓인 태블릿 컴퓨터는 거주구에서 쓰던 것과 비슷해 보인다. 태블릿 컴퓨터를 향해 손을 뻗으려던 찰나 청견이 붙박이 옷장을 열어 내용물을 보여준다. 문명청 마크가 박힌 회색 티셔츠와 반바지 각각 다섯 벌, 그리고 속옷들이다. 그게 보름 이상의 시간을 미리 말해주는 듯하다.

"상담 회기가 끝나도, 담당자님들이 결정 마치기 전까지는 계속 여기서 기다려야 하는 거죠?"

"그럼. 물론 병원을 아예 나가지만 않으면 산책은 언제든지 할 수 있고, 열람실에서 책이나 영화도 볼 수 있으니까 아주 갑갑하진 않을 거야. 네 삼촌이랑 통화도 가능하고."

"그러니까, 음, 제가 궁금한 건…… 기기를 교체할 필요까지는 없다고 치면, 몇 주쯤 걸릴까요? 방학이 한 달 반 뒤에 끝나거든요. 선생님들이 걱정하실 텐데……."

이렇게 묻자마자 머릿속에서 1호의 웃음소리가 울린다. 이 상황에 학교 걱정을 하는 게 우습다는 투다. 물론 여기서 좋은 평가를 받는다면 곧바로 소속이 변할 테니까, 학교생활쯤은 사소한 문제긴 하다. 하지만 거주구의 선생님들은 나를 위해 추천서를 써준 사람들이기도 하다. 그런 사람들을 걱정시키는 상황은 피하고 싶다……. 그리고 나쁜 결말도 계산에 넣어야 한다.

"그건 우리 쪽에서 잘 처리할 거야. 문명재건청 소속이라고 해서 거주구에 가지 말라는 법은 없으니까, 선생님들이라면 일이 어떻게 되든 나중에 만나서 인사드릴 기회가 있을 테고."

"그런데 잘 안 될 수도 있으니 드리는 말씀이에요. 그 경우에는 어쨌든 거주구에서 학교를 끝마쳐야 할 텐데, 바로 다음 학기가 마지막 학기거든요."

"아, 그건 걱정하지 마. 내가 잘 모르긴 해도 넌 꽤 특별 대우거든. 몇 년쯤 지나면 내가 널 연구원님이라고 부르고 있을지도 몰라. 거주구 출신인데 그 정도로 관심을 받는 애는 거의 없단 말이야. 취급 자체가 확실히 달라. 여기 오는 사람들이 보통은……."

중요한 이야기가 나오려나 싶어 기다리는데, 청견은 나를 물끄러미 바라보면서 말을 머뭇거리기만 한다. 갑작스레 불안한 느낌이 들어 눈을 몇 차례 깜박인다. 그게 재촉으로 보였는지 청견의 입이 다시 열린다.

"보통은 상태가 많이 안 좋아. 여기가 인지과학이랑 뇌공학 쪽으로 연구하는 병원이란 말이야. 그러면 어떤 사람들이 오겠어. 어떤 의미로든 일상생활 자체가 어려운 케이스가 많지. 재작년인가 거주구에서 온 애가 두어 달쯤 있다가 갔는데, 걔는 뭔가 신약을 먹다가 사고가 터져서 왔댔나 봐. 친구를 죽도록 때렸다고 했나. 아무튼 그랬는데…… 온종일 병실에서 울고만 있더라. 그다음에는 잘 몰라. 그 나이대 남자애들이야 머리 짧게 깎아놓으면 다 비슷비슷하긴 하지만 생긴 것도 너랑 좀 닮았는데, 그래서인가 더 생각이 나네."

단거리경주라도 하듯 서로 다른 트랙에서, 서로 다른 생각들이 제각기 달려나간다. 제일 처음으로 출발한 의문은 내가 이런 이야기를 듣고 있어도 괜찮냐는 것이다. 다른 환자들에 대해 알게 되는 건, 문명재건청의 방식대로 말하자면, 보안 문제일 것 같다. 한편으로는 특별 대우라는 말에 안도감을 느끼는 나 자신이 얄궂다. 그리고 마지막 주자는…….

저 인간은 나사잖아. 보안 걸린 거, 중요한 거는 절대 못 봐. 자기도 잘 모르면서 분위기 보고 아무 말이나 하는 거라고. 특별 대우고 뭐고 간에, 이거 그냥 반사회적인 애들 종류별로 모아서 실험하는 거 아니야?

반사회적인 건 너랑 2호고.

야, 그러니까 너도 무조건 포함이지. 몸 새로 만들어서 혼자 떨어져나갈 거 아니면. 생각해봐라, 신체검사에서 반응 속도 차이 같은 거 확인한다고 했지.

나는 대답하지 않는다. 1호가 기세를 몰아 계속 떠들어댄다.

지금까지 주치의가 뭐라고 했어? 주도권을 잡을 인격을 딱 정해서 일상생활에 적응하는 거랑 별개로, 궁극적으로는 자아의 통합이 필요하다고 계속 그랬잖아? 그런데 여기서는 대놓고 차이를 보겠다잖아. 치료보다는 검사랑 확인을 한다 이거야. 그러면 이게 뭐야. 그냥 실험용 생쥐라고. 내가 계속 말했지. 난 아홉 살 때부터 실험용 생쥐였어.

이번에도 나는 그냥 무시해버리지만, 이유는 지금까지와는 정반대다. 비아냥거리는 대신 진지한 태도를 갖출 때면, 대개는 1호가 옳기 때문이다. 대개, 란 열 번 중에 일곱 번쯤이라는 뜻이다. 그리고 녀석의 가설은 나름대로 설득력이 있는 탓에, 논의가 더 깊어진다면 불안이 옮을 게 분명하다. 그럴 바에는 차라리 모르고 싶다. 어쩔 수 없는 문제라면 신경을 꺼야 한다는 게 내 지론이다.

"아무튼, 하던 이야기 하자. 전자잉크 태블릿은 써봤다고 했지. 색이 있는 것만 빼면 기능은 비슷해. 수건이나 칫솔 같은 게 더 필요하면 여기에 요청 사항 쓰고……."

마침 청견도 어수선한 잡담을 매듭짓고 본론으로 되돌아간다.

필요한 물품을 요청하는 법, 심부름꾼 기계를 호출하는 법, 병원 생활 매뉴얼을 확인하는 법(채팅 봇 기능이 달려 있어서, 즉석 문답이 가능하다), 전자책 도서관과 문명청 공식 언론 포털에 접속하는 법, 자료 열람실을 이용하는 법에 대한 설명이 차례대로 이어진다. 마지막 설명은 식사에 관한 것이다. 아침은 8시 반에, 점심과 저녁은 각각 12시와 7시에 심부름꾼을 통해 병실로 배달된다고 한다. 그 말을 듣고서야 잊고 있었던 허기가 콕콕 뱃속을 찌른다.

"지금 7시 넘지 않았나요?"

"오늘은 설명 마치고 보내기로 해서 그래. 바로 불러줄게."

청견은 왼쪽 손목에 찬 시계를 몇 차례 두드린다. 단순히 시간만 표시하는 게 아니라 통신 기능도 있는 모양이다. 잠시 기다리자 문이 열리고, 윗부분이 둥글게 처리된 원통형의 기계가 스스로 바퀴를 끌며 다가온다. 그러고는 책상으로부터 다섯 걸음 떨어진 곳에 멈춰 선다. 전면부 디스플레이가 '403호로 배달'이라는 문구를 표시하는 중이고, 아래 칸에는 뚜껑 덮인 식판과 물병이 놓여 있다.

"방금 전에 설명한 심부름꾼이 이거야. 밤중에 심심하면 호출해서 말 걸어도 돼. 그때는 연구원들도 거의 퇴근하니까 쓰는 사람이 없거든."

나는 눈앞의 심부름꾼 기계를 바라보며 궤도열차 대합실에서 만났던 안내용 기계들을 떠올린다. 승강장을 찾느라 도움을 받긴 했지만, 그 물건이랑 소통을 한다는 느낌은 없었다. 이건 좀 다를까?

"말을 알아듣나요?"

"역사 시간에 강인공지능 이야기 나오지 않아? 이게 그거야."

그 대답을 듣고서야 강의 내용이 떠오른다. 문명재건청이 없었던 먼 과거에는, 그러니까 무절제기에는 사람처럼 구는 기계와 기계를 이식한 사람이 뒤섞여서 둘을 구분할 수 없을 지경이었다고 했다. 1호가 나를 프로그램이라고 의심하는 것도 그런 역사 때문이고 말이다. 평소였더라면 남이 묻지 않아도 먼저 했을 생각인데 정신이 이렇게나 없다.

"사람이랑 똑같아. 성격도 착하고, 궁금한 거 물어보면 설명도 잘해줘. 원래 방문객 안내용으로도 쓰이는 녀석이니까, 불러서 잡담 좀 한다고 뭐라 할 사람도 없을 거야. 나도 맨날 쓰거든. 쓴다기보다는 같이 시간을 보내는 거지만……."

청건은 심부름꾼에게 농담을 던져 시범을 보인다. 태엽 인형이 말하는 것만 같은, 톡톡 튀는 기계음이 유창한 답변과 이상한 대조를 이룬다. 대합실에 있던 기계들과는 확실히 다르다. 안에 자그마한 사람이 들어 있다고 해도 놀랍지 않을 듯하다.

나는 그 모습 앞에서 여기가 문명재건청의 일부임을 실감한다. 나사 역할을 하는 직원들을 모두 기계로 대체하자는, 어떤 문명재건청 행정관의 농담이 꼬리를 문다. 무절제기의 사건들도 생각해본다. 기계에게 일을 빼앗겨 괴로워하거나, 기계 노예들의 능력에 만족하며 무능해지기를 택하거나, 기계 그 자체가 되려고 애쓰던 과거인들에 대해.

각각의 단상은 서로 맞닿은 듯하지만 그 자리에서 더 나아가지 않는다. 이 모든 생각이 나 자신과 조금이나마 관련되어 있다는 느낌도 느낌으로 그칠 뿐이다.

"혹시 몰라서 말하는 건데, 이것도 결국 프로그램이니까 대화 내역은 모두 연구원들이 볼 수 있어. 기록을 일일이 확인할 만큼 한가한 사람은 없지만 마음만 먹으면 그럴 수 있다는 거야. 그러니까 절대 밝히기 싫은 이야기는 심부름꾼한테도 하지 마."

그리고 청견의 조언이 쉼표처럼 생각 한 덩어리를 끊고 다음 덩어리를 연다. 나는 고개를 끄덕인다.

●

청견이 떠난 뒤, 나는 할 일을 정리해본다. 우선 식어가는 고기와 감자 덩어리를 입에 넣어야 하고, 간지러운 머리도 처리해야 하고(가출한 이후 한동안 제대로 씻지 못했다), 삼촌에게도 전화해서 소식을 알려야 한다. 나는 가장 중요한 일을 가장 뒤로 미룬다. 7시 40분이다.

엄청난 기대를 품은 것은 아니지만 문명재건청이 주는 저녁 식사는 거주구 학교의 급식보다 맛있다. 고약한 맛에 눈살이 찌푸려진다기보다는, 문자 그대로의 의미다. 배양육에는(아마도 돼지고기 같다) 기름기가 거의 없고 삶은 감자는 소금과 후추로만 양념되어 있다. 흰죽은 닭 육수 맛이 감돌 뿐 비슷하다. 채소 샐러드에 뿌려진 식초 드레싱이 그나마 혀를 두드린다. 어른이라면 깔끔하고 정갈한 맛이라 평하겠지만 나는 아직 그럴 나이가 아니다.

화장실은 거기에 비하면 훨씬 만족스럽다. 좁긴 해도 깔끔하고, 도자기 욕조까지 있다. 나는 욕조와 샤워 헤드를 번갈아 바라보면서 내 신분을 곱씹는다. 절반은 신분 도용과 거주구 무단 이탈을 저지른 현행범이고, 절반은 피험자다. 그런 사람이 여기서 목욕을 즐겨도 괜찮을지, 아니면 주제 파악이 필요한지 고민하다가 그냥 물을 받기로 결정한다.

그렇게 시작된 목욕은 한동안 끝나지 않는다. 이다음에는 삼촌에게 전화를 걸어야 하기 때문이다. 미지근한 물에 잠긴 채, 우리는 누가 하더라도 차이가 없을 말을 돌림노래인 듯 되풀이한다.

삼촌이 화내겠지, 라고 1호가 말한다.

삼촌이 화내겠지, 라고 내가 답한다.

하도 어이가 없어서 그냥 웃을지도 모르지, 라고 1호가 말한다.

그럴 수도 있겠지, 라고 내가 답한다.

추워, 라고 2호가 중얼거린다.

나는 수전을 돌려 뜨거운 물이 세차게 쏟아지게끔 한다. 굵은 물줄기가 수면을 두드리며 비 오는 날의 기억을 일깨운다. 열두 살의 기억이다. 나와 1호가 싸운 탓에 2호를 붙잡아줄 사람이 잠깐이나마 사라졌을 때. 삼촌의 금붕어 어항에 파란색 물감이 쏟아지고 부엌에서는 불까지 날 뻔했을 때.

태풍이 들이닥쳐 도시 한 귀퉁이가 정전되고 궤도열차 운행까지 중단된 날이었다. 그날 삼촌은 당일치기 출장을 갔다가 열차 승강장에 발이 묶여 다음 날에야 돌아왔는데, 난장판을 보고서도 전혀 화내지 않았다. 대신 왜 그랬는지를 물은 다음, '또다시 수술을 하게 될까 봐' 벌벌 떠는 1호를 달래고, 우리가 모두 잠들 때까지 옆에 있어주었다. 그다음 날에는 삼촌의 손에 이끌려 억지로 의사를 만나야 했지만 1호가 걱정하던 사태는 벌어지지 않았다. 거주구의 평범한 병원에서 심리검사를 치렀을 뿐이다.

그러니까 삼촌은 우연히 떠맡은 짐 덩어리까지 참고 이해할 만큼 좋은 사람이다. 지금도, 1호가 아무리 음모론을 늘어놓더라도 허허 웃고 말지 지겨운 기색을 보이는 법이 없다. 내 성격이 휙휙 바뀌는 것조차 개념치 않는 모양새다. 아마도 그 사람은 내가 갑자기 한 마리 강아지로 바뀌더라도 그렇구나 할 것이며 그 강아지가 다시 사람이 되더라도 일어날 일이 일어났구나 할 것이다.

나는 수전을 잠그면서 슬슬 일어날까, 하고 묻는다.

10분만 있다가, 라고 1호가 말한다.

시간이 흘러 물이 다시 미지근해지고, 1호는 10분만 더, 라고 중얼거린다. 나는 내 몸 안에 드러누워 기다린다. 그러는 동안 다른 사람이 거실에 켜놓은 빔 프로젝터 화면이 시야에 들어오듯 또 다른 기억이 일렁거린다. 여전히 내 기억이지만 내가 떠올린 것은 아닌 기억이다.

부모님이 살아 계셨던 시절, 지금 같은 삶은 상상할 필요조차 없었던 시절에도 삼촌의 얼굴은 익숙했다. 다른 거주구에 살던 삼촌은 서너 달에 한 번씩 부모님을 보러 왔다. 그러고는 나를 무릎에 앉혀놓고 친구는 생겼는지, 요새 좋아하는 것은 무엇인지 등을 묻곤 했다. 다른 거주구에서만 팔리는 과자와 장난감도 여럿 주었다. '쉬크르에시' 가게의 최고급 사탕 상자. 블록 세트. '데이지 에타'라는 이름이 붙은, 실물 대비 15분의 1 크기의 불도저 모형. 레일을 따라 굴러가는 놋쇠 열차. 플라스틱 군인들.

아직 어렸던 나는 그 시간을 아주 좋아하면서도 선득한 위화감을 느꼈다. 내 눈에 보이는 삼촌은 커다란 곰 인형 같고 크게 웃는 사람이었으며 삼촌이 나를 아끼는 것 또한 명백했는데, 부모님은 그게 전혀 아닌 것처럼 굴었다. 부모님이 삼촌을 대하는 태도에는 친근함이 아닌 정중함이, 시험을 모면하려는 사람들 특유의 불안이 깔려 있었다고 기억한다. 그 불안은 나를 대하는 태도에까지 묻어 나오곤 했다.

그래서 이따금 나는 삼촌이야말로 진짜 아버지일지도 모르겠다고 생각했다. 그게 아니더라도 무언가 사연이 숨어 있으리라고 믿었다. 아니다. 이런 추측은 하나도 중요하지 않다. 뭐가 어쨌든 나는 삼촌한테 못 할 짓을 했고, 문명재건청마저 끼어들었으니 사태가 더더욱 복잡해졌을 것이고…….

그 지점에서 오래된 기억이 뚝 끊기고 1호의 목소리가 어두워진 화면 위에 울린다.

가자.

몸이 제멋대로 일어선다. 나는 조수석에 앉아 창밖으로 흘러가는 도로를 바라보듯이 내 몸의 동작을 느낀다. 욕조 배수구를 열고,

몸을 마저 헹구고, 수건으로 물기를 훔치고, 병원에서 준 옷으로 갈아입는 일들이 차례차례 지나가더니 두 발이 책상 앞에 멈춘다. 몸이 한동안 태블릿을 내려다보고만 있다. 12시 4분이다. 긴 망설임 끝에, 12시 32분이 되어서야 마침내 통화가 시작된다.

"어, 삼촌."

"태서냐?"

다행인 점이 두 가지 있다. 하나는 삼촌이 아직 깨어 있다는 것이고, 다른 하나는 삼촌의 목소리가 평소처럼 밝다는 것이다. 걱정과 당혹이 섞여 있긴 하지만 화난 기색은 없다. 별일 없으시죠, 별일이 많지, 처럼 시답잖은 말들이 몇 차례 오가다가 삼촌이 어떻게 그런 계획을 세웠느냐며 묻는다. 1호는 한순간에 긴장을 벗어던지고 무용담을 늘어놓는다.

"그거야 쉽죠. 인간이 하는 일이나 프로그램이 하는 일이나 허점이 있으니까요. 일단 삼촌은 연합신문사 기자니까 허가 서류 없이도 다른 거주구까지 갈 수 있잖아요. 홈페이지에서 열차표 예매한 다음, 날 맞춰서 타러 갔죠. 지문 검사에는 과학 실험용으로 본떠둔 모형을 썼고요. 살색 바이오 실리콘이니까 지문만 도려내서 엄지에 붙이면 티가 거의 안 나요. 이음매 부분은 반창고를 붙여서 가렸고요. 여행객이 하도 많아서 들킬 일이 절대 없겠던데요."

"열차에 타기 전까지는 그렇겠지. 승강장까지는 거의 무인 기기만 있으니 말이다. 그런데 열차에 탄 다음에는 신원 확인을 하지 않아? 지문 검사도 한 번 더 하고, 예매 정보랑 얼굴이 똑같은지도 확인할 텐데."

"그것도 미리 알아봤죠. 어떤 열차에서는 나사 승무원이 신원 확인을 맡고, 어떤 열차에서는 기계가 돌아다니면서 검사를 한다던데, 뭐가 걸릴지 모르겠더라구요. 그래도 인간이면 방법이 있을 테니까 도박을 좀 하기로 했어요. 일단 출발지랑 목적지가 꽤 가깝잖아요. 뭐, 자동차 끌고 가면 중간에 쉬고 자는 시간까지 합해서 이틀 넘게 걸리겠지만 열차는 엄청 빠르니까."

"그 노선이면 한 시간쯤 걸리지. 그리고 여기나 거기나 보안 등급이 낮은 지역이라 검사가 철저하지도 않을 테고. 맞지?"

"네, 그래서 일단 화장실에 들어가 있기로 했어요. 아무리 문명청이라도 거기에까지 창문을 달진 않더라구요. 그러면 제가 얼굴을 감추려면 얼마든지 감출 수 있는 거고, 승무원도 곧 도착할 열차에서 실랑이하기 귀찮으니까 지문 검사만 하고 지나가고, 저는 손만 빼주고……."

너무 신나게 떠들어대는 나머지 내가 다 부끄러울 지경이지만, 일장 연설을 끝마치자마자 의외로 괜찮은 반응이 돌아온다.

"이거 원, 네 뒤에 카메라를 붙여놓으면 그것만으로 영화를 다섯 편쯤 만들 수 있을 거다. 평소에는 얌전한 녀석이 잊을 만하면 사고를 쳐대니. 앞으로는 어쩔 거냐? 예전부터 벼르던 대로 문명청 연구원한테 주먹이라도 날리면 그거 참 볼만하겠구나. 만약 그렇게 돼도 내가 시켰다고는 말하지 말거라. 난 앞으로도 거주구에서 조용히 살고 싶거든."

"삼촌도 참, 제가 그런 농담 싫어하는 거 아시잖아요."

"무슨 농담?"

"카메라요. 그건 농담거리가 아녜요. 진짜 문명재건청이 절 감시하고 있다니까요. 마지막에 붙잡힌 것도 그거 때문이에요. 하필이면 그때, 문명청 사람들이 절묘하게 나타난 이유가 뭐겠어요?"

"알았다, 알았어. 그렇다면 이 통화도 다 녹음되고 있겠구나."

"그거야 물론이죠. 조만간 삼촌도 불려 나올 준비해요. 엮어 넣으려면 어떤 식으로든 엮어 넣을 수 있을 테니까요."

"짐을 미리 싸둬야겠는데. 침대는 푹신해? 식사는 잘 나오고?"

"이불이 빳빳한 걸 빼면 괜찮아요. 식사는 좋게 말하면 건강식이고 나쁘게 말하면 병원 밥이죠, 뭐. 간판에는 연구병원이라고 달아놨어도 결국 병원은 병원인가 봐요. 그래도 삼촌은 여기 오면 술 끊고 살도 뺄 테니 좋겠네요."

"건강식을 먹으면서 뺄 살이면 문명청까지 갈 필요도 없지. 맛없는 음식은 여기서도 얼마든지 먹을 수 있으니 말이야. 살 빠지는 약 같은 건 없어?"

"뭐, 관리하고야 있겠죠. 무절제기 때 개발된 기술들이 한두 개가 아닐 테니까. 그런데 그게 사용 허가가 났는지는 잘 모르겠는데요. 왜냐하면—."

1호는 멈칫거리더니 갑자기 내 의견을 묻는다.

야, 그 연구원 이야기는 좀 그렇지? 가문비인가 뭐가 하는 사람. 그렇게나 큰 얼굴 흉터도 내버려두는데 살은 절대 안 빼줄 것 같거든. 의사한테 소견서 받을 정도가 아니고서야……

나도 그렇게 생각하긴 해. 뭐가 문제야?

모르는 사람 얼굴 가지고 그런 소리 하면 무례하게 들릴 거 같아서.

무례한 건 맞지. 연구원님이 들으면 싫어하실걸. 그런데 언제부터 이런 걸 신경 썼다고 그래? 도청당할까 봐 무서운 거야?

아니, 지금 삼촌이랑 통화 중이잖아. 삼촌은 착한 사람이라고. 기자라서 문명재건청이랑도 친하고.

너 진짜 제정신 아니구나. 그런 거 따지려면 일단 제대로 사과나 해. 삼촌한테 점수 따려면 그게 더 나을걸.

"아뇨, 아니에요. 이런 얘기는 안 하는 게 좋을 것 같아요. 참, 그리고, 아까는 정신이 없어서 말씀 못 드렸는데, 삼촌 신분 도용한 건 정말 죄송해요."

녀석은 군말 없이 시킨 대로 한다. 일종의 분업 체제다. 어릴 적 기억으로 싸우는 게 아니라면 우리는 보통 서로의 전문 분야를 존중하며 지낸다. 나는 목소리들이 기하학 문제를 풀 때 참견하지 않고, 목소리들은 인간관계 면에서 내 판단을 믿고 따른다. 1호와 2호는 가출 계획을 세울 만큼 번뜩이는 구석이 있지만 멀쩡하게 행동하는 일에는 영 젬병이다. 사람을 대할 때는 특히 그렇다. 말솜씨가 좋고 농담에 뛰어난 것과 별개로 어딘가 균형이 어긋나 있다는 느낌이 든다.

"미안하다는 말이 왜 안 나오나 했다. 이 나이에 일자리를 잃으면 큰일 아니냐."

"설마 잘리셨어요?"

"아니, 그러진 않았지. 그랬을 가능성도 있다는 거다. 문명재건청 사람들이 와서 이것저것 묻고는, 앞으로 조심하라며 엄포를 놓더구나. 신문사에도 따로 해명을 해야 돼. 너도 알겠지만 이게 평범한 사무직은 아니니까."

"정말 죄송해요. 삼촌을 곤란하게 하려던 건 아니고……."

듣고 있자니 1호의 태도가 모순적이라는 생각이 다시금 강해진다. 삼촌은 연합신문사 기자고, 다양한 거주구에서 일어난 사건들을 갈무리하는 일을 한다. 지역 신문에 기고하는 게 아니라 문명재건청 소식지에 올라갈 글을 쓰는 것이다. 당연히 문명재건청과도 엮일 일이 많다. 아니, 연합신문사는 사실상 문명재건청의 하위 기관이라 보는 의견이 지배적이다. 특별자치구, 즉 양정 거주권을 따낼 수는 없을지라도 평범한 거주구 시민들과는 확실히 다르다는 인식이 깔려 있는 것이다.

그러니까 이왕 문명재건청을 미워하고 의심할 거라면 삼촌도 한패로 여기고 똑같이 대하는 편이 타당하다. 정황 증거도 충분하다. 부모님이 삼촌을 대하는 태도가 묘했다거나, 수술 직후에 나타난 사람이 하필 삼촌이었다거나, 다른 친척들은 병문안 한번 온 적 없다거나 하는 사실들을 악의적으로 해석하기만 하면 손쉽게 그런 결론을 얻어낼 수 있다. 그것이야말로 1호의 주특기가 아닌가.

하지만 이율배반을 대놓고 지적한 적은 없다. 1호의 주장을 온전히 받아들이진 못할지라도 그 마음을 이해하기 때문이다. 삶이 혼란스러울수록 믿을 상대가 필요한 법이다.

대화가 한참이나 길어진다. 나는 이따금 훈수를 두고, 이렇게 삼촌과 전화를 나누는 밤이 앞으로 며칠이나 있을까 궁금해한다. 아직 알지 못하는 것들에 대한, 알 수 없는 느낌이 점점 불어나다가 통화가 끊기는 시점에 맞추어 고점에 이른다. 어느덧 2시 32분이다.

●

너무 늦었다 싶어 냉큼 불을 끄고 침대에 눕는다. 하지만 잠이 오기는커녕 예민해지기만 한다. 이불깃이 살갗을 스치는 느낌이 선명하고, 숨소리 하나하나마저 강조되어 들리기 시작한다. 나는 이만 포기하고 일어나 태블릿으로 상세한 일정을 확인해본다. 내일은 오후 1시부터 상담이 있고, 그 전에는 자유 시간이다. 5시에 눈을 붙이더라도 일고여덟 시간을 잘 수 있다는 계산이 선다. 이런 계산은 보통 뜬눈으로 밤을 지새울 전조지만, 결말을 안다고 해서 다른 방법이 있는 것은 아니다.

나는 가장 약한 밝기로 조명을 켠 다음 태블릿을 내려놓고 침대 가장자리에 걸터앉는다. 베개에 머리를 파묻는 대신 허리를 꼿꼿이 세웠을 뿐이지 하는 일은 똑같다. 생각이 계속 이어진다. 불규칙적으로 밀려드는 파도에 휩쓸리듯 나 자신과, 낡고 혼란스러운 기억들과, 모호한 미래가 서로 다른 위치에서 흔들거린다. 포말처럼 훅 번졌다가 차갑고 딱딱한 점으로 움츠러드는 낱말들. 그러다가 문득 2호가 그거 불러보자, 라고 말한다.

그거라니?

아까 그 기계. 새벽에는 불러서 말 걸어도 된다고 했잖아.

나쁘지 않은 제안이다. 방문객을 안내해주는 역할도 한다는 설명을 듣지 않았던가. 1호 역시 궁금한 게 있다며 찬성표를 던진다. 호출 명령을 보내자 10분도 되지 않아 문이 열리면서 심부름꾼 기계가 나타난다. 태엽을 짤깍거리는 듯한 기계음.

"안녕하세요, 무슨 용건으로 부르셨나요? 이유 칸에 아무것도 쓰여 있지 않네요."

그 말과 함께 심부름꾼 기계의 전면부에 세로로 길쭉한 점 두 개가 나타나며 눈동자 모양을 그린다. 그게 나를 깊숙이 들여다보는 듯도 하고 쿡쿡 찔러오는 듯도 해서 기분이 묘하다. 나는 팔을 뻗어, 두 눈을 가리듯이 전면부를 매만져본다. 매끈하고 차가운 플라스틱에 손바닥을 붙이고 있노라니 몸에 열이 잔뜩 오른 게 느껴진다. 긴장이 아직도 심한가 보다. 심호흡한 뒤 손을 뗀다.

"딱히 시킬 건 없고, 궁금해서 불러봤어."

"밤늦게 주무시면 건강에 좋지 않으니, 휴식을 권합니다. 내일 1시에 상담 일정도 있으시고요."

"점심까지 잘 생각이야. 참, 아침 식사 가져다주는 거 있잖아. 그때 내가 자고 있으면 어떻게 해?"

"환자분이 주무시고 계시면 책상 위에 올려놓고 가게 됩니다."

"올려놓을 수 있어?"

반사적으로 질문을 던진 다음 심부름꾼을 위아래로 훑어본다. 매끈한 원통이 어떻게 책상 위를 건드릴 수 있을지 의아스럽다.

"팔은 수납형이므로 필요할 때만 꺼내고 있습니다."

심부름꾼은 그러더니 시범까지 보여준다. 알아서 대답하는 게 사람이나 마찬가지다. 맥락을 읽은 걸까, 아니면 몸짓을 보고 판단한 걸까. 신기한 기분과 얼떨떨한 기분 사이에서 갈피를 잡지 못하는 사이 1호가 몸의 조종간을 채어간다.

"야, 너 말 진짜 잘한다."

"저는 연구원들과 방문객 여러분을 돕기 위해 만들어졌습니다. 이런 것쯤은 쉽게 알아듣지요."

"그러면 더 어려운 것도 대답할 수 있냐."

"물론입니다! 가능한 주제라면 최선을 다해 말씀드리겠습니다."

"문명재건청 연구원들은 예전 기술을 쓸 수 있잖아. 그런데 쓰고 싶다고 해서 아무거나 쓸 수 있는 건 아닌 것 같거든. 그러니까, 예를 들면…… 연구원이어도 흉터는 못 지우는 거야? 사람 죽는 문제가 아니라서 막아두는 건가? 비만 같은 것도 마찬가지고?"

내 목소리지만 나는 결코 하지 않을 말에, 순간적으로 심장이 덜컹 내려앉는다. 설마 여기서 가문비 이야기를 입에 올릴 줄은 몰랐다. 서둘러 조종간을 빼앗으려 하지만 1호도 쉽게 포기하지 않는다. 반대 방향으로, 동시에 잡아당겨지는 실이 팽팽한 평형을 유지하듯 근육이 딱딱하게 굳는다……. 나는 목소리들을 휘어잡고 내 안으로 움츠러든다.

아까 설명 들었잖아. 연구원들이 대화 내역 볼 수 있다고.

아니, 내가 뭐 못 할 말 했어? 궁금할 수도 있는 거 아니야? 여긴 삼촌도 없는데.

삼촌이 있든 없든 당사자 앞에서 못 할 말은 하면 안 되지.

2호가 끼어든다. 그러면 내가 다른 거 물어봐도 돼?

너도 안 돼. 둘 다 가만히 있어.

야, 너나 가만히 있어. 대답 나오잖아.

"흉터의 유형과 크기에 따라 다릅니다. 흉터가 심하면 사람을 대할 때 어려움을 겪거나 강한 스트레스를 느끼기 때문에, 당사자가 원할 경우 전문의 검토하에 적극적인 의료 지원이 이루어집니다. 반면 미용에만 주안점을 둔 시술이라면, 몇몇 거주구에서 더 훌륭한 서비스를 제공하고 있습니다. 문명재건청은 그러한 방면으로는 거의 투자하지 않을 뿐만 아니라, 미용은 상대적인 가치 경쟁을 전제하므로 복지의 대상이 될 수 없기 때문입니다. 체중 등의 문제에도 의료 목적인지, 미용 목적인지에 따라 다른 논리가 적용됩니다. GLP-1 작용제와 같은 비만 치료제가 물론 존재합니다만—"

그런데 뜻밖에도 흥미로운 대답이 돌아온다. 심부름꾼 기계가 비만은 의학적 문제이자 사회적 문제임을 설명해주는 동안(저품질 고열량 식품을 몰아내고 평균적인 근로 여건을 개선하면 사회 전체의 비만율이 낮아진다고 한다) 우리는 빠르게 휴전 협정을 맺는다. 1호의 편집증적인 의심과는 별개로, 나라고 해서 문명재건청의 공식 입장을 모두 믿는 건 아니다. 거주구 출신이라면 누구나 그렇다. 문명재건청은 양정에서의 삶이 방탕과 거리가 멀다고 주장하지만, 다들 무언가 마법 같은 게 숨겨져 있으리라고 믿는다. 그리고 눈앞의 기계는 정말로 마법 같다.

"그나저나 미용 시술은 거주구에서 더 잘한다니 의외인데. 양정이 무조건 거주구보다 좋을 거라고 생각했거든."

"흔한 오해입니다만, 문명재건청의 목적은 거주구 사람들을 억누르거나 과거에 붙잡아두는 게 아닙니다. 기술을 독점하려는 것도 아니고요. 신규 연구원 채용의 8할은 거주구 시민을 대상으로 이루어지며, 거주구 내에서도 발전과 개선의 가능성을 항상 열어둡니다. 사람은 빵만으로 살 수 없다는 격언처럼, 탐구심과 경쟁심, 새로운 것을 기대하는 마음 등이 없으면 사회는 활력을 잃고 사람들은 쉽게 불행해집니다. 문명재건청은 다만 정념과 기술이 적절한 조화를 이루는 선에서, 제어 가능한 혁신과 자유를 추구할 뿐입니다."

대답의 큰 얼개는 거주구 학교에서 배운 것과 비슷하지만 낯선 곁가지가 붙어 있다. 나는 곧바로 질문을 던진다.

"제어가 가능하면 혁신도 자유도 아니지 않아?"

"자동차 수리공을 예로 들겠습니다. 자동차를 고칠 수 있다는 건 그 원리를 이해한다는 뜻이고, 그러면 어떤 수리공은 이런 이해를 통해 이미 한번 발명되었던 기술을 재발견할 수 있습니다. 반대로 핵융합의 원리를 이해할 능력이 되는 사람이라도 원시시대에 태어난다면 불을 발견하는 게 최선일 것입니다."

"주변 환경을 정해두면 무슨 기술이 발명될지도 예상이 간다는 소리구나. 차선을 벗어날 수는 없어도, 만들어놓은 차선 안에서는 마음껏 돌아다닐 수 있도록 허락해준다는 거지."

"문명재건청이 예전 기술들을 지속적으로 관리하고 연구하는 것도 동일한 이유입니다. 이해하지 못하는 것을 제어할 수는 없으며, 위험을 막으려면 그 위험이 존재한다는 사실을 우선 인지해야 합니다. 또한 사용하는 방법을 모른다면 기술을 온전히 이해했다고 볼 수 없습니다."

논리에 결함이 있는 것 같지는 않다. 나는 스스로가 문명재건청의 공식 홍보물에 설득당하고 있는 게 아닌가 자문해본다. 그 틈을 타 1호가 불쑥 몸을 채간다.

"야, 그러면 이런 기술도 있어? 일단 사람 머리에, 그러니까 두개골이랑 척추 사이에 기계를 꽂아 넣는 거야. 그 기계가 신경이랑 연결돼서 생각을 주입하는 거지. 몸도 마음대로 움직이고⋯⋯."

"개별적인 기술과 작동 원리에 대해서는 말씀드릴 수 없습니다."

다행인지 불행인지, 문명재건청은 냉큼 대답할 만큼 호락호락한 상대가 아니다. 1호는 잠시 투덜거리다가 이어 묻는다.

"너는 뭔데?"

"어떤 의미로 하신 말씀이세요?"

"너도 기계인데 생각하고 말하잖아."

"이미 답변드렸다시피, 개별적인 기술과 작동 원리에 대해서는 말씀드릴 수 없습니다. 반드시 필요한 정보라면 연구원님들께 문의하시길 권합니다."

짧게 침묵하던 1호는 다음 질문을 던지지만, 내가 듣기에는 그저 시비를 걸려는 듯하다. 어조로 판단하자면 확실히 그렇다.

"그러면 하던 이야기나 계속하자. 양정 사람들이 자기 편하자고 기술 연구하는 거 아니라면서. 그런데 넌 왜 만든 거냐."

하지만 나로서도 궁금한 마음이 크니 내버려두기로 한다. 만약 연구원들이 기록을 보더라도 책잡힐 구석이 없으리라는 계산 또한 있다.

"저처럼 강인공지능이 탑재된 기계들은 개인용으로는 보급되지 않습니다. 개개인의 편의를 위해서가 아니라 원활하고 효율적인 조직 운영을 위해 만들어졌다고 생각하시면 이해가 쉽습니다."

"어쨌든 좋은 건 문명재건청 안에서만 쓴다는 거지. 평범한 인간은 멍청이 만들고 자기들끼리만 편하게 살겠다는 거 아니야? 불만 있는 사람들은 치워버리고."

"문명재건청과 거주구를 분리하여 인식하는 것은 위험하다고 말씀드리고자 합니다. 문명재건청은 자원 분배와 미래 계획에 있어 각 거주구의 총의(總意)를 온전히 반영하기 위하여 최선을 다하며, 그 구성원들은 자신이 태어나고 자란 곳을 여전히 아낍니다. 비록 말씀 주신 바와 같은 우려가 있는 것은 사실입니다만, 문명재건청으로서도 그러한 사태를 경계하고 있으며, 개개인이 기술을 남용하거나 사적으로 유용한 것이 적발될 경우 엄격한 처벌이 내려집니다. 인간은 타인과의 관계를 통해서만 자기 자신을 발견할 수 있으므로, 자기 자신의 욕망만을 내세우기에 앞서 자신이 속한 공동체를 소중히 가꾸어야 합니다. 그것은 문명재건청의 설립 이념이자 정신입니다."

"그런데 인간은 이기적이기도 하잖아? 네 말대로 된다는 보장이 어디 있어?"

"물론 그렇습니다만, 자연 상태의 인간에게는 콘크리트와 모르타르도, 법과 형벌도, 배양육과 분무식 농법도, 수학적 공리계도 없었습니다. 발전이란 자연으로부터 남길 것과 버릴 것을 구분함으로써 이루어지는 것이며, 문명재건청은 이기심과 배타성, 그리고 탐욕을 철저히 버려야만 하는 것으로 간주하고 있습니다. 무절제기의 실패에서 얻을 수 있는 교훈이 바로 그것입니다."

대답은 흠잡을 데 없이 유창하다. 기계에게도 사람과 같은 진심이 있는지는 모를 일이지만, 자신의 해명을 얼마나 믿는지 묻고 싶어진다. 순전한 허풍일지라도 놀랍지 않을 듯하고, 확신하더라도 그럴 수 있겠다는 생각이 든다. 양정을 둘러싼 이야기들은 그만큼 극과 극이기 때문이다. 상상할 수 없을 만큼 방탕한 데다 사악하기까지 한 곳이라는 증언이 있는가 하면, 학자들로 가득한 수도원 같다는 증언도 있다.

문명재건청의 공식 입장은 후자고, 연구병원이 주는 인상 또한 후자에 가깝다(물론 그 학자들이 인체 실험에 흥미를 가질 수도 있지만, 이건 종류가 다른 문제다. 그리고 인체 실험은 더더욱 인정할 리가 없다). 심부름꾼을 붙잡고 더 따지더라도 천칭이 전자를 향해 기울지는 않을 것이다. 1호도 비슷한 결론에 이르렀는지 한참이나 기계의 두 눈을 노려보다가 그만 돌려보낸다.

심부름꾼은 정중한 인사를 건네며 돌아선다. 심심풀이로 시작한 게임, 승리나 패배 따위는 계산하지 않고 덤벼들었던 게임에서 처참한 완패를 맞닥뜨린 느낌이다. 그런데 게임의 스코어는 알 길이 없고 무슨 종목이었는지조차 감이 잡히지 않는다. 우리는 그냥 안내용 기계를 불러 중구난방으로 떠들었을 뿐이고 기계는 질문에 성실하게 답했을 뿐이다. 그게 끝이다. 하지만 왜인지 내 몸은 무겁고, 누울 기분마저 아니다.

| 우리 |

새벽 4시 15분이지만 정신은 예리하게 날이 서 있다. 매끈한 대리석을 긁는 면도칼처럼, 날만 서 있지 상처를 낼 것도 자를 것도 없다는 느낌이다. 우리의 입이 허공을 향해 맥 빠진 중얼거림을 불어 내쉰다.

"무슨 대답을 듣고 싶었던 걸까?"

오늘 하루 동안, 너무 많은 상대와 너무 많은 이야기를 했다. 인간 세 명과 기계 하나. 그러나 우리는 각각의 대화로부터 빠져나가지도 명확한 요점을 맺지도 못한 상태로, 그 순간들 속에만 침전되어 있는 듯하다.

"도대체 여기서 뭘 하고 있는 걸까?"

부모님은 동생이 죽을 뻔한 일 때문에 우리를 버린 것일 수도 있고, 불운한 사고로 때 이른 죽음을 맞이한 것일 수도 있다. 삼촌은 문명재건청의 끄나풀일 수도 있고, 순수하게 좋은 사람일 수도 있다. 우리는 생각을 주입당하는 실험을 당했을 수도 있고, 끔찍한 사고로 정신착란을 일으킨 것일 수도 있다.

"이제 어떻게 될까?"

가문비가 말하기로, 우리는 문명재건청 연구원이 되기에 더없이 적합한 인재다. 일종의 의학적 문제를 검토할 필요가 있을 뿐이다. 보름 뒤면 가문비는 우리에 대한 보고서를 작성할 텐데 그 보고서의 정확한 목적은 알 길이 없다. 한편 청견과 심부름꾼 기계는 각자의 방식으로 친절한 존재들이지만, 그 친절함 아래에는 무언가 서늘한 게 숨은 듯하다. 우리는 문명재건청의 피실험체거나 미래의 연구원이다.

"여긴 도대체 어디일까?"

여기는 문명재건청 소속 제3연구병원이고 연구원들의 주 분야는 인지과학과 뇌공학이다……. 가문비의, 흉터 남은 얼굴이 섬광처럼 번뜩인다. 복잡한 수학 문제의 풀이 과정이 모두 생략되고 질문과 정답만 덩그러니 놓인 기분이다. 하지만 이 이미지가 도대체 무슨 종류의 답일까? 그저 단순하고 무의미한 연상 작용에 불과한 게 아닐까?

우리가 정말로 이상한 곳에 와 있으며 우리의 삶 또한 항상 그

랬다는 생각이 든다. 더 생각하고 싶지 않다. 우리는 불을 끄고 눕
는다.

#3

| **3호** |

나는 눈 뜨는 법을 잊어버린 것처럼, 혹은 눈을 떠야 한다는 사
실조차 모르는 것처럼 가만히 누워 있다. 그런데 문득 익숙지 않은
따스함이 팔뚝에 내려앉는다. 햇살이 낯선 각도에서 비쳐 들어오
는 것을 깨닫자 의식이 비로소 명료해진다. 창문의 위치도, 그 너머
의 풍경도, 새하얗기만 한 이불도 모두 낯설다. 나는 천천히 몸을
일으킨다. 이내 책상 위의 식판과 물병이 어제 새벽의 대화를 불러
내고, 다른 기억들이 자석에 이끌리는 철가루처럼 우수수 뒤따라
온다. 그걸 모두 곱씹기도 전에 1호가 외친다.

잠깐만, 지금 몇 시야?

돌이켜보니 알람도 맞춰두지 않고 새벽에 그대로 곯아떨어졌다. 내 몸이 심장과 함께 튀어 오른다. 문명재건청 연구원들이 학생 따위를 기다려줄 리가 없으니 늦잠을 잔 것은 아니겠지만, 첫날부터 나쁜 인상을 줄까 봐 걱정스럽다. 서둘러 태블릿을 찾아 시간을 확인한다. 다행히 12시 7분이다. 청견이 나를 데리러 오기까지 40분쯤 남은 셈이고, 식사를 마치고 씻기엔 충분한 시간이다.

식판에는 삶은 콩에 견과류를 으깨어 섞은 것과 흰 살 생선 한 덩어리(허브를 뿌려 구웠고, 달지 않은 겨자 소스가 곁들여져 있다), 오트밀, 그리고 사과 반 개가 올라 있다. 한편 물병 옆에는 포도당 캔디 두 알과 영양제가 준비되어 있다. 어제저녁과 큰 차이가 없는 구성이다. 건강과 별개로, 이런 것만 먹으며 지내야 한다고 생각하니 그것이야말로 가장 큰 불행처럼 느껴진다.

연구원들의 식사도 똑같을지 궁금하지만 심부름꾼 기계를 불러 물어보거나 병원 생활 매뉴얼을 확인할 마음은 들지 않는다. 반박할 수도 없을 만큼 모범적인 대답을 들은 다음, 무엇을 기대했는지도 모르게 실망하는 상황은 생각만 해도 지겹다. 대신 나는 병원 생활에 대해 다시금 고민하기 시작한다. 제일 큰 걱정거리는 1호와 2호가 순순히 상담을 받아들이겠냐는 것이다.

녀석들은 문명재건청 한복판에서 대뜸 날뛸 만큼 대책 없는 성격은 아니지만, 그렇다고 해서 무슨 상황이든 순순히 받아들이는 성격도 아니다. 만약 내가 조종간을 꽉 붙들어서 몸을 뺏길 상황이 없게 하더라도, 녀석들에게는 최후의 수단이 있다. 입을 꾹 다물고

파업에 들어가는 것이다. 잠깐은 편하지만 그 상태로 하루가 넘어가면 평소에는 나눠 하던 일들을 홀로 감당하느라 슬슬 피곤해진다. 그리고 어떤 면에서는 두렵다. 목소리들이 완전히 사라지면 나는 그냥 덜떨어진 애, 거짓말하는 애, 표정이 멍하고 간단한 수학 문제조차 못 푸는 애가 되기 때문이다. 1호는 의사들 앞에서 나를 엿 먹이고 싶을 때는 언제든 그렇게 한다. 체육 시간에도 가끔 그런다. 사실은 그런 곤란조차 병증의 일부겠지만, 그게 단순한 무능 이상의 문제임을 인정받으려면 목소리들이 있어야 한다는 사실은 이상한 딜레마 같다.

나는 목소리들에게 상담을 제대로 받을 생각이 있냐며 묻는다. 사실은 어제 했어야 옳은 질문이다. 1호가 욕설로 대답하고, 2호는 나가서 과자 자판기를 찾아보자고 한다. 나는 속으로 묻는다.

돈도 없는데 자판기가 있어봤자 무슨 소용이야?

연구원한테 사달라고 하자. 그 사람들은 돈 많을 텐데.

대답할 말이 마땅치 않다.

하기야 이 일이 순탄하게 흘러가리라고 믿은 적은 없다. 생각을 멈추는 게 최선일 것이다. 식사를 마치고 씻은 다음 침대에 걸터앉아 태블릿을 만지작거린다. 얼마 지나지 않아 문이 열린다. 청견이다.

"잘 잤어? 늦잠 잤지?"

"새벽에야 겨우 누워서 늦게 일어났네요. 삼촌이랑 통화도 길어졌고, 잠도 안 오긴 했어요. 그런데 어떻게 아셨어요?"

"10시쯤인가, 아침 식판이 손도 안 댄 채로 돌아오더라고. 그거 보고 자는 중이구나 했지. 점심은 제대로 먹었지? 컨디션은 괜찮고?"

나는 2호를 위해 포도당 캔디 개수를 늘려달라고 부탁할까, 아니면 식단이 너무 건강하다며 불평해볼까 생각하다가 침묵이 가장 현명하다는 결론에 다다른다.

"네, 괜찮아요. 문제없어요."

"그럼 다행이지만, 규칙적으로 생활하는 게 좋을 거야. 네 컨디션에 맞춰서 일정을 바꿀 수는 없으니까. 내일은 기기 점검이고, 모레부터는 신체검사인 거 기억하지. 이틀 연속이야."

"조심할게요."

대화는 여기까지다. 12시 52분. 우리는 청견을 따라 걸음을 옮긴다. 엘리베이터가 고도를 높일수록 심장이 뒤늦은 부담감으로 조여들기 시작한다. 제출 전날까지 실컷 놀아대다가, 당일이 되어서야 언제나 그 자리에 있었던 숙제 더미를 발견하듯이. 1호는 아무 말도 없다.

●

상담실에 발을 들이자마자 나는 시간을 되감아 어제로 돌아간 느낌에 사로잡힌다. 색 없는 사무용 가구들은 일자가 명기되지 않은 만년형 다이어리처럼 모든 시간을 그대로 맞아들이고 또 흘려

보낼 준비를 하고 있는 듯하다. 그 한복판에 자리 잡은 가문비는 이 상담실의 설계도에 처음부터 존재했던 것처럼 자연스럽다. 흉터만 제외하면.

나는 여기에서 유일하게 살아 움직이는 것이 가문비의 흉터뿐이라고 느낀다. 규격화된 공간의, 숨이 막힐 것만 같은 정연함과는 동떨어진 무언가. 지나간 불행을 상상하고 위안 삼는 태도는 분명히 무례겠지만, 눈앞의 존재가 사람이라고 믿기 위해서는 이런 마음가짐이라도 필요하다. 나는 문명재건청의 부품이 아니라 인간을 마주하고 있는 것이다…….

"안녕하세요, 담당자님."

"확인할 게 있으니 앉아서 잠시 기다리고 있어라. 늦게 일어났다고 들었는데, 지내면서 불편한 점 있으면 언제든 말하고."

"괜찮아요. 첫날이기도 하고, 놀라기도 해서 그랬던 것 같아요."

청견이 떠나고, 나는 태연한 척 대화를 나눈다. 하지만 그런 노력에도 자세는 흘러내리듯 틀어지기만 한다. 긴장 때문이다. 묽은 밀가루 반죽을 사람 모양으로 고정시키려 애쓰는 것만 같다. 그나마 다행인 점은 가문비가 모니터만을 바라보고 있다는 것이다. 최소한 아직까지는. 나는 심호흡하면서 최악의 고비를 이미 넘어왔음을 곱씹는다. 어제도 여기에 앉아서, 곤란스러운 질문들에 잘 대처하지 않았던가. 게다가 1호도 입을 다물고 있을 뿐 말썽을 부릴 기미는 없다. 그러면 된 것이다.

손바닥이 약간 축축해졌다가 다시 말라붙을 만큼의 시간이 침묵을 신고 흐른다. 이윽고 가문비의 고개가 천천히 돌아 나를 바라본다.

"오래 기다리게 했구나."

"아네요, 저도 생각을 가다듬을 시간이 필요했으니까……."

"그러면 본론으로 들어가도록 하자. 너도 오랫동안 상담을 받았으니 표면 인격과 후면 인격의 구분에 대해서는 잘 알고 있을 거다. 해리성 정체감 장애를 다루는 기본적인 방법론이지. 인격의 통합은 너무 이상적인 목표니까, 그 대신 실용주의적인 접근을 취하는 셈이야. 일상생활에 적합한 인격과 아닌 인격들을 구분한 다음, 적절한 상황에서 적절한 인격이 조종간을 잡을 수 있도록 유도하는 거다."

"제가 표면 인격이고, 다른 둘은 후면 인격이죠. 저는 목소리라고 부르지만요."

의료 기록에 적힌 대로 읊자 가문비가 고개를 끄덕인다.

"상담의 주제는 결국 너와 다른 목소리들의 관계가 될 거다. 대인 관계든 진로든, 그 결정은 너와 목소리들 사이에서 일어나는 상호작용의 결과일 테니 말이다. 그러니까 어제 대화했던 주제로 되돌아가자. 우선은 목소리들의 특성이나 갈등을 조율하는 방식, 그리고 주된 갈등 같은 걸 차근차근 설명해보는 거다."

"얼마나 자세히 말씀드려야 할까요? 간단히 정리하려면 10분 안에도 끝나고, 길어지려면 한없이 길어질 수 있는 부분이라서요. 의료 기록에도 자주 나온 부분은 이미 보셨을 테니, 건너뛰어도 될 것 같고요……."

"글쎄다, 그런 판단은 내 역할이지 네가 걱정할 부분이 아니야. 이미 아는 내용이라 하더라도, 말할 때의 태도나 특히 강조하는 부분을 통해 새로운 단서를 발견할 수도 있지. 떠오르는 대로 이야기하면 내가 질문을 던지면서 방향을 잡아나갈 테니, 시작해보자."

나는 시선을 피하느라 고개를 떨어트린 상태로 꾸물거리듯 설명을 늘어놓는다. 목소리들에 대해 이야기하는 건 즐겁지 않은 데다가 부끄럽기까지 한 일이다. 열한 살짜리가 한밤중에, 난데없는 영감에 사로잡혀 쓴 소설을 낭독하는 기분이 들기 때문이다. 주치의는 음, 음 소리를 내면서 받아 적었고 삼촌도 참견하지 않지만, 그런 태도는 기껏해야 관용이거나 수긍이지 이해와는 거리가 멀었다. 내가 느끼기엔 그랬다.

한참이나 중얼거리다 보니 서늘한 거리감이 느껴진다. 관객석이 텅텅 빈 무대에서 대사를 읊는 배우가 된 기분이다. 나는 고개를 수그린 자세 그대로, 눈동자만을 움직여 가문비의 얼굴을 힐끔거린다. 사무적이다 못해 심드렁한 표정을 보니 말할 의욕이 완전히 사라진다. 1호의 지적대로 이런 상담은 본질을 외면하는 것인지도 모른다. 어쨌든 녀석에게 가장 중요한 고민거리는 뇌-신체 인터페이스 기기의 진짜 기능이자 교통사고의 진실이고, 그건 몸을 함께 쓰는 이상 내게도 중요하다. 이 미스터리만 해결되면 우리는 잘 지낼 게 분명하다.

이러지 말고 그냥 부모님 이야기를 다시 해볼까? 하지만 어제의 대화 시도는 실패했고, 다음 날이 되자마자 똑같은 주제를 꺼내는 건 멍청한 짓일 뿐이다. 1호가 시킨다면 못 이기는 척 따르기라도 할 텐데 녀석조차 아무 말이 없다. 갑갑한 느낌이 들어 손등으로 이마를 훔친다. 식은땀 때문에 살갗이 끈적하게 달라붙는다. 그 동작이 주의를 끌었는지 가문비는 나를 유심히 바라보다가 질문을 던진다.

"그나저나 2호에 대해서는 거의 말하지 않는구나."

"네?"

나는 반사적으로 되묻고서야 퍼뜩 정신을 차린다.

"네, 그렇죠. 2호랑은 싸울 일이 많지 않거든요. 달랠 일은 많지만요."

"하지만 의료 기록을 보면 2호라 불리는 인격 때문에 주로 곤란을 겪었다고 되어 있는데. 어제도 비슷한 논조로 이야기했고 말이다."

"아."

가문비가 무엇을 지적하려는지 알 듯하다. 별다른 고민 없이 떠들 주제가 생겼으니 나로서도 반가운 일이다. 나는 목을 가다듬으면서 자세를 고쳐 앉는다.

"둘 다 성가시긴 하지만 종류가 달라요. 성격 나쁜 쌍둥이랑 한집에 사는 상황과, 곰을 만나서 다리가 부러지는 상황이 다른 것처럼요. 쌍둥이랑은 대화로 풀어나갈 수 있고 어떨 때는 정말로 잘 지낼 수 있겠다 싶지만, 곰은 전혀 아니죠. 곰을 쓰다듬어주면서 환심을 살 수야 있겠지만요."

"네가 느끼기에 2호는 제대로 된 소통이 불가능한 상대라는 말이구나. 하지만 그래도 불만을 품을 수는 있을 텐데."

"싫어할 이유가 많긴 해요. 특히 1호한테는요. 아시겠지만 자기가 부모님한테 버려진 게 그 녀석 때문이라고 믿거든요. 삼촌 어항을 망친 것도 그렇고요. 지금도 매번 이런저런 헛소리를 늘어놓아서, 달래느라 고생이죠. 그런데 뭐랄까…… 기를 쓰고 싸울 마음은 안 들어요. 어쩔 수 없이 받아들이게 된다고 해야 할까요."

"체념으로 정리할 수 있겠구나."

"아뇨, 그것보다는 복잡해요."

1호는 항상 내가 가짜라고 주장하지만 2호에 대해서는 그렇게 말한 적이 단 한 번도 없다. 나도 마찬가지다. 셋의 감정이 제각기 다른 방향으로 뻗어나갈 때면, 우리는 몸과 가장 가까이 맞붙은 인격이 2호라는 사실을 깨닫게 된다. 나는 1호를 멈춰 세울 수 있고 1호도 나를 방해할 수 있지만, 2호가 확실히 마음먹은 일은 누구도 막지 못한다. 애써 달래거나 혼내면서 소란이 끝나길 빌 수밖에.

그러니까 우리는 2호가 어쩔 수 없는 나의 일부임을, 혹은 녀석이야말로 진짜 몸의 주인임을 받아들이고 있다. 운이 나쁘면 밀항자고 기껏해야 동거인인 입장에서, 주인을 마음 놓고 미워하기는 쉽지 않다. 그 주인이라는 게 단순 무식한 세 살배기일지라도.

아니, 단순 무식하다는 말에는 어폐가 있다. 나는 이 부분을 설명하기로 마음먹는다.

"생각해보니 곰보다는 자연재해에 비유하는 게 좋을 것 같아요. 태풍이 지나간 곳에서 물고기가 더 많이 잡히는 것처럼, 불이 나면 땅이 비옥해지는 것처럼, 2호도 그렇거든요. 단점이 더 크지만 장점도 있죠. 아주 약간이지만, 그 약간만으로도 단점을 모두 덮을 만큼 선명한 장점요. 그 애의 생각은 항상 번뜩여요. 전후 사정을 떠나서, 지금 당장 눈앞에 보이는 것만 집요하게 생각하는 거죠. 가끔은 그게 도움이 돼요."

"예를 들면?"

"글쎄요, 막상 예를 들려니 마땅한 게 없네요. 기하학 문제를 푼 이야기 같은 건 말로 설명하기 어려우니까요. 대신 어떤 식인지는 말씀드릴 수 있어요. 옛날에 어떤 탐험가가 신대륙을 발견했는데, 질투하는 귀족들이 그런 건 누구나 할 수 있는 일이라면서 헐뜯었다잖아요."

가출 얘기 하면 되잖아. 내가 아이디어 낸 거 많은데. 다 기억하면서.

2호가 불쑥 끼어들지만 나는 못 들은 척 탐험가 이야기를 이어 간다.

당시 귀족들의 조롱에도 나름대로 근거가 있었다. 지구는 둥글 테니 무작정 서쪽으로만 가면 신대륙이 나오리라는 계산은 세 살짜리 아이라도 떠올릴 만큼 단순해 보이기 때문이다. 그 말을 들은 탐험가는 귀족들을 불러 모은 다음 달걀을 꼿꼿이 세워보게끔 시켰다고 한다. 모양이 모양이다 보니 당연하게도 기우뚱거리며 넘어지기만 했는데, 귀족들이 모두 실패하고 나자 탐험가가 나섰다.

달걀을 세우는 방법은 신대륙을 발견하는 방법만큼이나 간단했다. 끄트머리를 약간 깨기만 하면 그만인 것이다.

그 탐험가가 사실은 신대륙의 첫 번째 발견자가 아니었다거나, 원주민을 학살했다거나 하는 진실을 제하더라도 이 옛이야기에는 일말의 통찰이 남아 있다고, 나는 믿는다. 정해진 절차를 차근차근 따라가는 것과 규칙 바깥에서 직진하는 것은 완전히 다른 일이다. 결과물이 유용하든 아니든, 과정이 옳든 그르든 2호는 그 일을 아주 자연스럽게 해낸다. 포도가 생화학을 모르더라도 스스로 발효되어 포도주가 되는 것처럼. 어쩌면 그건 과학을 알지 못하기 때문에 발생하는 마법일 수도 있다. 포도나무들이 기술을 다룰 방법을 알았더라면 그들은 농장에 심기고 포도를 빼앗기는 대신 무언가 다른 생을 살았을 것이며 우리는 포도주의 존재를 영영 몰랐을 것이다.

"그걸 좋은 방향으로만 이끌 수 있다면 좋겠구나, 그렇지?"

나는 고개를 끄덕인다.

"제가 1호랑 항상 하는 일도 그거예요. 2호를 잘 달래가면서, 나쁜 일은 못 하게 막고 좋은 아이디어만 활용하는 거죠. 여러모로 쓸모 있기도 하고, 그 애를 없앨 수 있다는 생각은 안 들거든요. 그 애가 사라진다면 그건 팔이나 다리보다 더 많은 부분이 저한테서 잘려나가는 일이 될 거예요. 반드시 좋은 역할만 하는 건 아니고, 보통은 감추는 게 더 좋을 부분이지만……. 어쨌든 우리는 함께 살아야 하고, 그만큼 최선을 다하고 있어요. 자기 인생을 스스로 망치려는 사람은 없으니까요. 1호가 가장 두려워하는 상황도 그거예요. 감옥에 가고, 삼촌한테서도 또다시 버려지고, 아무 쓸모도 없이 해로운 사람이 되는 상황요."

나는 심리의 복잡성을 새삼스럽게도 실감한다. 그건 서로를 떠받치는 모순들로 가득한 논리 퍼즐 같은 것이다. 첫째, 1호는 나와 문명재건청을 미워한다. 둘째, 녀석은 범죄자가 아니라 모두에게, 특히 삼촌에게 인정받을 만한 사람이 되려 한다. 셋째, 하지만 그러기 위해서는 내가 필요하고, 삼촌은 문명재건청과 깊은 관련이 있다. 가문비에게 이런 역학을 읊어주자 그제야 1호가 머릿속 깊은 곳에서 불편한 듯 으르렁거린다. 이번에는 반응할 줄 알았다. 나는 얄궂은 즐거움을 억누르며 결론부로 넘어간다.

"조심스러운 이야기긴 해도, 이번에 가출하면서 벌인 일들은 예외로 여겨주셨으면 좋겠어요. 예외로 치기에는 큰 사고였던 게 사실이지만…… 왜 그랬는지는 이해하시리라 생각해요. 저희도 최선을 다하고 있어요."

가문비는 모니터를 바라본 채로 골똘한 생각에 잠긴다. 타자 소리가 드문드문 들려오다가 질문으로 변한다.

"결국 이 문제에서 타협할 수 있는 상대는 1호뿐이다 이거구나, 그렇지?"

"맞아요."

"그러면 1호의 의견은 어떠냐? 네 말대로라면 지금도 머릿속에서 뭐든 떠들고 있을 텐데, 반응을 그대로 읊어봐라. 중간에서 교환

원 역할을 하는 거다. 뭐든 솔직히 전달해주면 좋겠구나."

솔직해도 된다니까 시킨 대로 해주지. 그대로 읊어. 문명재건청이 이렇게까지 낙관적이라는 게 믿기지 않아. 여기가 온갖 사회 부적응자들을 모아서 연구하는 곳이라는 이야기는 이미 들었어. 나도 그 사회 부적응자의 일종일 테고. 그러면 환자들이 위험해질 가능성도 고려해야지. 사람 뼈라는 게 모니터만 들어서 내려쳐도 부러질 만큼 약한데 말이야. 저번 환자는 친구를 죽을 만큼 두들겨 팼다가 끌려왔다던데, 내가 그러지 않는 이유는 별거 없어. 그저 이득을 계산할 머리가 있기 때문이야. 그래서 가끔은 내가 아무 생각이 없었으면 좋았을 거라고 생각해. 그러면 속으로만 투덜거리는 게 아니라 그쪽을 이미 패놨을 테니까. 참, 생각난 김에 말하는 건데, 혹시 흉터가 생긴 이유가…….

녀석은 기다렸다는 듯 비아냥거린다. 상담을 할 때면 흔히 있는 일이지만 번번이 당혹스럽다. 목소리를 핑계로, 불손한 생각을 그대로 쏟아붓는 것처럼 보이지 않을까 하는 걱정이 가장 크다. 꽤 오랫동안 머뭇거리자 가문비가 내 태도를 읽고는 입을 연다.

"협조적이진 않은 모양이구나. 너는 거짓말을 지어내지 않을 만큼은 정직하지만 그렇다고 해서 들리는 걸 그대로 전할 정도로 용감한 건 아니고. 그렇지?"

"네, 맞아요. 대신 제 의견을 말씀드리자면…… 저도 항상 이 문제로 싸우고 있어서 아는 부분인데, 1호의 주장이 음모론일 뿐이라고 못 박는 건 큰 소용이 없긴 해요. 10년 가까이 믿은 걸 하루 만에 뒤바꿀 순 없으니까요."

두 가지 가능성이 있는 셈이다. 1호가 인체 실험의 피험자이며 나는 프로그램에 불과하거나, 1호가 틀렸거나. 묘한 이야기지만 나는 후자의 입장을 고수하면서도 가끔은 전자가 옳기를 바란다. 순전한 망상을 설득하거나 반박하기란 불가능하기 때문이다. 가문비가 지적했듯이, 보이지도 않고 만질 수도 없으며 온도까지 없는 용이 존재하지 않음을 증명하는 작업과 똑같다. 반면 진실은 아무리 쓰라릴지라도 다음 장소로 나아가는 디딤판이 될 수 있다.

"1호와 직접 대화를 나눠야겠구나."

"쉽지 않을 거예요. 성격이 나쁘거든요. 두 마디 중에 한 마디는 불평이거나 욕이고요."

"너 같은 애를 예전에 맡은 적이 있어."

원래부터 부드러운 목소리는 아니었지만 어조가 퍽 단정적으로 변한다. 그리고 묘한 기색이 얼굴에 번뜩인다. 마술사가 아주 잠시간 모자 속을 보여주고 다시 보자기로 감추듯, 정말로 찰나다. 나는 가문비를 빤히 바라보고, 흉터로부터 번져 나와 얼굴의 나머지 반절을 향해 뻗어나가던 표정을 머릿속에서 되살린다. 그건 단조로운 확신이나 희망 이상의 감정이었던 듯하다. 도대체 무엇이었을까? 이상하리만치 선명한 직감이 나를 난데없는 수수께끼로 몰아넣는 사이, 가문비가 천천히 몸을 일으킨다…….

"보여줄 게 있으니 자리를 옮기자."

복도에는 우리 외에 아무도 없다. 가문비는 조금 빠르게 걷는다. 종이공예로 빚은 인형이 움직이듯 호리호리한 몸이 리놀륨 바닥을 스쳐가고, 다각거리는 단화 소리가 잘못 추가된 효과음처럼 엊

힌다. 나는 고개를 돌려 복도 끝의 창문을 힐끔 본다. 오후 3시의 여름 햇볕이 우리를 향해 쏟아지더니 일그러진 흔적을 남기며 반대편 끝으로 내달린다. 구식 시곗바늘처럼 길고 뾰족한 그림자가 나를 관통하고 있다.

| 1호 |

너 같은 애를 예전에 맡은 적이 있어, 라는 말을 듣자마자 벌컥 화내지 않은 이유를 모르겠다. 그건 확실히 기분 나쁠 만한 소리다. 나 같은 애가 도대체 뭐란 말인가. 이 병원의 특색을 생각해보건대 칭찬은 아닐 게 분명하다.

그러나 모든 감정에는 이상하게도 우아한 규칙이 있기 마련이라서, 터뜨릴 시기를 맞추지 못할 경우 그 사람만 우스꽝스러워지고 만다. 30초만 늦게 반응하더라도 지고 마는 카드 게임이다. 타이밍을 놓쳤으면 입을 다무는 게 상책이다. 결국 나는 흥미로울 구석 없는 여행에 끌려가는 꼬마처럼, 자동차 뒷좌석에 얹힌 기분으로 머리 뒤편에 드러누워 있다. 차창 밖으로 보이는 풍경은 좁은 정사각형 공간, 사면을 메운 진회색 모직 벽재(흡음재일 것이다), 사람 네 명이 앉을 만한 탁자와 정중앙의 터치식 패널, 천장에 매달린 유백색 빔 프로젝터…….

"네 지문 권한으로 접근할 수 있는 장소는 세 곳이다. 11층의 상담실과 4층의 개인 병실, 그리고 여기지. 정규 일정을 방해하지만 않는다면 쉬는 시간에는 마음껏 이용해도 된다."

그러나 아무리 따분한 여행이라도 원치 않는 심리 상담보다는 나은 법이다. 여기는 병원 최상층의 자료 열람실 중 한 곳이고 가문비는 이제부터 내게 영화를 보여줄 예정이다. 21세기 초, 그러니까 무절제기가 피날레를 맞이하기 직전에 촬영된 작품이다. 2호도 마음에 들어할 것이며 끝까지 보면 내가 특히 좋아하리라는 것이 가문비의 주장이다. 표정은 여전히 사무적이고 장담하는 목소리조차 아니지만, 그런 태도조차 견고한 확신의 일부 같다. 물이 축축하다는 문장을 말할 때 군이 강세를 주지 않는 이치라고나 할까.

하지만 어제 처음 본 상대의 취향을 어떻게 확신할 수 있단 말인가. 나는 소리 내어 투덜거려볼까 고민하다가 얌전히 있기로 마음먹는다. 그래봤자 3호를 괴롭히는 꼴밖에 되지 않을 테고(물론 녀석이 나한테 욕을 좀 먹을 필요가 있는 것과는 별개로—3호는 남들 앞에서 내 욕을 너무 많이 하고 다닌다), 무절제기의 영화가 궁금하기도 하고, 도전을 받아들일 때의 호승심도 약간 있다.

가문비가 3호에게 터치 패널의 조작법을 알려주는 동안 나는 평론가가 될 준비를 마친다. 별다른 귀띔 없이 본 영화라면 뻔한 각본에도 웃어주지만, 못마땅한 상대에게 추천받은 영화에는 괜히 깐깐해지는 게 사람 심리다. 전등이 훅 꺼지면서 자료 열람실이 어둠에 잠겼다가 살짝 밝아진다. 빔 프로젝터 특유의 가느다란 모터 소리가 내 머리통 뒤, 조금 높은 곳에서 윙윙거린다. 이제 시작인가

보다.

"감상하는 동안에는 나가 있으마. 중간에 할 말이 생기면 호출 기능을 쓰고."

오래전에 사라졌을 영화 제작사 심볼이 널찍하게 트인 오른편 벽에서 번뜩인다. 나는 역사 시간에 배웠던 내용들을 되짚으며 첫 번째 장면을 예상해보지만, 모두 엇나간다. 영사 렌즈가 비추는 것은 마천루로 가득한 도시도, 포화가 터져나가는 전장도 아니라 장대한 사막이다. 어디에도 없을 듯한 광경이다.

베이지 색 모래의 산이 면도날로 자른 케이크처럼 꺾여 떨어지는데, 그 위로는 제각기 명도가 다른 푸른빛이 층층이 쌓여 있다. 새카만 말이 갈기를 휘날리며 내달리다가 까마득한 모래 언덕 밑에서 멈춘다. 그러고는 새하얀 깃털을 입은 여자가 말에서 내려 모래 언덕 위를 걷기 시작한다. 두 개의 경사면이 대각으로 교차하며 빚어내는, 곡예사의 밧줄 같은 모서리. 카메라가 이 모든 광경을 원경으로 비추고, 여자는 베이지 색 캔버스에 찍힌 흰 점이다……

이거 무슨 예술영화 같은 건가? 내용이 없는데.

괜히 트집을 잡자 3호가 조용히 해. 한 번만 더 투덜거리면 담당자님 부를 테니까, 라며 핀잔을 준다. 2호도 녀석의 편을 든다. 멋진데 왜 그래? 이럴 수가. 나는 내 명의로 계약한 집에서 발언권을 잃어버린 듯한 비참함을 느끼며 퇴각한다. 나는 가만히 있을 테니 둘이서 실컷 떠들어라.

그렇게 10분가량이 지나고서야 역사적이라고 칭할 만한 장면이 나온다. 역사적이라는 것은, 거주구에서는 상상할 수 없고 문명재건청에나 있을 법하다는 의미다. 희미한 청색광이 밝혀진 실험실에 소년과 여자가 기계장치로 연결된 채 누워 있는데, 여자는 아까 전에 사막을 걷던 그 사람이다. 곧 다양한 장면들이 파편적으로 제시되면서 큰 얼개를 완성한다. 영화 속의 세계에는 타인의 무의식 속으로 걸어 들어가는 기술이 있고, 여자는 그 기술을 다루는 연구원이자 영화의 주인공이다. 그리고 사막은 소년의 무의식이 만들어낸 세계다.

이 기술은 실화에 기반한 것일까, 상상력의 산물일까? 지금으로서는 알 길이 없다. 타인의 정신을 들여다본다는 테마 자체에 즉물적인 흥미가 일면서도 반감이 든다. 설마 이게 내 주장과 맞닿아 있다고 생각해서 영화를 골랐다면⋯⋯ 그건 모욕이다. 장미꽃을 좋아하는 사람이라면 라벤더도 좋아하리라 믿어버리는 것과 똑같다. 하지만 마음속의 채점표에 감점을 매기려는 찰나 예상치 못한 장면이 번뜩인다. 어딘가에 갇혀서, 죽음을 기다리며, 비명을 지르는 사람.

나는 판단을 잠시 미룬다. 이내 혼수상태에 빠진 연쇄살인마가 붙잡혀 오고, 주인공은 희생양이 감금당한 장소를 알아내기 위해 살인마의 무의식을 향해 한 걸음을 내디딘다. 소년이 보여주었던 사막만큼이나 환상적이고 악몽보다 무분별한 이미지들이 터져 나온다. 살인마의 여러 자아, 홀의 한쪽 벽면을 덮을 만큼 넓고 커다란 자주색 비단을 망토 삼은 왕, 회반죽 발린 인형들, 황금 해마 조각상과 황금 박편(薄片)을 엮어 만든 장막과 비명을 지르는 황금 오르골……

2호가 즐겁게 박수를 치며 깔깔 웃고, 3호도 흥미를 보인다. 그리고 어느 순간부터인가 나 또한 평론가 흉내를 잊고 영화에 열중한다. 그런데 내 관심을 결정적으로 사로잡은 것은 스릴러의 플롯이나 현란한 이미지들이 아니라 주인공과 함께하는 꼬마의 존재다. 꼬마는 모든 것을 알며, 위험한 길을 인도하고, 주인공이 악몽 속의 왕을 무찌르도록 돕는 인물이자…… 살인마의 어린 시절이다. 주인공은 그것을 이해하면서도, 혹은 이해하기 때문에 최후의 결단을 내린다.

왕이, 살인마로서의 자아가 무의식의 세계에서 죽음을 맞이하는 순간 꼬마도 죽는다. 주인공이 죽어가는 왕을 내버려두고 피투성이가 된 꼬마를 감싸안을 때, 지금껏 집중력을 붙들어놓던 몰입감이 제자리를 벗어나 심장을 꾹 누른다…… 펌프가 물을 끌어올리듯 오래된 생각들이 잇달아 치솟는다. 문명재건청 일과는 별개로, 나는 줄곧 스스로에 대해 두 가지를 증명하고 싶었던 것 같다. 하나는 내가 환청도 망상도 아니며 악인조차 아니라는 것이다. 그리고 다른 하나는, 2호야말로 진짜 문제라는 것이다.

나는 그 애가 한 번도 남들 앞에 보인 적 없는 쌍둥이 같다고 느낀다. 갖가지 사고가 불벼락처럼 내 인생을 쪼개고, 낱말 없는 열기에 시달리다가 정신을 차려보면 잔뜩 화난 사람들이 달려와서 왜 그랬냐며 따지는데, 나는 그게 쌍둥이의 짓이라고 도무지 말할 수가 없다. 누구도 믿지 않거니와 나조차 진지하게 주장하지 못한다. 그러니까 내 의견과 무관하게 2호는 나이며 우리는 어쩔 수 없는 하나다. 3호가 프로그램이라면 우리는 언제나 악당이었다.

3호가 프로그램이라고 의심할 수밖에 없는 이유는 그 애가 규칙을 잘 지키고 성실한 데다 참을성까지 넘치기 때문이다. 어른들이 내게 그런 성격을 주입할 이유도 명백하기 때문이다. 수술을 받기 전까지 내 머릿속에는 그런 게 전혀 없었다. 공포가 도덕이나 순응 따위를 흉내 낼 뿐이었다. 나는 3호의 존재가 고마운 한편 두려웠고, 살아본 적 없는 모든 삶을 향해 질투를 느꼈다. 처음부터 그 애처럼 태어난 덕에 애당초 이런 감상을 느낄 필요가 없었을 사람들. 나를 제외한 사람들.

나는 해명할 수 없는 정동에 압도당한 채 영화의 마지막 부분을 눈에 담는다. 주인공은 무의식의 파편 속에서 희생양이 갇힌 장소를 깨닫고, 경찰들과 함께 구출에 나선다. 좋은 일들이 계속되는 사이 왕과 함께 죽은 꼬마는 결코 다시 나타나지 않는다. 당연한 죽음이고 자연스러운 퇴장이다······. 곧 빔 프로젝터가 작동을 멈춘다. 어둠이 좁은 공간을 메우고 목구멍으로까지 밀려든다. 움직이지도 않았는데 숨이 찬다. 나는 자리에 앉아 숨을 헐떡거리며, 눈물 너머로, 보이지 않는 것들을 계속 노려보려 한다.

이런 걸 보고 울다니 바보 같아. 재밌기만 한데. 재미있잖아. 난 왕이 마음에 들더라.

다른 녀석들이 와글거리며 말을 걸어오지만 지금은 대답할 기력이 없다. 가문비가 도대체 무슨 속내로 이걸 보여줬는지 모르겠다. 2호도 마음에 들어할 것이며 끝까지 보면 내가 특히 좋아할 거라고 했는데. 그렇게 말했는데. 그 말의 진짜 의미를 알 듯도 하지만 인정하고 싶지 않다. 너 같은 애, 가 누구를 가리킬지는 더더욱 상상하기 싫다. 한때 동지를 꿈꾸기도 했지만 그건 먼 과거가 되었고, 내 고통은 너무나도 오랫동안 고유했던 까닭에 그게 사실은 양산품이었음을 인정하기 어렵다. 아니다. 어쩌면 그 반대로, 혼자가 아니라는 사실에 생경한 기쁨을 느끼는지도 모른다.

둘 중 어떤 이유로든 가문비가 돌아올 때까지 나는 흐느끼기만 한다. 문틈이 슬쩍 벌어지더니 밝은 빛줄기가 내 허리에 할선(割線)을 놓고, 그 반경이 빠르게 넓어지면서 몸을 가득 덮는다. 아주 먼 곳에서 메아리치는 듯한 목소리.

"마음에 들었던 모양이구나, 그렇지?"

나는 어떤 거짓말은 아주 잘한다. 필요하다면 내 이름이 태서가 아니라 서하라고 주장할 수 있으며 가본 적 없는 거주구에서 평생을 살았다고도 떠들 것이다. 하지만 어떤 거짓말은 결코 하지 못한다. 누군가가 나를 이미 알고 있으며 따라서 내 속마음마저 꿰뚫어 본다고 느낄 때, 나는 물러날 곳이 없다는 생각으로 고개를 끄덕이게 된다. 그건 일종의 패배지만 기분 좋은 해방이기도 하다. 평생토록 하고 싶었던 이야기를, 타인의 손을 빌려 억지로인 척 토해놓는 기분이라고나 할까.

하지만 내게는 문명재건청을 싫어할 이유가 아직 많다. 이 사람

앞에서는 즐겁고 싶지 않으며 패배하고 싶지도 않다. 나는 몸속으로 도망친다.

| 3호 |

"잠시 나가 있을까?"

"아뇨, 곧 멈출 거예요. 잠깐만 기다려주세요."

"그래도 이대로는 안 되겠구나. 휴지를 좀 가져오마. 조명도 켜고."

감정은 크게 두 종류로 나뉜다고 본다. 행복이나 짜증처럼 생각에서 시작되어 생각으로 끝나는 것이 있고, 분노나 울음처럼 몸마저 사로잡는 것이 있다. 후자의 경우라면, 나는 거리를 조절하는 법을 안다. 화나는 일을 계속 곱씹다 보면 머리에 서서히 열이 오르게 되고, 반대로 아무리 끔찍한 생각이 들더라도 다른 낱말들을 끌어모으면 평안을 되찾을 수 있다.

나는 타인에게 이 방법을 설명할 때 생각의 축을 옮긴다는 표현을 쓴다. 그러나 이번에는 아무리 애써도 떨림을 다스리기가 어렵다. 대화를 시도하지만 갑자기 왜 저런대, 라는 2호의 목소리만 드문드문 들려올 뿐이다. 나는 도대체 1호가 어떤 감정에 시달리는 것일까 짐작하다가 그만 단념하고 파도에 휩쓸리기를 택한다. 가문비가 휴지와 물 한 병을 가지고 돌아올 때까지도 내 몸은 울고만 있다.

그렇게 시간이 한참이나 흐르고, 나는 폭풍우가 할퀴고 간 폐가에서 깨어나듯 눈을 뜬다. 그동안 목과 어깨에 얼마나 힘을 주고 있었는지 흠씬 두들겨 맞은 기분이다. 고개를 살짝 흔들어 긴장을 푼 다음 눈물을 닦고, 물병 뚜껑을 비틀어 딴다. 그 기척에 맞은편 대각선 자리에 앉아 태블릿을 확인하던 가문비가 고개를 든다. 나는 괜히 팔꿈치를 탁자에 얹고 손으로 옆얼굴을 가린다.

"마음의 준비가 되면 말하거라."

"마음의 준비는," 운을 떼자마자 받은 숨이 올라온다. 나는 잠시 심호흡한다. "처음부터 돼 있었어요. 제가 운 게 아니거든요. 저는 3호고, 영화 재미있게 잘 봤어요. 2호도 좋아했고요. 그런데 1호는 무슨 생각을 하는지 모르겠어요. 대답도 안 하네요."

"울고 있는 건 1호지?"

"전할 말씀이 있으시면 제가 말을 걸어볼게요."

"아니야, 그냥 내버려둬라. 때가 되면 알아서 떠들기 시작할 거다. 너도 묻고 싶은 부분이 많을 테니, 그것부터 들어보자."

이런 상황쯤은 이미 예상했고, 이어질 반응도 대강 알고 있다는 투다. 나는 대답에 앞서 천천히 물을 넘기며 너 같은 애, 라는 어구를 곱씹는다. 선임 연구원쯤 되면 희귀한 케이스까지 모두 외울 만큼 많은 환자들을 만나볼 수 있는 걸까? 하지만 정확히 이 영화를 고른 데에는 마법 같은 면이 있다. 내가 연구원이라면 환자들의 증상이 같다고 해서 취향마저 동일하리라 예단하진 않을 것이기 때문이다. 물론 어떤 측면에서는 이입할 만한 내용이지만······.

"저랑 비슷한 환자들을 몇 명이나 만나보셨는지 여쭤봐도 될까요? 거주구에서는 제가 동네에 단 한 명 있는 케이스였거든요. 아니, 그 거주구 전체에서 유일했을지도 모르죠."

"그건 보안 문제야." 가문비는 나를 유심히 바라보다가 덧붙인다. "내가 직접 다룬 건 하나였다고만 말해두마. 아니, 어쩌면 둘……."

직접이라는 단어가, 나도 모르는 사이 의료 기록이 저장되고 공유되어서 만나본 적 없는 연구원들마저 내 사정을 알게 되는 상상을 촉발시킨다. 이건 편집증도 망상도 아니라 충분히 있을 법한 일이다. 거기에 생각이 닿자 보안 문제라는 대답이 답답하면서도 안심된다. 환자 이야기가 아무렇게나 나돌지 않을 만큼은 규율이 확실한 셈이다. 나는 좋은 방향으로 생각의 축을 몰아 고정한 후 다음 질문을 내놓는다. 이건 1호가 특히 궁금해하던 주제지만 내 관심사이기도 하다.

"영화에 나온 기술이 실제로 있었던 건지, 아니면 창작인지도 궁금해요. 다른 사람의 무의식 속으로 들어가는 거요. 그 기술만 빼면, 건물 모양이나 자동차 같은 건 제가 살던 곳이랑 비슷해서 헷갈리네요."

"너도 알다시피, 대다수 거주구는 무절제기 중후반에 가까운 기술 수준을 유지하도록 제어되고 있지. 영화도 해당 시기에 촬영한 것이고. 따라서 살던 곳에 그런 기술이 있었는지를 생각하면 답이 나올 거다. 무엇보다도 사람의 정신은 저렇게 작동하지 않아."

"처음부터 끝까지 창작이란 말씀이시죠."

"하지만 사람의 정신에 간섭하는 기술은 여럿 있었지. 대개는 무절제기 극후반에 개발돼서, 실제로 활용된 사례는 얼마 없지만 말이다. 윤리적인 논란에 휘말려 갈팡질팡하다가 상용화에 돌입하기도 전에 한 시대가 끝났지."

"참, 맞아요. 사람의 정신은 영화에 나온 거랑은 다르게 작동한다고 하셨잖아요. 문명재건청 연구원들은 거기에 대해서 얼마나 알고 있는 건가요? 저도 예전부터 궁금했던 주제거든요. 제 희망 진로에 임상심리사가 있는 건 담당자님도 아실 거예요. 병원에 다니고 심리 상담을 받는 게 즐거운 일은 아니지만, 이렇게 살다 보면 도대체 제 머릿속에서 무슨 일이 일어나는지 궁금해지거든요. 더 알아보고 싶어지죠. 가능하다면 거주구에서 접할 수 있는 것보다 더 깊은 내용을요. 대학교 과목 몇 개를 선이수한 것도 모두 그 분야예요."

내 목소리인데도 들뜬 기운이 고스란히 느껴진다. 갑작스러운 관심사에, 버튼이라도 눌린 듯 떠들어대고 나니 병원에 온 후로 기쁨이란 감정을 아예 잊고 있었다는 생각이 든다. 이것조차 보안 문제라면 어쩔 수 없지만 조금이라도 대답을 들을 수 있다면 여러모로 도움이 될 것이다. 진로에 대해서든, 내 심경에 대해서든.

허리를 꼿꼿이 세운 채 기대 반, 긴장 반으로 가문비의 입이 열리기를 기다린다. 그러나 들려오는 소리는 없고 검은 눈동자 한 쌍만이 나를 물끄러미 바라볼 뿐이다. 그러다가 문득 가문비의 고개가 슬쩍 들려 올라가면서 두 눈이 텅 빈다. 나는 눈앞의 연구원이 무엇을 되짚고 있을까 가늠해본다. 대학교 2학년 수준의 학문 기초? 문명재건청의 보안 수칙? 예전에 다뤘던 환자?

이내 흉터가 없는 쪽의 눈썹이 살짝 꿈틀거린다. 첫 번째가 정답이다.

"우선 기초 상식부터 보자. 표상이 뭔지는 대강 알고 있겠지."

"네, 저번 학기에 선이수로 강의를 들었어요. 요컨대 표상은 우리 마음속에서 바깥 세계가 되살아나는 방식이죠. '처음으로 불을 발명한 사람'을 직접 본 적은 없을지라도 마음속으로는 그런 이미지를 떠올릴 수 있는 것처럼요."

"상사적 표상과 명제 표상의 차이를 말해봐라."

"상사적인 건 후각이나 시각, 공간 감각처럼 비언어적인 감각들과 관련된 표상들이에요. 명제적인 건 언어화될 수 있는 표상이고요. 전자가 더운 느낌 그 자체라면 후자는 '덥다'라는 의미가 되겠죠. 그리고 명제 표상은 서로 다른 종류의 표상들을 이어주기도 해요. 무언가를 보고, 그런 시각적 이미지가 고양이라고 불린다는 걸 알고, 고양이에 관련된 사실들을 떠올리는 것처럼 말예요."

"그래, 그러면 사고언어이론은……?"

이건 조금 어렵다. 개념을 읊는 데에서 그치는 게 아니라 그것들이 상호작용하는 방식을 설명해야 하기 때문이다. 나는 최선을 다해 강의 내용을 기억으로부터 끌어낸다. 이론을 구성하는 핵심 아이디어는 언어와 사고가 비슷한 성격을 지닌다는 것이다. 언어가 일정한 구조를 갖추는 것처럼, 문장이 낱말과 조사로 나뉘는 것처럼, 그리고 개별적인 요소들을 문법에 따라 이어 붙임으로써 무한한 수의 문장을 만들 수 있는 것처럼, 우리의 생각 또한 그렇다.

"인간의 정신에는 일정한 구조가 있죠. 이 구조 덕분에 명제 표상을 조합해서 무한한 수의 의미를 만들고 확장할 수 있어요. 이렇게 표상을 배열하고 조작하는 작업이 바로 사고, 즉 '생각'이고요."

가문비는 천천히 고개를 끄덕이고는 촌평을 내린다.

"좋아……."

그리고 한 차례 더, 훨씬 낮은 음색으로.

"좋아."

한층 무거워진 공기가 내 몸을 에워싼다. 지금부터 나올 이야기가 핵심인 모양이다.

"이제 그 생각이라는 걸 해볼 차례. 이론을 현실에서 응용하려면 어떤 기술이 또 필요할지 상상해봐라. 예컨대 표상과 뇌의 활성화 패턴이 대응되는 방식을 분석할 수 있다면, 즉 특정한 의미를 떠올리거나 접했을 때 뇌가 어떻게 반응하는지 알 수 있다면……."

가문비는 문장의 나머지 부분을 직접 채워보라는 듯 나를 슬쩍 본다. 차갑게 번들거리는 눈동자 속에 내가 갇혀 있다. 불길한 예감이 내 뒤통수를 두드리고 정신을 일깨운다. 이 대화의 목적은 내가 예상했던 방향이 아니었던 듯하다……. 게임 판이 거의 채워진 오셀로 게임에서 역전패를 당하듯, 즐거웠던 느낌이 단번에 몸을 뒤집으며 참담함으로 돌변한다. 나는 손등으로 이마를 훔치고, 식은

땀이 배어 나온 것을 확인한 다음, 더듬더듬 대답한다.

"특정한 표상을 떠올리게끔 자극을 가해서…… 생각을 주입할 수 있겠죠. 뇌가 활성화되는 패턴을 확인해서, 무슨 생각을 하는지도 파악할 수 있을 테고요."

"그리고 문명재건청에는 문자열을 입력받은 다음, 적절한 반응을 즉석에서 만들어내는 프로그램도 있지. 심부름꾼 기계에 탑재된 것처럼 말이다—그래, 네가 어제 새벽에 물어봤던 것들 중에 이것도 있었지. 충분한 대답이 됐는지 묻고 싶구나."

언젠가 자동차 바퀴에 깔려 납작해진 시궁쥐를 본 적이 있다. 그 시궁쥐는 자동차가 무엇인지 알았을 것이며 바퀴를 피해야 한다는 사실도 알았을 텐데, 그래서 언제나 조심했을 텐데, 이런저런 가림막을 쳐놓아도 최후는 한순간에 들이닥치는 법이다. 정신이 얼얼한 수준을 넘어 무감각해지기 시작한다. 나는 척추가 부러진 덕에 통각 신경이 마비된 생쥐처럼, 어울리지 않는 초연함으로 새벽에 있었던 일을 복기해나간다.

심부름꾼 기계를 불러냈을 때 1호는 흉터 제거 수술에 대해, 생각을 주입하는 기술에 대해, 기계가 그토록 유창하게 떠드는 방법에 대해 물었다. 그리고 연구원들도 그 대화를 들었다. 청견의 경고는 빈말이 아니었던 셈이다. 이제 셋 중에서 둘은 확실해졌으니 어떻게 해야 할까? 왜 흉터를 지우지 않았느냐며 물어볼까? 그게 현명한 판단이 아니라는 건 이 상태로도 확실히 알 수 있다……. 애당초 이 질문이 겨누는 상대는 내가 아닌 듯하다.

"그러니까 심부름꾼 기계랑 똑같은 게 날 움직인다 이거죠?"

머릿속 어디엔가 웅크려 있던 1호가 돌진하듯 표면으로 올라온다. 나는 조종간을 빼앗는 대신 관객석으로 물러난다.

"네가 1호구나?"

"날 불러내려고 아무 이야기나 떠들어댄 건 아니겠죠. 그럴 리가 없지. 지금 한 이야기를 즉석에서 지어낼 능력이 있었다면 댁은 연구원이 아니라 소설가가 되었을 테니까. 그러니까 물어본 말에 대답이나 해요. 나는 정말로 그것만 확실해지면 된다고요."

"3호가 그 프로그램이라고 믿으면 네가 편해질까?"

"편해진다는 게 무슨 의미인지 모르겠네요. 어차피 나는 항상 미쳐 있었고 앞으로도 그럴 거예요. 아주 어릴 때부터, 3호가 없을 때부터 마찬가지였죠. 그리고 지금은 당신네들 덕분에 다른 방향으로 미쳐가고 있어요. 아니, 미쳐가는 중인 게 아니라 예전에 이미 그렇게 됐는지도 모르죠. 그러니까—."

"그러니까?"

"난 뭐가 정답인지 안다고요! 대답이나 해요!"

"그러면 네 추측이 옳다고 하자."

그렇게 대꾸하는 가문비는 고개를 살짝 수그리고 있다. 그리고 앉아 있던 새가 날개를 펼치듯, 고개가 다시 들려 올라오면서 한쪽 눈만이 나를 똑바로 응시하는데…… 비스듬히 각도가 엇나간 의안이 괴괴한 느낌을 주고…….

"아니, 네가 옳아."

평온한 대답은 수신인을 잘못 찾은 편지를 연상시킨다. 멍청하게만 들리는 질문이 내 입에서 튀어 나간다.

"왜요?"

"질문이 들어왔으니 대답했을 뿐이야. 이제 네가 할 일은 믿을지, 계속 의심할지 선택하는 것이고."

"왜 갑자기 솔직해지는 거예요? 지금까지 계속, 10년 가까이 속였잖아요?"

"평생 속일 수는 없는 노릇이지. 혹시 증거가 필요하다면 관련 문건을 출력해주마. 시간이 조금 걸리겠지만 퇴원하기 전에는 사본을 받아볼 수 있을 거다."

"무슨 문건요?"

"스무 해쯤 전에 쓰인 기획안이지. 강렬한 재능과 범죄적인 열망을 더불어 지닌 인간 유형에 대해서는 알고 있을 거다. 구체적인 특징을 나열하자면 전두엽의 과잉 활성화와 측두엽 발작이 수반하는 특성들이 되겠지. 직관과 문제 해결 능력, 창의성, 그리고 반사회성……. 보통은 교도소에서 이력을 마감하거나 그보다 더 해로운 존재가 되지만, 가끔은 역사에 이름을 남기지. 그 에너지를 좋은 쪽으로만 이끌 방법을 알아낸다면 인류에게나 그 사람 자신에게나 좋은 일 아니겠느냐."

"그거야 열 살짜리라도 떠올릴 만한 발상이네요. 수술을 당한 다음부터 계속 똑같은 생각을 하고 있었거든요. 그런데 그 문건이, 날 구슬리려고 꾸며낸 게 아니라는 보장이 있나요? 아니, 애초에, 내

부모님은요? 삼촌은요?"

"그건 보안 문제야."

순간 멀어졌던 감정들이 되돌아온다. 피가 불쑥 치솟고 이마가 지끈거리도록 열이 오른다. 내 몸이 자리를 박차고 일어나면서 의자가 뒤로 넘어진다. 알루미늄 프레임이 모직 흡음재와 부딪히는 소리는 둔탁하기만 하다. 내 목소리도 둔탁하다.

"이런 쌍, 농담을 하자는 게 아니야. 농담이든 속임수든 괜한 헛소리든 개수작은 지겹단 말이야. 만약 이게 진담이라면 제발 진지한 척이라도 해. 제발. 평생의 비밀을 밝힐 때면 그만한 무게가 있어야지. 너한테는 연구 사례 중 하나일지 몰라도 나는 나한테 나야. 나라고. 나는—."

수렁 같은 침묵이 문장의 마지막 부분을 집어삼킨다. 1호가 이를 악문 채 가만히 서 있는 사이, 2호의 함성이 내 안에 윙윙 울린다. 한 대 후려갈겨! 그러면 뭐라도 말하겠지. 그 애가 폭소를 터뜨리고, 내 몸이 걷잡을 수 없이 떨리기 시작한다. 열망과 두려움이 한데 얽혀 내가 웅크린 자리로까지 뻗어온다. 경악스러운 상황에서 익숙한 감정을 맞이하는 순간은 얄궂은 위안이 된다. 1호의 가장 큰 공포는, 2호의 부추김을 그대로 따름으로써 내 필요성을 확증하게 되는 것……

내가 할까?

2호의 물음 뒤편으로 무너질 듯한 비명이 낮게 깔리고, 나는 조종간을 붙들어 쓸모를 증명한다. 쉬운 일은 아니다. 목 근육이 따끔거리며 아픈 데다가 폐까지 함께 짓눌리는 기분이 든다. 다행히도, 정말 다행히도 이 상태가 너무 길어지기 전에 문이 벌컥 열리며 익숙한 얼굴이 나타난다. 청견이다. 청견은 문간에 손을 얹은 채로, 미동 없이 앉아 있는 가문비와 나를 번갈아 바라보다가, 멀뚱한 질문을 내뱉는다.

"자료 열람실 이용 끝나신 줄 알고 정리하러 왔습니다만…… 무슨 일입니까?"

4

"잘 왔군. 마침 대화도 끝났으니 병실로 데리고 가게. 내일 일정 은 그대로니 그렇게 알고."

제삼자의 등장이 탈출구가 되어준다. 가문비는 내게 다음 상담 전까지 생각을 정리하라며 일러둔 다음 먼저 자료 열람실을 떠나 고, 이제는 청견이 나를 떨떠름하게 바라보고 있다. 2호는 김이 샜 다는 기색이다. 가라앉지 않은 분노와 이 순간을 모면했다는 안도 감이 팽팽히 맞붙으면서 내 몸이 부서질 듯 떨린다.

"도대체 무슨 상황이었던 거야?"

"아무것도 아니에요."

청견은 더 묻지 않는다. 병실로 돌아가 시간을 확인하니 아직 6시 다. 나는 짧은 샤워를 마친 후 조명 밝기를 낮추고 침대에 눕는다.

저녁 식사가 오기 전까지 쉬고 싶을 뿐 자려는 것은 아니지만, 몸이 계속 매트리스 속으로 눌려 들어가는 기분이 든다. 핀셋에 박혀 방부 용액에 잠기는 곤충들이 이런 기분일까 싶다. 그래도 고요를 이불처럼 덮고 있자니 마음이 편안해지긴 한다. 나는 2호에게 때늦은 경고를 보낸다.

큰일 날 뻔했잖아. 조심해.

그래도 재밌어졌을 텐데.

평소라면 잔소리를 이어갔겠지만 꾸짖을 기력이 없다. 나는 대신 자료 열람실에서의 기억을 돌이키며 1호가 무슨 생각을 하는 중일까 짐작해본다. 평생토록 바랐던 답변을 얻어내고서도 그걸 어떻게 믿느냐며 성질을 부리던 모습이 우습게 느껴지지만, 이해하지 못할 반응은 아니다. 내가 생각하기에도 그게 진담이었는지, 녀석을 구슬리려고 지어낸 말인지가 긴가민가하다. 나는 1호에게 말을 건네본다.

의외로 조용하네?

날 무슨 원숭이처럼 보네. 너한테 소리 지른다고 바뀔 것도 없잖아.

왜, 아까는 원숭이처럼 화냈으면서.

태도 문제야. 그 인간은 태도가 마음에 안 들어. 도대체 어제 처음 본 사람한테, 그런 소리를 그런 식으로 하는 인간이 세상에 어디 있냔 말이야.

그래서 다음 상담 때는 어떻게 할 거야? 앞으로 사흘간은 만날 일 없겠지만…….

몰라. 그 부분은 일단 믿기로 했어. 어차피 내가 맞다는데 반박할 수도 없잖

아. 그걸 믿는다고 해서 곧바로 끝날 문제도 아니고. 아니, 거기서부터 또 시작이지.

무슨 시작?

너도 알잖아. 정확히 나한테 무슨 일이 있었냐는 거야. 부모란 인간들이 새벽에 수군거리기를, 돌려보내자고 했지. 돌려보내는 건 보내는 거랑은 달라. 어딘가 다른 곳에서 가져왔다는 거지. 그다음에는 교통사고가 났다면서 수술을 당했고. 그러니까 남은 수수께끼는 크게 두 가지야. 내가 어디에서 왔느냐. 그리고 수술이 어떤 절차로 이루어졌느냐. 아니, 사실은 하나겠지. 이건 확실히 거주구 의사들이 소견서를 써준다고 바로 될 일은 아니야. 처음부터 문명재건청이 개입했던 거야. 처음부터. 가문비의 말이 옳다면, 내가 태어나기도 전부터……. 그러면 나는 어떻게 태어난 걸까?

1호는 관련 문건이, 즉 기획안이 스무 해쯤 전에 쓰였다는 가문비의 귀띔에 기대를 거는 듯하다. 우리는 열일곱 살이고 곧 열여덟이 되니까, 2년가량의 차이라면 오차라기보다는 자연스러운 간격이 될 것이다. 그러나 우리가 어디에서 왔느냐 하는 문제는 너무 막연한데다 상상의 여지마저 넓은 까닭에, 도리어 생각이 멈추고 만다.

어제까지만 해도 우리는 누가 진짜인지 가짜인지로 다투느라 이런 의문점들은 거의 들여다보지 않았다. 수학 시험의 첫 번째 문항에만 매달리느라 그 뒤의 심화 문항들을 사실상 무시하고 있었던 것과 같다. 그나마 다행인 점이 있다면, 이 시험을 진지하게 받아들여야 하는 쪽은 결국 1호이며(나는 가문비가 녀석을 자극하기 위해 이야기를 지어냈다고 믿을 수 있고, 만약 그렇더라도 아무 상관이 없다)

내게는 잔인하지만 명쾌한 답이 있다는 것이다. 나는 일부러 심술 궂게 대꾸한다.

삼촌한테 전화해서 물어보지 그래?

그건 싫어. 어차피 말해주지도 않을 텐데.

욕이나 해보는 건 어때. 지금까지 속았는데 그럴 자격은 있을 거 아니야.

싫다니까. 싫어. 삼촌은 이거랑은 관련 없어.

칭얼거리는 1호의 목소리가 2호만큼이나 어리게 들린다. 하긴 예전에 물어본 적이 있긴 하다. 딱 하루였다. 그것도 열두 살 때였다. 부모님이 자신을 왜 버렸는지 알고 있다며, 이야기를 들었는지 어쨌는지는 모르겠지만 삼촌도 알 거라며 엉엉 울면서 외친 날이 있었다. 삼촌은 난처한 표정으로 우리를 내려다보다가 밤늦게까지 옆에 있어주었다.

구태여 말을 꺼내진 않지만 1호에게 그건 무척이나 소중한 기억이다. 석연치 않은 구석을 외면하면서까지 기쁨을 순수한 상태로 남겨두려는 것은 조금은 우습고 대체로 안쓰러운 시도처럼 보인다. 내가 프로그램이라 믿기로 작정한 상태로도 이런 고민을 줄줄이 늘어놓듯이 말이다. 적군에게 자기네 계획을 알려주는 사령관이나 마찬가지다.

문득 2호가 끼어든다. 궁금한 거 모두 알아낸 다음엔 어떡할 거야?

1호가 대꾸한다. 몰라. 지금 생각해서 뭐 하게.

저거 바로 떼어버리자. 그런 다음 둘이서만 같이 예전처럼 노는 거야.

그럴까.

쟤는 이래라저래라 잔소리만 많고 재미없어. 재밌으면 괜찮은데 재미없어서 짜증나. 게다가 쟤가 있으면 멍청해지는 기분이 든다고. 실제로 멍청해지고 있을 거야.

그래?

뇌도 일종의 컴퓨터잖아. 프로그램을 두 개 돌리는 컴퓨터랑 세 개 돌리는 컴퓨터 중에서 뭐가 더 빠르게 작동하겠어? 두 개인 게 더 빠르겠지? 그런데 우리는 쟤 때문에 억지로 세 개가 된 상태인 거야.

그렇네.

결국 문명재건청이 우리 인생을 강도질한 거나 마찬가지야. 우린 완전히 다르게 살 수 있었다고. 더 똑똑하고 재밌게. 쟨 좀 미안해해야 돼.

맞지.

나는 쟤 이상한 거 예전부터 알고 있었어. 줄곧 말했지만 열두 살 때 기억하지. 삼촌이 출장 갔다 밤늦게 왔을 때. 그때 태풍 때문에 정전이 났었잖아. 쟤 목소리는 완전히 사라졌고. 쟤는 너랑 싸운 다음 삐져서 안 나온 게 아니라, 프로그램이라서 못 나온 거야. 정전이 나면 학교 웹사이트에도 접속이 안 되잖아, 그렇지? 그래서 아무리 불러도 한마디도 못 한 거지? 들을 수가 없었으니까?

잠깐만, 어쨌든 그건 네가 문제였잖아. 문제는 너라고. 그때 금붕어 어항에 물감은 왜 풀었던 거야?

응? 2호가 멍청하게 되묻는다. 당연히 해보고 싶어서 한 거지.

불은 왜 내리려고 했어.

어두운데 불이 안 들어와서, 짜증이 나서 그랬다니까. 일부러 나쁜 짓 한 거 아니야. 그리고 요새는 안 그러잖아. 너희가 하도 난리라서.

봐, 내가 진짜로 프로그램이라면 둘 다 나한테 고마워해야 돼. 그 주장대로라면 난 지금 내 인생도 아닌 걸 가지고 자원봉사를 해주고 있는 거야. 완전히 자원봉사라고. 물론 자원봉사만 하고 살면 너무 손해니까 나름대로 즐기면서 살지. 하지만 그 즐긴다는 게, 네가 재미있어하는 것들이랑 어디 같냐구. 나는 기껏해야 인지과학 강의나 듣고 있는데 말이야.

1호가 둘 다 거기까지만 해, 라고 말한다. 명령조인 것과는 별개로 잔뜩 지친 기색이다. 2호가 비명을 빽 지르더니 어딘가로 사라지고, 나도 입을 다물어준다. 그 고민의 무게를 이해하기 때문이다. 나 역시 이 부분을 두고 오래도록 고민해왔다. 1호가 매일 난리를 피우는데 내가 프로그램일 가능성을 상상하지 않기란 불가능하다. 덕분에 훌륭한 결론을 마련하긴 했다. 그 결론이란, 내가 프로그램이라도 아무 상관이 없다는 것이다. 그건 약을 먹는 일과 본질적으로 동일하다고 생각한다—역사 시간에 우리는 이렇게 배운다.

서론: 외관상으로는 전혀 구분할 수 없는 사탕 두 개가 있는데, 하나에는 독약이 들어 있고 다른 하나는 무해하다고 하자. 이때 어떤 사람이 독약이 든 사탕을 골라 죽게 되었다고 해서, 그가 자유롭게 죽음을 선택했다고 말할 수는 없을 것이다. 즉 어떤 행동이 자유의 산물이기 위해서는 올바른 정보에 근거해 결과를 추론하고, 그에 따라 이성적으로 판단할 수 있는 상태가 전제되어야 한다.

정신질환자의 예시: 약을 정기적으로 먹지 않으면 망상과 환각을 겪는 사람이 있다고 하자. 그런데 망상에 시달리는 사람은 자신의 상태를 온전히 돌아볼 수 없기 때문에, 그 스스로는 꾸준한 복약을 장담하지 못한다. 그렇다면 이 사람의 자유를 보장하기 위해서는 어떻게 해야 할까? 강제로라도 약을 먹여야 할까, 아니면 스스로 결정하도록 내버려둬야 할까?

이건 기술과 욕망이 상호작용할 때의 난점을 소개하기 위해 제시되는 예시지만, 나는 여기에서 망상과 환각을 폭력성과 충동성으로 바꾸어 읽곤 한다. 그리고 이게 내 삶에 대한 이야기라고, 나는 약을 통해서만 나타나는 자아라고 믿는다. 뇌의 수용기가 화학물질에 반응하고 이로써 인격이 변한다면, 그게 차라리 권장된다면, 전기적 신호가 그 역할을 대신하지 못할 이유가 없는 것이다.

그러니까, 1호의 음모론이 모두 진실이었으며 내가 실은 전기적 자극을 통해 뇌에서 합성되는 표상 패턴이라고 가정해보자. 그래서 뭐 어쨌단 말인가? 2호에게 마구잡이로 휘둘리지 않으려면 1호는 내 도움을 받아야 할 것이고, 녀석은 내가 없다면 결코 자유롭거나 완전해질 수 없다. 달리 말하면 나는 **최악의 결말을 맞이하더라도** 밑질 게 딱히 없거니와(기껏해야 프로그램이 꺼지는 것 아닌가? 감옥에 가거나 신상이 공개되는 것보다 낫고, 해롭고 기이한 자아상과도 한 발짝 거리를 둘 수 있다……) 이 상태를 내게 주어진 생이라 믿을 수 있다.

나는 앞으로도 이 몸에 깃들 것이며 1호와 2호만 남는다면 다른 사람들은 내가 바뀌었다고 중얼거리면서 천천히 멀어질 것이다.

그 점에서 나는 분명히 나다. 모두가 알고 좋아하는 열일곱 살의 태서는 다른 목소리들이 아니라 나다. 인지과학을 배운다거나 임상심리사가 되는 것처럼, 1호와 달리 내게는 교도소행을 피하는 것 외에도 하고 싶은 일이 여럿 있으며 충분히 그럴 수 있다…….

"미안."

문득 입이 멋대로 움직여 말한다. 1호가 내게 보내는 사과다. 그런데 입이 열리자 혀끝에 짠맛이 감돌아서, 나는 그제야 몸이 또다시 울고 있다는 사실을 깨닫는다. 기분이 묘하게 씁쓸하고 서글퍼지는데 우울하지는 않다. 우울은 녀석의 몫이다. 이 역설적인 구도가 가져오는 기묘함이 순간 연민을 압도했다가 생각의 축을 다른 방향으로 이끈다.

세상에 이런 증상을 겪는 사람은 많지 않을 테고, 그중에서도 정확히 우리처럼 생각하고 반응하는 존재는 우리뿐일 게 확실하다. 틀에서 벗어난다는 것은 그런 일이다. 멀쩡한 사람들은 비슷비슷하게 멀쩡하지만 광인들은 제각기 다른 형태로 이상하듯이. 하지만 그렇다면 가문비는 어떻게 그 영화의 효과를 예상했던 걸까?

……가문비가 만난 환자는 누구였을까?

| 1호 |

우리는 제각기 다른 생각에 잠긴 채 액침표본처럼 굳어 있다. 묵

상이 깊어질수록 피의 속도가 느려지고 느려지고 느려진다. 꽃술을 세밀화로 다듬느라 꽃잎도 잎사귀도 마무리 짓지 못하는 화가처럼, 나는 내 안팎의 세계를 그려내는 데에 실패하고 시간마저 놓쳐버린다. 유일하게 확신할 만한 부분은, 내가 저녁 식사를 가져오는 심부름꾼 기계를 보지 못하고 잠들었다는 것이다. 말하자면 7시가 되기 전이다. 이윽고 시간의 축을 벗어난 이미지들이 어둠으로부터 빠져나와 주변을 휘돌기 시작한다. 나는 그 모두가 꿈임을 자각하면서도 거기에 큰 의미를 부여하지 않고 그저 휘말린다.

점차 남색으로 변해가는 노을이 길을 서로 다른 빛깔로 물들이고, 아이가 의료용 보행기를 끌며 그 경계면을 천천히 지나고 있다. 그러다가 문득 내 시야가 둘로 분리되어 하나는 더 넓은 풍경을, 다른 하나는 아이의 얼굴을 담는다. 여기는 연구병원 뒤편의 소공원이고 내게도 익숙한 곳이다……. 시야가 천둥 치듯 흔들리더니 나는 아이가 된다. 나는 거의 두 팔에 의지해 내 몸을 밀어내고, 때때로 서른 발짝 뒤에 선 직원을 돌아본다. 태블릿을 빤히 내려다보느라 얼굴만 밝게 빛나는 모습이 꺽다리 조명을 닮았다. 그뿐이다. 직원은 더듬더듬 걸어가는 꼬마쯤은 언제든 찾아올 수 있다는 듯 내 움직임에 완전히 무관심하다.

이윽고 직원의 옆모습이 호랑가시나무 잎사귀 너머로 사라지고, 나는 탈출을 감행하듯 움직임에 박차를 가한다. 목적지는 관목 울타리 너머의 희미한 불빛이다. 거기까지 걷는 동안 질감이 제각기 다른 추위들이 내 곁을 흐르듯 지나간다. 냉기를 잘라 굳힌 듯한 돌길, 윙윙거리는 찬바람, 건조한 밤공기……. 마지막 모퉁이를 돌자 주위가 훅 밝아지면서 넝쿨로 덮인 목제 캐노피가 나타난다. 바닥 정가운데에 설치된 주홍색 조명 판이 오두막의 모닥불을 연상시킨다.

조명 판 주위를 둘러싼 벤치에 남자 하나가 기대듯 앉아 있다. 복장을 보아서는 연구원 같다. 내가 아는 연구원들은 무섭고 의심스러우면서도 좋은 사람들이다. 그들 중 몇몇은 내게 포도당 캔디가 아닌 진짜 간식을 몰래 챙겨주기도 한다. 나는 괜한 요행을 바라며 가까이 다가간다. 남자가 깊은 생각에서 깨어나듯 고개를 천천히 들어 올리고는 나를 마주 본다. 피곤이 느껴지면서도 부드러운 목소리에 질문이 담겨 나온다.

"여기 입원했니?"

"네."

"혼자서 나온 거야? 시간이 늦었는데."

"혼자서는 못 나와요. 저기 뒤에 직원분 계세요."

"겨울인데. 감기 걸리겠다."

"잠깐 산책 나온 거예요. 곧 들어갈 거구요."

"푹 쉬어야 빨리 퇴원하지."

"수술이 남았대요. 바로 내일이 두 번째 수술이에요. 봄까지는 계속 여기 있어야 할 거래요."

남자의 표정이 은근히 굳는다. 얼핏 보기엔 감쪽같지만 다시 확인하면 종이 공예품이라는 걸 알 수 있는 가면처럼…….

"그래? 왜?"

"교통사고가 엄청 크게 났거든요."

"힘들었겠구나."

나는 잠시 머뭇거리다가 속내를 털어놓는다.

"솔직히 진짜 있었던 일인지는 모르겠어요. 아무 기억도 안 나거든요. 바로 어제는 가을이었는데, 꿈을 꾸다가 눈을 떠보니까 해가 바뀌어 있는 거예요. 연구원님들은 그런 건 기억 안 해도 된다고, 충격을 심하게 받으면 그럴 수도 있다고 하는데 기분이 이상해요. 다 거짓말 같아요."

"거짓말이라."

"기분 나쁘셨다면 죄송해요. 연구원님들이 나쁜 사람이란 소리는 아니에요. 의심하는 것도 아니고요."

"나도 너처럼 여기 입원한 적이 있어. 사고가 났었지."

"지금은 다 나으신 거예요?"

"전혀."

남자는 허공을 향해 깃털처럼 가볍게 웃는다. 그리고 웃음이 멎으며 표정이 돌변한다. 이제 거기에 있는 것은 혐오감과 공포다……. 어두운 배수관에 고개를 들이밀었는데 낯선 사람과 눈이 마주쳤을 때의, 그런데 그 사람의 얼굴이 자신과 똑같음을 발견할 때의 공포……. 아무도 움직이지 않는 채로 시간만이 흐르고, 이제는 주홍색 불빛마저 불길하게 느껴진다.

도망쳐야겠다는 계산이 선다. 보행기의 방향을 바꾸어 물러나

려는 순간 남자가 불쑥 일어나 다가온다. 조명 판을 등진 몸이 어둡기만 하다. 커다란 흉터가 있는 손이 훅 가까워져서, 나는 반사적으로 몸을 움츠리며 눈을 감는다. 그러나 아픔은 느껴지지 않고 내 어깨를 조심스레 어루만지는 손길만 있다. 천천히 눈을 뜬다. 남자는 직전의 분위기가 환각처럼 느껴질 만큼 사려 깊은 눈빛으로 나를 들여다보고 있다.

"미안하구나."

이상한 느낌이 한층 강해진다. 나는 도주로를 마련하는 초식동물처럼 주위를 두리번거리다가, 어쩔 수 없이 묻는다.

"무슨 얘기예요?"

"글쎄, 너도 언젠가 알게 될 거야. 그때 이야기하자. 지금은 아무 소용도 없으니까……."

그 말을 끝으로 침묵이 계속 불어난다. 그러던 어느 순간 직원이 내 이름을 부르는 소리가 들리기 시작한다. 남자는 유령처럼 움직여 호랑가시나무 덤불 너머로 사라진다. 구두 굽에 밟힌 개미라도 된 것처럼, 알 수 없는 세계가 나를 잠깐 짓누르고 떠난 기분이 든다.

남자의 존재를 지금껏 잊고 있었다는 사실이 놀랍기만 하다. 기나긴 잠에서 깨어난 사람이 부스스 몸을 일으키듯, 무의식의 나머지 부분이 수면 위로 한데 모여든다. 청견과 비슷한 나이였으리라는 것, 목소리가 차분하고 키가 큰 사람이었다는 것, 엄지와 검지 사이의 손등에 봉제선처럼 흉터가 나 있었다는 것, 그리고…… 세

월이 더해졌을 뿐, 남자의 얼굴이 나와 똑같다는 것.

나는 벼락처럼 눈을 뜬다. 창 너머로 보이는 소공원은 꿈을 그대로 옮겨놓은 듯한 모습이다.

●

나는 새가 되는 꿈을 꾸었답시고 창밖으로 뛰어내리는 인간은 아니다. 하지만 무엇이 진짜고 가짜인지는 분간할 수 있다. 이건 손에서 빛줄기를 쏜다거나 마법을 부린다거나 하는 몽상과는 다르다. 실제로 있었던 일이다.

일어나!

다른 녀석들을 불러보지만 둘 다 아직 꿈에서 허우적대는 중이다. 기다릴 겨를이 없다. 냉큼 일어나 화장실로 달려들어간 다음 세면대에 두 손을 짚고 거울을 노려본다. 완만하게 올라가다가 갑자기 꺾이며 직선을 그리는 눈매가 날렵한 인상을 주는 얼굴이다. 광대뼈가 뺨 안쪽으로 휘어지면서 어렴풋한 그림자를 놓고, 눈썹은 눈에 띄게 뚜렷하다. 그리고 키…… 나는 지금 170센티미터가 살짝 넘지만, 앞으로 몇 해는 더 자랄 수 있다.

"글쎄, 너도 언젠가 알게 될 거야. 그때 이야기하자."

나는 그 문장도 따라 해본다. 내용만큼은 뚜렷하지만 목소리의 톤이나 강세 따위는 벌써 희미해지고 있다. 내가 조금 더 빠르고 높게 말한다는 것만 겨우 느껴질 뿐이다. 두 음률 사이의 간극이 거주구 사투리에서 오는 것인지, 아직 끝나지 않은 변성기 때문인지, 나이 때문인지 긴가민가하다. 나는 다시 중얼거린다.

"너도 언젠가 알게 될 거야."

그때가 바로 지금일까? 남자가 나한테 미안하다고 말했던 것은 어째서일까? 아니, 애당초, 남자는 나랑 무슨 관계였던 걸까? 질문들을 뒤따라가다 보니 어느덧 꿈이 산산이 부서져 있다. 분명하다고 믿었던 것들은 점차 흐릿해지다가 형체를 잃어버리고, 정말로 일어났던 일과 손에서 광선을 쏘는 환상을 구분할 수 없게 되고, 기억할 수 있는 것은 오직 꿈을 꾸었다는 사실뿐이다. 나는 저 소공원에서 나를 만나는 꿈을 꾸었다.

화장실을 나와 침대 앞에 서자 밤의 정경이 내려다보인다. 굽이굽이 돌아가는 돌길과, 울창한 관목 울타리와, 은은한 빛에 감싸인 캐노피가 모형 정원의 일부처럼 줄어든 채 저 아래에 놓여 있다. 나는 캐노피를 빤히 응시하며 꿈의 흔적을 붙잡으려 애쓴다. 그러던 사이 다른 녀석들이 차례대로 깨어난다.

뭐 하는 중이야?

나는 꿈의 내용을 떠올리는 것으로 답을 대신한다. 2호가 금방 흥미를 보이지만 3호는 회의적인 기색이다.

그런데 얼굴은 확실하지 않잖아. 미안하다는 말을 심증으로 삼으면 모를까.

녀석은 무언가 덧붙이려다가 말지만, 생략된 부분은 짐작이 간다. 지금으로서는 할 수 있는 일이 마땅치 않고 내일은 기기 점검이 있으니, 다시 자자는 것이다. 또한 그 심증은 지금까지의 의심과 같은 방향을 가리키고 있으니 새로울 구석조차 없다는 것이다.

그 의견이 옳은지도 모른다. 어차피 내게 주어진 보안 권한으로 갈 수 있는 곳은 4층과 11층, 19층뿐이고 바깥으로 나가려면 청견을 불러야 한다. 하지만 이대로 다시 눕기에는 심장이 너무 빠르게 뛰고 있다. 가봤자 텅 빈 벤치뿐이겠지만, 캐노피를 가까이에서 확인하고 싶다. 그런데 어떻게……?

2호가 의견을 낸다. 아직 퇴근 안 한 연구원들 있을 거 아니야. 붙잡고 같이 나가달라고 하자.

뭐라고 설명하게?

산책하고 싶다고 하면 되지.

연구원들이 잘도 들어주겠다.

그러면 안면 인식으로 해봐. 연구원들 중에 진짜 우리랑 얼굴 똑같은 사람 있으면 뚫릴 거잖아. 어차피 밤이니까 막을 인간도 없을 테고.

좋은 의견이다. 나는 고개를 끄덕이며 2호를 떼어내는 미래를 상상한다. 3호가 아니라 2호를. 만약 선택지가 주어진다면 어떨까. 없애고 싶기도 하고 내버려두고 싶기도 하다.

3호가 끼어든다. 쟤 말 들을 거야?

시도는 해봐야지. 연구병원에 불을 지르겠다는 것도 아닌데.

야, 진짜 난리다. 여기 온 지 겨우 이틀째인데 이러고 있는 거야. 이제 문명재건청 들어가기는 완전히 글렀겠는걸.

연구원이 못 돼도 난 이미 문명재건청 소속이야. 실험체잖아. 실험 쥐가 사육장 좀 돌아다니겠다는데 뭐가 문제야.

말려봤자 소용없다 이거지. 알아서 해.

평소라면 대화가 길어졌을 텐데, 녀석도 가문비가 한 말에 심경의 변화를 겪었던 모양이다. 아니면 궁금증 때문일 수도 있고. 음모론을 비웃고 매사에 상식을 앞세우는 유형의 인물이라도, 이런 상황에서는 수수께끼를 뒤쫓기 마련이다. 그러지 않는 사람은 상식적인 것이 아니라 너무나도 게으른 탓에 스스로 생각하지 않을 뿐이다.

워낙 일찍 잠들었던지라 시간은 오후 11시가 살짝 넘었을 뿐이다. 나는 제례를 준비하듯 이를 닦고 얼굴을 씻는다. 미지근한 물줄기가 다른 가능성에 대한 미련을 모두 흘려보낸다. 가문비는 망상병 환자를 자극하기 위해 그런 소리를 했을 뿐이라거나, 꿈과 기억을 혼동하고 있다거나 하는 가능성들. 무언가를 진지하게 추구하기 위해서는 믿음이 필요하고, 나는 맹신을 택하는 법을 안다. 나가서 확인할 때다.

텅 빈 복도를 지나 엘리베이터를 호출한다. 엘리베이터의 터치식 키패드 아래에는 상담실에 달린 것과 똑같은 잠금장치가 붙어 있다. 층을 선택하려면 먼저 인증이 필요하다. 나는 내 지문으로 1층을 시도해본다. 실패다. 반대로 19층은 문제없이 눌린다. 그리고 두 번째 시도에서는, 지문을 쓰는 대신 몸을 약간 수그려 안면 인식용 렌즈 앞에 얼굴을 가져다 댄다······.

통과다!

봐, 뚫리지?

2호가 으쓱대고 3호마저 짧은 감탄을 발한다. 이제 더 망설일 게 없다. 나는 1층으로 내려간 뒤 어두침침한 로비를 지나 같은 방식으로 정문을 빠져나온다. 여기까지 오는 동안 어슬렁거리는 심부름꾼 기계들을 제외하면 누구와도 마주치지 않았다. 기록이 모두 전산에 남을 테니 완전범죄야 꿈꿀 수 없겠지만, 지금 당장 방해받을 일은 없다는 소리다.

나는 여름 특유의 축축한 밤공기를 들이마시며 주위를 살핀다. 오른편 멀리에, 직원용 기숙사처럼 보이는 건물이 군데군데 빛을 밝힌 채 서 있다. 내가 갈 곳은 왼편이다. 걷다 보니 벽돌 길이 뚝 끊기면서 잔디밭이 나타나고, 그 위로 포석이 모여 만드는 돌길이 뻗어나간다. 호랑가시나무 울타리와 희미한 주황색 불빛이 보인다.

그런데 가서 뭘 하지?

어차피 구체적인 계획이 있어서 벌인 일은 아니다. 나는 답을 공란으로 남겨둔 채 캐노피로 향한다. 조명 판의 모양은 꿈에서 본 그대로고, 벤치에도 사람 한 명이 기대듯 앉아 있다. 기대감이 순간적으로 차올랐다가 이상한 감정으로 변한다. 거기에 앉은 사람은 기억 속의 남자도 다른 누구도 아니라 가문비다. 공교롭다는 느낌은 있지만 지금 여기서 보고 싶었던 얼굴은 아니다. 이만 내빼려던 찰나 가문비가 고개를 들어 나와 시선을 맞댄다.

"어떻게 나왔지?"

유독 신랄한 느낌이 있는 목소리다. 무시하고 도망쳐야 하나, 아니면 상황을 순순히 받아들여야 하나? 이걸 자문하는 시점에서 늦었다는 계산이 선다.

"갑갑해서 산책하려고 나온 거예요. 병실 창문으로 소공원이 보이길래. 자료 열람실도 다녀왔는데, 영화 보기엔 너무 늦은 것 같아서 그냥 관뒀고요."

"자료 열람실이야 그렇다 쳐도 1층 로비는 보안 권한이 없을 텐데."

"그냥 열리던데요. 이유야 전 모르죠."

내 얼굴을 꼼꼼히 뜯어보던 가문비는 마뜩잖다는 듯 짧은 흠 소리를 낸다.

"들어가서 자거라."

"방금 깼어요. 상담 마치고 병실로 돌아가자마자 잠이 와서."

문득 이 만남이 예정에 없던 기회일지도 모르겠다는 생각이 든다. 나는 잠시 멈췄다가 이어질 문장에 강세를 주어 말한다.

"아까 하던 상담을 이어가는 것도 괜찮겠는데요. 중간에 끊겼잖아요. 아직 궁금하거든요."

"넌 1호구나."

"그래요."

"직원이 안 왔으면 주먹이라도 휘두를 기세였는데, 여기서 또 그래보겠다는 거냐?"

"뭐, 어떻게 느꼈는진 모르겠지만 난 그런 짓은 안 해요. 기록은 다 확인해보셨을 텐데. 고등학생이 되고부터는 말썽 부린 적이 한 번도 없다구요."

"사과할 생각은 없어?"

"내가 미안할 일은 아니죠. 그런 소리를 들었는데 욕쯤이야 할 수 있는 거고. 오히려 그 질문은 내가 그쪽한테 해야 할 것 같은데요."

"그거야 그렇지."

"안 미안해요?"

순간 흉터로 뒤덮인 왼쪽 눈꺼풀이 경련하듯 감겼다 뜨인다. 가문비는 긴 한숨을 내뱉고는 일어난다.

"여기까지만 하자. 병실까지 데려다주마."

조명 판을 등져 어두워진 몸이 내게로 성큼 다가온다. 얻어맞을 가능성까지 염두에 둔 사람이, 무슨 생각으로 이런 태도를 보이나 싶다. 그런 짓은 하지 않는다고 둘러대긴 했지만 말은 그냥 하면 나오는 것이다.

"직원한테 끌려가는 것보다는 조용히 따라오는 게 너한테도 나을 거다."

"이젠 협박까지 하네요."

"선택지를 알려줬을 뿐이야. 밤중에 일을 키워서 좋을 사람은 아무도 없어."

못마땅해도 수긍할 수밖에 없는 대답이다. 언쟁은 상담실에서나 하는 게 옳다. 분위기가 험악해지는 즉시 말려줄 사람이 달려올 테니 말이다. 반면 이런 곳에서 자제력을 잃으면 나는 끝이다. 나는 가문비를 따라 걸음을 옮긴다.

"그나저나 여기서 얼마나 있었어요? 미친 사람 다루는 건 전문 가이신 것 같은데."

그래도, 여기에서만 오갈 수 있는 대화가 따로 있지 않을까 싶다. 대답 하나라도 건지면 이득이다.

"몇 년 안 됐어. 햇수로는 3년쯤."

"그전에는요?"

"완전히 다른 곳에 있었지."

"직원이 말하길, 재작년에 나랑 닮은 애가 입원한 적이 있다던데 요. 친구를 죽어라 팼다고. 똑같은 애를 만나봤다는 게, 걔 이야기 예요? 걔가 그 영화를 좋아했어요?"

나는 청견에게 들었던 이야기를 들먹인다.

"그건 보안 문제야."

예상한 대답이지만 언짢아지는 건 어쩔 수가 없다. 그런데 질문이 처음 던져진 자리를 서른 걸음쯤 지나왔을 때, 가문비가 갑작스럽게도 솔직해진다. 어조까지 약간 바뀌어 있다.

"내 담당이긴 했지. 하지만 영화를 보여주진 않았어."

"그럼 그 영화를 좋아한 건 누군데요?"

"글쎄다, 너무 오래전이라서……."

보안 핑계조차 들먹이지 않는 걸 보면 그냥 껄끄러운 모양이다. 나는 조금 더 밀어붙일까, 지금은 관둘까 하는 선택지를 양팔 저울에 올려놓고 계량하다가 문득 이상한 점을 알아차린다. 말이 생각을 거치지도 않고 입으로 나온다.

"그나저나 다리를 절뚝거리시네요. 낮에는 안 그러셨던 것 같은데."

"사고 후유증이야. 왼쪽 다리에 신경통이 있어. 평소에는 심하게 거슬리지 않지만, 가끔은 치료법을 알아보게 돼. 그러니까 오늘 같은 날은…… 피곤할 때, 비가 올 때는 통증이 특히 심해지거든. 바람만 불어도 살이 잘려나가는 것 같지."

가문비는 말끝을 흐리고는 주제를 돌린다.

"내가 흉터를 남겨둔 이유를 궁금해했었지."

"눈에 띄어요. 궁금할 수밖에 없죠."

"흉터가 있으면 내가 잘못되어 있다는 걸 증명할 수 있기 때문이야."

"무슨 이야긴지 모르겠는데요."

"봐라, 흉터는 아무것도 아니야. 표정을 바꿀 때 거슬리는 느낌이 드는 걸 제외하면 전혀 의식하지 않을 수 있단 말이야. 그런데도 다들 흉터를 보면 내 건강을 걱정하지. 사연을 궁금해하고. 반대로 신경통은 다리를 절룩거릴 만큼 심해지지 않는다면 아무도 눈치채지 못하고, 눈에 보일 지경이 되더라도 연기가 아니냐는 의심을 받아. 내 진짜 문제는 신경통인데도 말이지."

"전문의 소견서를 챙겨 다닐 바에는 얼굴에 흉터를 박는 게 낫단 소리군요."

"그렇지. 보이지 않거니와 대개는 겪지조차 않는 문제에 대해서라면, 소견서든 내 설명이든 쓸모가 없어. 언어란 결국 무언가의 이름이란 말이야. 듣는 사람에게 그 무언가가 없으면 아무리 많은 단어를 쓰더라도 이끌어낼 수 있는 게 없지. 박쥐가 돼서 초음파를 듣는 느낌을 인간에게 설명한다고 상상해봐라. 열흘 밤낮을 설명하더라도 그게 가닿을 일은 없을 거다. 거짓말한다는 의심이나 받지 않으면 다행이지."

신경통은 모르지만 박쥐가 되어서 인간에게 초음파를 설명하는 기분은 잘 알고 있다. 주치의 앞에서, 삼촌 앞에서 나는 항상 사람의 말을 더듬거리는 박쥐가 되었다. 그들이 나를 아끼면서도 결코 이해하지 못한다는 사실에 좌절을 느낀 적이 많다. 미워하는 상대였더라면 욕이나 하고 끝냈을 텐데. 그런데 정이나 친밀감 같은 잡스러운 마음들이 내게 무의미한 노력을 강요했던 듯하다.

속으로만 삭여오던 생각을 가문비의 목소리로 듣게 되니 낯설다. 오래전의 그 환자가 가문비 자신은 아니었을까 하는 추측이 뇌리를 스치지만, 무턱대고 믿어버리기에는 아직 석연치 않은 구석이 많다. 나는 그 각각을 외워본다. 부모님과 동생, 새벽의 대화, 수술, 스무 해쯤 전에 쓰였다던 기획안, 가문비의 옛 환자, 캐노피 아래에서 만난 남자, 청견이 지나가듯 말했던 소년, 다양한 사고들, 다양한 흉터들, 안면 인식을 통과할 만큼 똑같은 얼굴을 지닌 사람들…… 게임을 매듭짓기는 아직 이르다. 쓰지 않은 퍼즐 조각이 여럿 남았고, 완성된 그림은 지금 당장의 짐작보다 훨씬 거대할 듯하다. 그런 느낌이 든다.

"그렇군요."

나는 잠시 누그러지려던 마음을 다잡고 짧게 대답한다. 어차피 병원 본관 입구가 바로 앞에 있고, 이 대화도 곧 끝날 것이다. 그러고서도 수수께끼는 여전할 것이다. 하지만 가문비는 할 말이 남았는지 잠금장치 앞에 멈춰 선 채 나를 바라본다.

"너도 알겠지만, 문명재건청에는 다양한 직무가 있어. 분류상으로는 행정직일지라도 연구원에 더 가까운 일을 하는 경우가 있고, 직함은 연구소 소속 선임 연구원이지만 실제로는 한 거주구의 도시 행정을 좌우하는 경우도 있지."

"네, 알죠. 그래서요?"

"종합가는 그런 복잡한 직무들 중에서도 제일 복잡한 역할이야. 제도와 인간과 기술에 대한 통찰을 종합해서, 거주구 자체를 설계하고 운영해나가야 하니 말이다. 행정 능력과 연구 능력을 함께 갖춰야 하고, 전문 분야에 대한 이해도 뛰어나야 해. 대개는 경력이 쌓인 연구원이나 행정관 중에서도 추천장을 받은 사람들이 차출되어 종합가 훈련을 받지."

흥미로운 내용인 것과 별개로 지금 이 자리에서 들을 설명은 아니라는 생각이 든다. 나는 심드렁하니 답한다.

"예."

"연수원에 있는 동안, 종합가 후보생들은 이론 교육에 더해 설계 실습을 하게 된다. 똑같은 기술이라도 사회가 어떻게 구성되었는지에 따라 다르게 작용할 수 있다는 사실을 이해하고, 기술과 제도와 인간의 균형이 맞아떨어지는 도시를 새롭게 그려내는 것이지.

이런저런 부품을 써서 블록 장난감을 조립하듯이 말이다. 그때 나는 꽤 괜찮은 기획안을 만들었지만 사실은 완전히 다른 것을 상상하고 있었지. 모든 시민을 어떻게든 으스러뜨려서, 모두가 각자의 고통을 안고 살아가게 하는 거다."

"예?"

감흥 없이 듣고 있었지만, 마지막 문장은 그야말로 뜻밖이다. 내 입에서 멍청한 외마디 소리가 튀어 나간다. 가문비는 그런 반응쯤은 예상했다는 듯, 태연한 표정으로 나를 응시한다.

"고통은 단절이지. 비슷한 고통을 겪어보지 않은 사람과는 도무지 나누기 어렵고, 심지어 당사자들마저도 종종 의견이 갈려 다투는 거야. 더 큰 문제는, 어떤 고통은 흔하지만 어떤 고통은 아니라는 것이고. 감기는 누구나 한 번쯤 걸리지만 교감신경성 위축은 이름조차 모르는 사람이 태반이니 말이다. 그리고 마찬가지로, 나는 목소리를 듣는 삶을 모르지. 너와 나는 단절되었다는 감각만을 나눌 수 있을 뿐이야……. 그래서 언제나 저 평화로운 사람들에게 고통의 본질을, 내 경험을 알려주고 싶었지……. 내가 이 꿈을 현실로 옮겨 올 생각이 결코 없는 것과는 별개로……."

강세나 억양이 거의 담기지 않아 단조로운 목소리지만, 그럼에도 단어 하나하나가 빛을 발하는 듯하다. 그건 순전한 찬란함이나 아름다움이라기보다는 눈부신 분노다……. 그리고 내 존재에 대한 설명문이다. 이어지는 질문은 지금껏 상담실에서 오간 대화의 총합보다 더 많은 것을 함축하고 있다.

"물론 내가 고통스럽다고 해서 시민들의 다리를 대뜸 부숴버릴 수는 없지. 그건 사실 누구에게도 득이 되지 않으니까 말이야—하지만 너는 어떻지? 만약 다른 사람들도 목소리를 듣게끔 할 수 있다면, 그리고 그게 어떤 면에서는 크나큰 도움이라면……?"

2부

OZK002 일자 삭제 녹취록 C8920 G - T

G 왜 그랬던 거야?

T 죄송해요.

G 미안하다는 말을 들으려는 게 아니야. 이유를 알고 싶은 거야.
  왜 그랬어?

(10초간 침묵)

T 사수님은 좋은 사람이에요. 착하고, 화내지도 않고, 인내심도
  많으니까요. 누구든 이해할 수 있을 것처럼 마음이 넓으니까
  요. 항상 부럽다고 생각했어요. 닮고 싶다고 생각했고요.

G 그런데, 왜?

T 죄송해요.

1

"물론 내가 고통스럽다고 해서 시민들의 다리를 대뜸 부숴버릴 수는 없지. 그건 사실 누구에게도 득이 되지 않으니까 말이야—하지만 너는 어떻지? 만약 다른 사람들도 목소리들을 듣게끔 할 수 있다면, 그리고 그게 어떤 면에서는 크나큰 도움이라면……?"

여기서 이런 질문을 던지는 이유가 무엇일까? 상담 기법의 일종일까? 그게 아니라는 것은 직감적으로 알 수 있다. 상대를 정해진 방향으로 이끌어가려는 사람과 어디에도 없는 답을 만들어내려는 사람의 태도는 확연히 다르고, 가문비는 후자다. 나는 새로 알게 된 사실들에 기대어 가문비의 저의를 추측하다가 이내 그만둔다.

"무슨 말을 듣고 싶어서 그러시는진 모르겠지만, 바로 답할 수 있는 부분은 아닌 것 같은데요. 들어가서 생각해볼게요. 어차피 이런 이야기 할 시간은 넘쳐나잖아요."

가문비는 나를 유심히 바라보다가 고개를 돌려 잠금장치를 작동시킨다. 연구병원의 정문이 미끄러지듯 열리고, 가문비가 먼저 한 발짝을 들여놓는다.

"그래, 다음 상담이 사흘 뒤지. 그때는 별일 없기를 바란다. 직원을 상담실에 세워놓는다 치면 피차 불편해질 테고, 네 말대로 계속 볼 사이 아니냐."

"나도 별일 없었으면 좋겠어요. 정말로요. 사람을 무슨 화난 원숭이로 보는 모양인데, 나라고 해서 이득이랑 손해를 모르는 건 아니라고요. 홧김에 난리를 부려봤자 내 인생만 망하고 마는 거죠, 뭐. 문명재건청이야 평생 망할 일 없을 테고요."

"그러면 다음 상담은 기대해봐도 되겠구나."

"그거야 그쪽 태도에 달린 문제죠. 지금도 따질 게 많은데 참고 있거든요."

"미리 말해봐라. 그래야 나도 준비를 해서 갈 테니."

가문비는 뚝 걸음을 멈춘다. 로비는 한층 어두워져 있다. 조명이 드문드문 켜진 곳을 제외하면 사방이 그림자로 자욱한 탓에, 모서리도 벽도 분간이 어려울 지경이다. 공간이 훨씬 넓어진 듯한 착시 속에 우리 둘의 목소리만 두런두런 울린다.

"아까 말하길, 어떤 사람들은 범죄성이랑 천재성이 섞인 상태로 태어난다고 했죠. 그걸 잘 나눠서, 좋은 방향으로만 힘을 쓰게끔 할 수 있다면 모두에게 좋은 일일 거라고요. 그리고 내가 그 좋은 일을 당하는 중이라고요."

"그렇지. 아직도 믿기 어렵다면 관련 문건을 내일 중으로라도, 간략하게나마 볼 수 있게 해주마. 도움이 될 거다."

"아뇨, 의심은 안 해요. 난 이 부분에서는 확실히 실용주의자인 것 같거든요. 당신네들이 날 속이려고 작정했다면 증거야 얼마든지 만들어낼 수 있으니까, 그리고 내가 뭐라건 주장을 굽히지도 않을 테니까, 계속 의심해봤자 소용이 없죠. 소용없는 일이라면 관두는 게 옳고요."

"3호도 너만큼이나 실용주의자라면 좋겠구나."

3호가 냉큼 괜찮다고 전해드려, 라고 말한다. 분명히 진실을 알게 된 직후에는 녀석도 벌벌 떨었던 것 같은데, 그사이에 이렇게나 태연해졌다는 사실에 질투가 인다. 배가 난파당할 때도, 구명보트에 한 자리를 마련하는 쪽과 쪼개진 널판을 부여잡고 버티는 쪽이 갈리기 마련이다. 누가 어떤 역할인지는 명백해 보인다.

"걔는 걱정할 것도 없어요. 여기에 오기 전까지는 걔가 프로그램이고 내가 진짜라는 것만 증명하면 다 끝날 줄 알았는데, 그게 아니더라고요. 요컨대 이건 예비 범죄자가 될 것이냐, 교도관이 될 것이냐 하는 문제죠. 선택권이 있었더라면 차라리 교도관 노릇이 속 편했을 텐데 결국엔 이렇게 된 거죠. 됐어요. 이 이야기는 나중에, 상담실에서 할래요. 하던 얘기나 계속하자구요."

"그래."

"수술의 목적은 이해해요. 내가 따지고 싶은 건 전후 사정에요. 교통사고는 없었던 게 맞죠? 그건 수술을 할 핑계였을 뿐이고, 부모님은 내가 구제 불능이라서 치워버린 거죠?"

"그런 식이지."

"좋아요, 여기까진 인정하네요. 이게 문명재건청의 공식 입장이라고 봐도 되겠죠."

"문건에 쓰인 내용이니까."

"그리고 문건에는 없는 내용도 있죠. 새벽에, 부모님이 이렇게 떠드는 걸 들은 적이 있어요. 이젠 더 안 되겠으니 돌려보내자고 했죠. 아무리 정나미가 떨어졌다 해도, 자기가 낳은 애한테 그런 식으로 말할 사람은 아무도 없어요. 돌려보낸다는 건, 내가 어딘가 다른 곳에서 왔다는 뜻이니까요. 맞죠? 그러면 난 어디서 온 거죠?"

나는 내가 가진 패를 일부러 숨긴다. 꿈의 내용을, 캐노피에서 보았던 남자를, 나와 닮았다던 입원자를 들먹이지 않더라도 문제 제기는 가능하다. 그리고 이것만으로도 충분히 수상쩍다. 하지만 가문비는 정곡을 찔린 기색조차 없이, 심부름꾼 기계처럼 모범적인 대답을 읊을 뿐이다.

"자, 내 직책으로 알 수 있는 부분만 답해주마. 제3연구병원의 주력 분야는 뇌공학과 인지과학이고, 나는 연합 프로젝트를 돕기 위해 제3연구병원에 파견된 종합가고, 내 역할은 네가 또 다른 인격들과 조화를 이루는 방식을 다양한 측면에서 파악하는 거다. 이 업무에서 네 출생의 비밀은 전혀 중요하지 않고 제3연구병원과도 무관해."

"이번에도 또 보안 문제다 이거죠?"

"종류가 달라. 권한에 따른 문제라고 하자. 출생의 비밀에 다른 연구병원이 엮여 있을지도 모르겠지만 이곳 관할은 아니란 거다. 그러니 내가 알 수 있는 부분도 아니겠지. 무엇보다 이 프로젝트는 거의 20년 전에 시작된 것이고, 나는 고작해야 3년 전에 합류했을 뿐이야."

"내가 아무리 실용주의자라도 이건 못 믿겠는데요. 그쪽은 이미 한 번 거짓말을 했잖아요. 처음 만났을 때, 의학적 문제만 빼면 나는 문명재건청에 어울리는 인재라고 했죠. 상담 결과에 따라 진로가 정해질 거라고요. 그런데 봐요, 사실은 실험 쥐 신세였잖아요."

"믿거나 말거나, 문명청에서 널 눈여겨보는 건 맞아. 널 단순히 실험 쥐로 쓰다 버릴 생각이었더라면 이렇게나 자세히 이야기하진 않았을 거다."

"부모님은요? 부모님을 찾아달라고 했더니, 그건 보안 문제라서 말해줄 수 없다고 그랬죠. 두 분 다 사망 처리가 됐다고 했던 것 같은데 이젠 또 말이 달라졌네요."

"봐라, 그건 거짓말이 아니야. 서류상으로 사망 처리가 된 것도 사실이고, 문명재건청 권한으로 제삼자의 신상 정보를 알아내서 읊어주는 건 명백한 보안 문제거든."

"아하, 서류상으로 말이죠. 서류상으로 사망 처리가 됐다."

"현실적인 정황을 떠나서, 서류상으로는 그렇지. 현실이 어떻게 돌아가는지는 내가 모르는 부분이고. 반대로 피험자에게 실험의 개요를 읊어주는 건 충분히 할 수 있는 일이야. 만약 네가 부모님이 아닌 어떤 사람의 현재 거주지를 알려달라고 하면, 나는 여전히 보안 문제를 들먹일 거다."

답변이 끝나자마자 2호가 대단한데, 라며 감탄을 뱉는다. 녀석도 반박할 기회를 노리고 있었던 모양이다. 나는 어조가 조금씩 격해지는 것을 느낀다.

"정말 논리적이네요. 융통성 없는 프로그램 같아요. 아, 그런데 솔직히 다 개소리잖아요. 이건 논리적이기만 해서 끝날 일은 아니라고요. 논리야 당신네들이 원하는 대로 지어내면 그만이니까요. 권한이든 관할이든 난 그 부분을 알아야겠어요."

가문비는 오른쪽 위편을 향해 고개를 돌린다. 따라 시선을 옮기자 벽에 박힌 시계가 보인다. 하얀 빛이 1시 45분을 표시하는 중이고, 그 옆에는 감시 카메라도 하나 붙어 있다. 번뜩이는 렌즈는 기막히게도 의안을 닮았다.

"그러기엔 너무 늦은 것 같구나. 지금껏 알려준 것도 충분히 많고 말이다. 오늘은 여기까지야."

"아뇨, 내가 오늘 알게 된 사실들은 처음부터 알아야 했던 거예요. 강도가 내 물건을 빼앗아 갔다가 절반만 선심 쓰듯 돌려주는 상황을 생각해보라고요. 도대체 누가 만족하겠어요?"

"그래, 하지만 너도 이득과 손해를 계산할 줄은 알지?"

앓는 소리가 목구멍을 기어오른다. 나는 일방적으로 휘둘리는 쪽이고, 궁금증을 해소하려면 강도가 베푸는 선심에라도 기댈 수밖에 없는 처지다. 그게 억울하기만 하다. 머릿속 깊은 곳에서 뜨거운 기운이 또다시 울컥거려서, 눈을 질끈 감는다. 그 짧은 찰나에 목소리들이 훨씬 커져서 내 주위를 빙빙 휘돈다…….

안 되겠네. 졸리니까 들어가서 자자. 이건 2호다.

괜찮아? 바꿀래? 이건 3호다.

나는 아무 소리도 내지 않고 중얼거린다. 너희는 내 편이지? 내 편이 맞지?

3호가 대답한다. 내가 항상 네 편을 드는 건 아니야. 너도 알 거야. 하지만 이번에는 네 편이야.

내가 무슨 말을 하려는지도 알아?

알아.

믿는 수밖에 없다. 나는 기진맥진한 심정으로 3호에게 조종간을 넘겨준다. 훨씬 공손해진 목소리가 입에서 흘러나와 귀로 돌아오기 시작한다.

"네, 무슨 말씀이신지는 알겠어요. 그게 정말로 권한 문제라면 어쩔 수 없죠. 하지만 이건 문명재건청이 진행하는 연합 프로젝트이기 이전에 저희 인생이에요. 거짓말로는 가릴 수 없을 만큼 중요한 부분이고요. 이해하실 거라고 생각해요."

가문비의 표정에 흥미롭다는 빛이 스친다.

"1호가 또 버르고 있는 모양이구나, 그렇지?"

"네, 전 3호예요. 하지만 생각하시는 상황은 없을 거예요. 그러지 않으려고 저한테 몸을 넘겨준 거니까요. 1호는 어쨌든 멀쩡한 삶을 살고 싶어 하고요. 하지만…… 그게 결국 조건부라는 건 아실 거예요."

"조건부라."

"협박을 하려는 건 아니에요. 그냥 저희 기분을 알아주시라는 거예요. 세상이 평생토록 저희를 속였고 그 후에도 계속 진실을 피해가려 한다면, 저희가 어떻게 이 세상을 좋아할 수 있겠냐는 거죠. 이건 수술이 필요했던 거랑은 별개예요."

"아직도 살아 있는 사람 흉내를 내다니 신기하구나."

살아 있는 사람 흉내라니, 그러면 3호가 심부름꾼 기계처럼 태엽 소리라도 내야 한단 말인가? 이건 확실히 도발이다. 옆에서 듣기에도 화가 불쑥 올라오는데, 3호의 태도는 변함없이 침착하다. 이런 참을성이야말로 프로그램이라는 증거 같다. 그걸 다행으로 여기고 가만있어야 할지, 녀석의 몫까지 대신 화내줘야 할지. 내가 마음을 정하지 못하고 갈팡질팡하는 사이 3호가 대답할 말을 찾는다.

"제가 프로그램인지 아닌지는 별로 중요하지 않아요. 전 언제나 다른 목소리들과 함께 여기에 있었고, 티격태격 싸울 때도 있었지만 대부분은 서로 도우면서 지냈고, 앞으로도 그럴 테니까요. 그래서 전, 지금은 담당자님이 아니라 1호의 편을 들 수밖에 없어요."

"정확히 어떤 일이 일어났는지 알고 싶다 이거지? 요구 사항은 그것뿐이다……."

"물론 바라는 건 더 있긴 해요. 원할 때 산책을 할 수 있게 된다거나, 식단에 디저트가 추가된다거나 하는 거요. 참, 내일 기기 검사 때 마취를 하지 않는 것도 포함이에요. 네댓 시간쯤 자고 일어나면 끝난다지만, 그동안 몸에 무슨 일이 일어날지 누가 알겠어요. 하지만 이건 기껏해야 희망 사항이지 요구 사항까지는 아니에요. 예전 일들만 확실해지면 산책이나 밥 같은 건 포기할 수 있다는 거죠."

"좋아, 그러면 내가 세 번째 상담일에는 알려줄 수 있도록 애써 보마. 사흘이 지난 다음 또 사흘이 지나면 말이다. 다른 연구병원이 얽힌 일이라면 문서 열람에도 따로 허가가 필요하거든. 대신 그 전까지는 너도 다른 절차에 협조해야 한다."

3호가 내게 묻는다. 이 정도면 될까?

영화의 주인공들은 때때로 이 정도면 공정한 거래지, 라고 중얼거린다. 내게도 그렇게 말할 기회가 있을지 궁금할 따름이다. 아마도 없을 것 같다. 심각한 불공정이 감내할 만한 불공정으로 바뀐 데에 만족할 수밖에……

나는 고마워, 라고 답한다. 멋쩍은 웃음소리가 들리는 듯싶더니 3호가 한 발짝 더 나아간다.

"네, 그러면 좋겠네요. 세 번째 상담일에 알려줄 수 있도록 애쓰는 게 아니라, 딱 그때 알려주시면 더 좋을 것 같고요. 노력이랑 성공은 다르잖아요."

"그러면 그때 이야기하는 쪽으로 못 박아두자. 일이 어떻게 흘러가든 말해줄 수 있도록 손을 써두마."

"정말이시죠?"

"들어가자. 기기 점검 당일에는 점심까지 금식이니까, 체력을 아껴두는 편이 좋을 거다."

3호가 또다시 내 동의를 구하고, 나는 이제 충분하다고 답한다. 그러고서야 발걸음이 나와 다른 목소리들을 싣고 움직이기 시작한다. 문득 고개가 돌아가 벽시계를 살핀다. '1:59'가 '2:00'으로 변하는 찰나다. 병실을 나온 후로 두 시간 가까이 흐른 셈이다.

●

나는 병실 침대에 누워 이 상황의 공교로움을 다시금 곱씹기 시작한다. 부모님은 내가 구제 불능이라 여겼고, 그래서 우리는 3호를 만났다. 3호는 프로그램인 동시에 뇌가 전기적 자극에 반응하는 방식이다. 완전한 프로그램도 아니고 완전한 자아도 아니지만 우리 둘보다 여러모로 훌륭하다. 그래서 우리는 또 다른 나, 훨씬 훌륭한 버전의 나에게 변호사 겸 후견인 역할을 맡긴 다음 상황이 곤란해질 때마다 뒤로 물러나 금치산자 노릇을 하는 중이다. 그런 협약과 양보의 총합이 바로 열일곱 살의 태서다.

그래서인지 3호가 가문비 앞에서 나를 감싼 것은 승자의 아량에 불과하다는 생각을 씻어내기 어렵다. 내가 망상인지 녀석이 프로그램인지 불분명하고 오직 2호의 존재만이 확실했던 시절에, 우리는 훨씬 자주 싸웠고 훨씬 열렬히 서로를 미워했다. 한편 그 미움과 불안을 공유함으로써 더 친근해졌던 면도 있었던 듯하다. 그런데 이제 3호는 내가 저지른 모든 잘못으로부터 벗어나 활동 보조인 역할을 받아들이고 있다. 처음부터 그랬던 것처럼 아주 자연스럽게. 고작 하루밖에 지나지 않았는데도.

반대로 나는 평생토록 바랐던 답변을 얻어내면서 패배도 함께 확정한 듯하다. 대역전승이 아니라 완패다. 세 번째 상담일까지 버티더라도 지금의 구도가 변할 것 같진 않다. 벌써부터 상상하고 싶은 부분은 아니지만 삼촌에게 실망하는 미래밖에는 그려지지 않는다. 나는 아무런 기쁨도 기대감도 없이 묻는다.

만약 내가 처음부터 알았으면 뭔가 달랐을까?

3호가 되묻는다. 무슨 소리야?

네가 프로그램인 걸, 부모가 날 버렸다는 걸 처음부터 확실히 알았더라면 어땠겠냐는 거야.

솔직히 말하자면 많이 달랐을 것 같긴 해. 안좋은 쪽으로 말이야.

그래서 숨긴 걸까? 거짓말도 지어내고?

아마 그렇겠지. 널 헐뜯으려는 건 아니지만, 넌 좋아하는 사람만 좋아하고 모르는 사람 말은 죽어도 안 듣는 성격이잖아. 그러면 기계 말은 들었겠어? 확실하지 않으니까, 오히려 네가 가짜고 내가 진짜일 가능성도 있으니까 조금씩 믿었던 거잖아. 그렇지?

그건 그래.

모차르트는 세 살에 벌써 피아노를 칠 줄 알았다고 한다. 크립키는 아홉 살에 데카르트의 논문을 읽었다고도 한다. 나는 그 나이에 벌레와 고양이와 동생을 괴롭히고 있었다. 숨 쉬듯 자연스럽게 악곡을 쏟아내고 수학적 공리계를 설정하도록 태어난 사람이 있다면 악행이 곧 재능인 사람도 있는 것이다. 즉 세상에는 부서지고 망가져야만, 오래도록 괴로워해야만 비로소 완전해지는 인간들도 있는 듯하다. 내가 그들 중 하나라니 유감이다. 나는 잠시 쉬었다가 덧붙인다.

그래도 이건 개 같은 일이야.

끔찍한 일이지. 객관적으로 말이야.

그런데 문제는 그 개 같음에서 내 존재와 과오를 분리할 수 없다는 것이다. 이건 다리가 잘린 아이가 의족을 얻는다거나, 심장에 구멍이 난 상태로 태어나 수술을 받는다거나 하는 일과 같으면서도 다르다. 나는 나 같은 사람이 도대체 어디에서 왔을지 묻기 시작한다. 신은 주사위 놀이를 하지 않는다지만 유전체들은 주사위 놀이를 즐기니까, 인간의 구성이란 결국 우연과 확률의 산물이니까 나도 마찬가지인 것일까. 그 틈을 타서 2호가 화두를 던진다.

우리가 나갔던 게, 꿈 때문이었잖아. 꿈에서 우리랑 똑같이 생긴 남자를 봐서. 그리고 실제로 안면 인식도 우리 얼굴로 열렸지. 그러니까, 만약 여기 직원들한테 물어보면 전산 오류니 뭐니 둘러대겠지만, 기억 자체는 사실일 확률이 높아.

그래서?

남자 손에 흉터가 있었잖아. 담당자 얼굴에도 흉터가 있지. 남자는 예전에 사고가 났다고 말했고, 담당자도 사고가 난 적이 있어. 그리고 둘 다 캐노피 아래 있었어. 내 생각엔 이게 다 관련이 있는 거 같은데. 우리랑도 관련이 있을 거야. 남자가 대뜸 우리한테 미안하다고 말했잖아. 보통 처음 보는 애한테 그러긴 않지. 아무리 거짓말을 할 예정이래도.

그런데 확증이 없잖아.

확증을 도대체 어디서 찾겠어? 지금부터 해킹을 공부한다면 모를까.

우연이라기에는 절묘하지만 증거가 부족한 정황들 사이에, 가문비의 말이 쓰일 곳을 찾지 못한 열쇠처럼 남아 있다. 고통에 대해 논하던 가문비는 피험자 소년에게서 다른 누군가를 발견하고 있었던 듯하다. 그건 캐노피 아래에 앉아 있던 남자일지도 모른다. 그래서? 그래서 결국 이게 무슨 의미지? 20여 년 전에 시작된 프로젝트가 있고, 가문비는 그 프로젝트에 새로 참여하게 된 종합가일 뿐이라면…….

답답한 마음에 벌떡 일어나 방 안을 서성거리다가 태블릿을 찾는다. 전자도서관 프로그램을 실행한 다음 검색 창에 종합가를 써넣자 문명재건청의 공식 자료 몇 건이 결과에 잡힌다. 그중 한 권을 골라 첫 페이지를 펼치니 화면 아래쪽에서 샛노랗고 둥근 얼굴이 불쑥 올라온다. 곡선 세 개가 활짝 웃는 눈과 입을 만들고, 그 옆에는 말풍선이 떠 있다.

"이해하기 어려운 부분이 있나요? 요약 정리가 필요한가요? 저한테 물어보세요!"

평소라면 신기한 기능이라며 시도했겠지만 영 내키지 않는다. 내게 필요한 건 선생이나 안내인이 아니라 생각 그 자체다. 옳다 그르다를 확정하는 대신 아무렇게나 추측을 뻗고 싶다는 소리다. 샛

노란 얼굴을 휙 치운 다음 목차를 훑는다. 종합가의 인적 다양성과 합리적 의사 결정, 이라는 표제가 보인다. 나는 그것부터 확인해보기로 한다.

종합가란 무엇입니까?

종합가란 사회와 기술에 대한 복합적인 이해를 바탕으로, 실질적인 도시계획을 수립하는 특수행정직입니다. 이들은 행정관 및 연구원과 긴밀히 소통하여 거주구의 기술 수준과 도입 방식을 결정합니다. 종합가 후보로 선발되기 위해서는 일반적으로 담당 분야에서 10년 이상의 직무 경험을 쌓아야 합니다.

종합가의 인적 다양성은 어떻게 합리적 의사 결정을 돕습니까?

예컨대 지체장애인이 비장애인과 동등하게 활동할 수 있는 도시를 설계하기 위해서는 지체장애인 당사자의 의견을 반영해야만 합니다. 반대로 의사 결정자들의 성격적·환경적·인지적 특성이 편향되어 있다면 자연스레 간과되는 부분이 생길 것입니다. 따라서 문명재건청은 종합가의 인적 구성을 다각화함으로써 효율적이고 합리적인 의사 결정을 가능케 합니다.

종합가의 인적 다양성을 어떻게 보장할 수 있습니까?

종합가는 여타 연구원 및 행정직과 분리된 직렬이 아니며, 도리어 그 연장선에 놓여 있습니다. 따라서 종합가의 인적 다양성을 보장하기 위해서는 문명재건청 내의 인력 편중을 우선 경계하여만 할 것입니다. 한 번의 결정이 평생을 좌우하지 않게끔 하는 것이 무엇보다도 중요합니다.

현재 문명재건청은 고등학교 졸업 시점에 유망한 거주구 학생들을 일괄적으로 선발하지만, 이러한 공식 선발 외에도 특별 채용의 기회는 항상 열려 있습니다. 이는 생애 경험 측면에서 중요합니다. 성인이 되자마자 거주구를 떠난 사람이 인식하는 세계와, 마흔 해 동안 거주구에서 살아온 사람이 인식하는 세계는 다를 것이기 때문입니다.

문명재건청은 후자에게도 적극적인 기회를 부여함으로써 인적 편중을 방지합니다. 한편 동일한 이유로, 종합가들은 양정이 아닌 관할 거주구에서 지내는 것이 권장됩니다.

각별한 기대를 건 것은 아니지만 역시나 입바른 소리뿐이다. 여기서 말하는 인적 다양성이라는 게, 내 나쁜 면을 포함할 것 같지도 않다. 나는 김이 새는 것을 느끼며 페이지를 획획 넘긴다. 그러다가 문득, 생경하면서도 의미심장한 제목이 뇌리에 와서 박힌다.

업무 효율성을 위해 각종 증강 기술을 활용하는 것은 어떻습니까?

수명 연장, 역노화, 유전자 조작, 복제 인간, 뇌-신체 인터페이스 삽입 등의 각종 증강 기술은 무절제기 말에야 비로소 모습을 드러내기 시작했습니다. 인류는 이러한 기술을 통해 진일보할 가능성이 있었지만, 결과적으로 실패하고 말았습니다. 우리는 효율성을 추구하기에 앞서 탐욕과 선민의식 등을 경계하며, 각종 증강 기술이 가져올 수 있는 위험을 신중히 살펴야 할 것입니다.

뇌-신체 인터페이스 삽입에 대해서는 설명이 필요하지 않을 만큼 잘 알고 있다. 복제 인간은 영화나 소설에서 많이 봤다. 문명재건청의 공식 문건에서는 처음이다. 나는 그 낱말을 읽고 또 읽는다. 그리고 다른 자료들을 찾아 나선다.

#2

새벽 5시 무렵에 눈을 붙였다가 12시가 살짝 넘은 시점에 깨어 난다. 썰렁한 책상을 보니 오늘이 기기 점검일이라는 사실이 새삼 스레 떠오른다. 기본적으로 전신마취를 하거니와 점검하는 동안 자율신경계에 영향이 갈 수도 있으니, 아침부터 금식령이 내려졌 던 것이다. 물병조차 없는 걸 보면 물 한 모금도 안 되는 모양이다.

어쩔 수 없이 세수를 마친 뒤 입만 몇 차례 행구고 만다. 그러는 동안에도 복제 인간 생각이 멈추지 않고 부푼다. 운이 좋으면 세 번 째 상담일에 속 시원한 설명을 들을 수 있겠지만, 지금까지의 전개 로 보건대 가능성은 희박하다. 문명재건청의 공식 자료에서 복제 인간이 언급되는 경우는 손에 꼽다시피 하고, 상대는 서류상의 사 망과 보안 문제를 교묘하게 섞어가면서 말장난을 시도하는 작자다.

생각이 거기에 닿자마자 2호가 맞장구를 친다. 뭐, 거짓말은 안 하는 대신 사실대로 말하지도 않는 수법이지. 프로젝트 설명은 이런 식으로 둘러댈 거야. 반사회성과 우수성을 동시에 드러내는 사람을 복제한다. 그 후 서로 다른 환경에 떨어트리고 발달 과정을 추적한다. 각각의 발달 수준에 맞추어 적절한 교정 요법을 시험한다.

3호가 말한다. 그거로 충분한 거 같은데. 그것만으로도 충분히 문제가 많고. 더 알아야 할 게 있어?

무슨 소리야? 원본이 이 건물에 있을지도 모르는데, 가문비랑도 아는 사이인 거 같은데⋯⋯. 도대체 뭐가 충분하다는 거야?

원본은 원본이잖아. 그 사람은 우리가 아니야. 가문비랑 원본이 무슨 사연으로 얽혔는지 모르겠지만, 실험이랑 관련이 없으면 우리가 알아야 할 이유도 없다고.

3호는 정론으로 맞받아친다. 2호의 어조가 혹 신경질적으로 변한다.

야, 넌 진짜 그게 문제야. 저쪽에서 이런저런 논리를 들먹이면 그냥 고개를 끄덕이고 마는 거. 논리와 규칙이 갖춰지면 그 바깥은 없다고 믿어버리는 거. 넌 진짜 문명재건청 들어가면 잘 살겠다. 아니지. 문명재건청에서 만든 거니까 당연하네.

2호가 한참이나 투덜거리더니 나를 부른다.

쟤 그냥 없애버리자.

그건 안 돼.

넌 왜 쟤만 좋아해? 잡담도 둘이서만 하고, 내가 끼어들면 싫어하고, 너희가

하고 싶은 거 도와줄 때만 겨우 칭찬해주잖아.

경우가 다르잖아. 나랑 쟤도 많이 싸우고, 그리고, 쟤도 너만큼 중요해. 너보다 중요할 수도 있어.

정말로? 난 너랑 계속 같이 있었는데? 예전에는 항상 우리 둘이서 놀았는데? 그런데도 쟤가 더 중요해?

우리 둘만 있었던 상황이야말로 오류라고 말하고 싶지만 설명하기 귀찮다. 그래, 라고 한마디 던질 뿐이다. 2호가 잠시 침묵하더니 칭얼거리기 시작한다.

아니, 내가 지금까지 참은 건데, 너도 내 말 들으면 없애고 싶어질걸. 생각해봐. 가문비는 우리가 심부름꾼 기계한테 뭐라고 물었는지 알고 있었어. 대화 내역이 다 기록된다는 거지. 쟤도 마찬가지일 테고. 그리고 쟤는 아마 본체가 다른 곳에 있을 거야. 예전에 잠깐 정전이 났을 때 3호가 사라졌지만 우리는 여전히 몸을 움직일 수 있었잖아. 몸을 움직이는 기능이랑 3호는 별개라는 거지.

그래서?

그러면 뭐겠어. 3호의 생각은 기계 안에서 자체적으로 생성되는 게 아니야. 다른 곳에 있는 본체가 원거리 통신으로 데이터를 쏴 넣는 거라고. 아마 이 건물 안에 있을 것 같은데. 연구원들이 계속 감시해야 하니까. 어때? 내 말이 맞지?

됐어. 거기까지만 해.

나름대로 설득력이 있긴 하지만, 그래서 더더욱 믿기 싫은 가설이다. 생각하기조차 싫다. 아침부터 이 꼴이다. 나는 이마에 열이 오르는 것을 느끼며 수온을 낮춘다. 그리고 세면대에 물을 가득 받은 다음 얼굴을 처박다시피 한다.

눈을 감고, 숨을 멈추고, 짧게 잘린 머리카락이 수면에서 흔들리는 것을 느낀다. 조금 더 고개를 수그리면 귓구멍으로 물이 흘러들면서 윙윙거리는 정적마저 훌쩍 멀어지고, 완연한 어둠이 나를 가둔다. 가슴팍이 갑갑해질 무렵 고개를 들고 깊은 숨을 들이마신다. 그리고 다시 고개를 처박은 채, 3초짜리 해방감이 감질나는 아쉬움을 남기며 사라지는 것을 즐긴다.

나는 물이 미지근해질 때까지 그 짓을 반복한다. 그러다가 문득 공기가 바뀐 것을 깨닫고 윗몸을 돌린다. 어느새인가 문이 열려 있다. 문가에 선 청견이 기막히다는 표정으로 나를 바라보는 중이다.

"아침부터 뭐 하는 거야? 자살 시도?"

"세면대에 코 박고 죽을 사람이 세상에 어디 있어요. 여름이잖아요. 땀이 나서 덥더라구요."

나는 아무렇지도 않은 척 선반에서 수건을 꺼내 머리에 덮는다. 그러거나 말거나, 지금껏 흘러내린 물줄기 때문에 티셔츠는 이미 흠뻑 젖은 상태다. 청견은 할 말을 잃은 듯 나를 빤히 바라보다가 고개를 설레설레 젓는다.

"너도 제정신은 아니구나."

"여기 오는 사람들이 다 마찬가지죠. 그래도 어디 가서 말썽은 안 부려요."

"어디 가서 말썽은 안 부린다니. 그거 때문에 일부러 일찍 온 거야. 따로 전달할 내용이 있어서. 어제 안면 인식으로 바깥에 나갔잖아."

"아, 네, 그렇죠. 해봤는데 그냥 열리던데요. 갑갑해서 산책 잠깐 다녀온 거예요."

"그쪽 직원이 그러는데, 전산 시스템에 네 정보를 등록할 때 실수를 했대. 이것도 결국 사람이 하는 일이잖아. 안면 인식은 안 되게 바꿨고, 대신 지문 권한을 추가했다더라. 이제 1층 로비까지는 혼자서 내려갈 수 있어. 그렇다고 해서 남들 나갈 때 몰래 붙어 나가진 말고. 바깥바람을 쐬고 싶으면 나를 부르면 돼. 알겠지."

안면 인식에 성공한 이유를 이런 식으로 둘러대리라는 것은 예상한 바다. 하지만 권한이 추가되었다는 소식은 다소 뜻밖이다. 3호가 지나가듯 덧붙인 말이었을 텐데, 가문비가 허투루 대화에 나섰던 것은 아니었구나 싶다.

"알았어요. 잘됐네요."

"그나저나 아주 인상적이다, 야. 처음 봤을 때는 얌전한 줄 알았는데."

"지금도 얌전한 축이죠, 뭐. 물건을 집어 던진 것도 아닌데요. 싸움을 벌인 것도 아니고요."

"시작부터 난리를 부리던 녀석이 그러면 놀랍지도 않지. 말투부터 좀 돌아봐라. 성격이 완전히 바뀐 것 같단 말이야."

"왜 이러는지 몰라요?"

"나 원, 내가 어떻게 알아? 기분에 따라 성격이 달라질 수 있다고 귀띔을 듣긴 했는데, 이 정도일 줄은 몰랐지."

장난스러운 목소리에 뼈가 섞여 있다. 나는 그제야 청견이 나사 직역이라는 사실을 다시금 떠올린다. 연구원이나 행정관이 될 능력은 없는데, 문명재건청에 대해 너무 많이 알고 있어서 거주구로 보내지도 못할 사람들 말이다.

쉽게 말하면 나사는 언제든 대체될 수 있는 잡역부와 단순 기술자를 묶어 부르는 별명이다. 그들이 알 수 있는 것은 어깨너머로 들리는 잡담과 기계적인 가이드라인 외에 없고, 당연히 내가 누군지도 모른다. 따라서 감춰야 할 정보와 아닌 정보를 분간할 능력이 없다. 게다가 청견은 가문비와 달리 보안 의식이 투철한 유형이 아니니까, 정보를 얻어내기도 쉬울 거라는 생각이 든다. 나는 재빨리 계산을 마친 후 병실에 도청기가 설치되어 있을 확률을 가늠해본다.

2호가 쫑알거린다. 어차피 우리 생각이 다 읽히고 있다니까.

야, 재수 없는 소리 그만해. 그게 사실이면 이건 답이 없는 거야. 시작부터 지고 들어가는 것보다는 뭐라도 할 수 있다고 믿는 게 낫잖아.

내가 틀린 적 한 번도 없는 거 알지. 알아서 해.

나는 알아서 하기로 한다. 3호도 말리지 않는다.

"그나저나 잠깐 화장실 좀 들어오실래요?"

"이상한 짓 하려는 거 아니지?"

청견이 질겁하며 세면대를 힐끔거린다. 무슨 생각을 하는지 알 법하다. 솔직해지는 수밖에 없다.

"병실에 도청기가 설치됐을 수도 있잖아요."

마개를 열어 물을 뺀 다음 청견을 빤히 바라본다. 그런데 이것만으로는 믿음을 주기 부족한지 반응이 돌아오지 않는다. 나는 잠깐 고민하다가 세면대 위에 놓인 간이 면도기를 선반 안으로 치워버린다. 그러고는 불심검문에 응하듯이 두 손바닥을 활짝 펼친다. 이제야 정답이다.

"알았다, 알았어."

청견은 고개를 가로젓더니 화장실로 들어와 문을 닫고, 나는 몇 걸음 물러나 욕조에 걸터앉는다. 그러고는 어젯밤 꿈 이야기로 운을 떼면서, 내가 10년쯤 전에도 여기 있었다고 말한다. 가문비와 남자의 흉터에 대해서도 덧붙인다.

"……그 연구원이랑 얼굴이 겹쳐서 문이 열린 것 같거든요. 그리고 재작년에 나랑 닮은 사람이 입원했다고도 했잖아요. 이게 영 의심스러운데, 연구원들이 제대로 설명해줄 것 같지가 않아서 추리를 해보고 있어요."

"그러니까 네가 복제 인간들 중 하나라 이거지? 원본은 그 남자고?"

"아니, 뭐, 반드시 그렇다고 확신할 수는 없죠. 추측일 뿐이니까. 그래서 혹시, 짚이는 부분이 있나 물어보는 거예요. 담당자님은 여기 오래 계셨으니까 연구원 얼굴도 여럿 알겠죠."

청견은 나를 유심히 뜯어보는 척하지만 도무지 열의가 느껴지지 않는다. 침대 밑에 괴물이 숨어 있다는 조카의 주장을 애써 믿어주는 삼촌 같다. 이 잠깐 사이, 나에 대한 평가가 어떻게 바뀌었을지 궁금하다. 잠재적인 폭력범이 나을까, 망상적인 음모론자가 나을까.

"야, 난 모르겠다. 재작년에 입원한 애랑 느낌이 닮았다 싶은 거지 확실하진 않아. 나도 이목구비를 다 기억하고 다니는 건 아니란 말이야. 그리고 연구원은…… 연구원 중에 그런 사람이 있었으면 처음부터 말했겠지. 내가 아는 사람 중에는 없어."

"언제부터 여기서 일했길래 그래요?"

"한 5년쯤 됐나. 졸업하고 나서 거의 바로 왔으니……."

5년은 충분히 긴 시간이다. 그동안 남자를 본 적이 없다면, 남자는 청건이 일을 시작하기도 전에 이미 연구병원을 떠났다는 말이된다. 내가 수술을 받은 건 7년 전이고 말이다. 문명재건청의 프로젝트들이 어떤 식으로 굴러가는지는 모르지만, 2년이라면 근무지를 새로 배정받기에 충분한 시간일 듯하다.

왜 근무지가 바뀌었을까, 자문하자마자 문명재건청이 남자를 치웠을 거라는 생각이 든다. 복제본들이 우연히 원본을 마주치는 상황은 그 자체로 문제가 많으니까, 비슷한 상황이 반복되기 전에 손을 쓴 것이다. 아무래도 너무 순진한 기대를 품었던 모양이다. 단념하며 욕조 가장자리에 걸터앉았던 몸을 일으켜 세우는 순간, 예상치 못한 부언이 들려온다.

"그런데 아마 복제 인간 실험을 하고 있는 건 맞을 거야. 꼭 여기가 아니더라도, 다른 곳에서라도 하고 있을걸."

다른 곳, 이라는 애매모호한 설명이 도리어 신뢰감을 준다. 가문비도 내 출생 자체는 제3연구병원의 관할이 아니라고 인정했기 때문이다. 나는 흥분한 기색을 숨기느라, 애써 심드렁한 목소리로 묻는다.

"유명한 프로젝트예요?"

"아니, 그냥 추측이야. 그런데 이런 곳에서 일하다 보면 감이라는 게 생기거든. 대놓고 인정하는 사람은 아무도 없지만, 어딘가에서는 진행되고 있을 법한 일들을 느끼게 돼. 느끼는 거지. 침대에만 누워 있는 사람이 봄이 되면 꽃이 피겠거니, 가을에는 단풍이 지겠거니 하듯 말이야. 이게 참—아니, 애초에 복제 인간 얘기는 항상 나온다구. 완전히 정치 문제고 사회문제야."

"그게 정치적인 사안인 줄은 몰랐는데요."

청견의 한쪽 눈썹이 의아하다는 듯 쑥 올라간다.

"신문 안 보고 지내?"

"정치, 사회 면에 올라오는 기사야 항상 똑같죠. 문명재건청을 상대로 기술 한도 협상에 성공했다거나, 예산을 더 따내지 못해서 녹지 조성 사업이 중단될 위기라거나 하는 식이죠. 복제 인간 얘기는 문화 면에나 나오는 거고요. 영화나 소설."

"아, 그렇지. 너희는 지역 신문을 보는구나. 양정에서 보는 건 따로 있거든."

"알긴 해요. 삼촌이 연합신문사 기자거든요. 거주구에서 일어난 일들을 정리해서 문명재건청 소식지에 올려주죠. 근데 그래서, 복제 인간이 왜 정치적인지는 잘 모르겠는데요. 복제 인간만 사는 거주구라도 따로 있는 게 아닌 이상. 윤리적 문제라면 이해가 가지만……."

"이게 좀 복잡한데, 문명재건청 사람들이 사는 특별자치구를 양정이라고 부른다는 건 너도 알 거야. 중요한 건 거기 안에서 북정이랑 남정이 따로 나뉜다는 거지."

청견은 거주구 인간이 보기에는 다 똑같아 보이겠지만, 이라는 말로 본론을 연다. 양정은 사실 특별자치구 하나와 독특한 거주구 하나를 임의로 묶은 지명이라는 것이다. 문명재건청의 본산이자 연구원들이 주축이 되는 남정(南庭), 그리고 무한한 경쟁을 추구하는 북정(北庭)이다. 예상했던 주제는 아니지만 양정 이야기를 이런 식으로 듣게 되다니 흥미롭다.

"행정적으로만 따지면, 북정은 여러 거주구 중 하나야. 모든 종류의 기술이 허락됐을 뿐이지. 무제한으로— 너도 배워서 알 거야. 사람은 욕심을 부릴 때 특히 똑똑해진다는 거. 아니면 전쟁이 벌어지거나 다양한 회사가 경쟁할 때마다 문명이 한 단계씩 발전했다는 거. 달리 말하면 북정은 콜로세움 같은 거야. 경쟁심이랑 욕심이 흘러넘치는 인간들을 한데 모은 다음, 자기네들끼리 싸우도록 두는 거지. 그러면서 새로 나타나는 기술들은 남정이 모아서 관리하고. 어쨌든 발전을 멈추진 않겠다는 게 문명재건청의 공식 입장이니까……."

"이런 얘기는 처음 듣는데요."

"그러면 이걸 거주구 신문에 쓰겠냐고. 그럴 리가 없지. 북정의 존재는 대외비야. 거주구에서 시위가 벌어진다 치면 이유가 항상 똑같잖아. 양정 놈들이 기술을 독점한다, 재미있고 좋은 건 저들끼리만 한다……. 그러니까 남정이 보기에 북정은 없애기 곤란한 애물단지인 거야. 정치적으로는 완전히 시한폭탄인데, 기술을 발전시키는 것도 중요하고, 욕심 많은 위험 분자들을 격려할 필요도 있는 거지."

"잠깐만, 그 욕심 많은 사람들이 어디서 나오는데요?"

"거기서 태어나기도 하고, 보통은 연수원에서 결정되지. 싹수가 있다 싶어서 뽑은 애들 중에 위험 분자가 섞여 있는 거야. 내버려두면 기술을 유출하든 조직을 하나 휘어잡든 큰일을 낼 것 같은 거. 그러면 북정으로 보내."

"유배지네요."

"뭐, 반드시 그렇다고 볼 수는 없지. 성향만 맞으면 대체로 만족하니까. 세상사라는 게 원래 나무늘보는 나무에 붙어서 살고, 물고기는 호수에서 지내는 거야. 그런데 어쨌든 남정 입장에서는 물고기도 호수도 껄끄럽지. 그러면, 호수를 아예 메워버리려면 어떻게 해야겠어. 나무늘보만 여럿 찍어낸 다음……."

청견은 나머지 부분은 알아서 상상하라는 듯 말끝을 흐린다. 규모가 너무 큰 기획인 탓에 와닿지는 않아도, 어떤 논리인지는 이해가 간다. 욕심 없이, 연구에만 매진하는 사람들을 처음부터 길러낼 수 있다면 정치적 위협은 금방 사라진다.

"문명재건청에 어울리는 사람들만 복제해서 기르겠다 이거죠. 그러면 처음부터 양정에서 태어난 사람들은요? 앞으로도 계속 태어날 텐데요?"

"아, 그거는 **당연히** 불임 시술을 시킬 계획이라던데. 연구원이랑 행정관 들이, 애를 아예 못 만들도록 막아버리면 그만이라는 거지. 거주구에서 태어났으면 행복하게 접시나 닦다가 죽었을 애들이 운 나쁘게 양정에서 태어나는 상황도 방지할 수 있고. 물론 확정된 건 아니야. 그냥 정치 면에 항상 오르내리는 제안 중 하나일 뿐이고 동의하지 않는 사람도 많아. 종합가 중에서도 꽤 극단적인 부류가 하는 소리야. 그런데 종합가들은 프로젝트를 구성하는 게 일이니까, 뭐, 그런 프로젝트가 어디선가 돌아갈지도 모른다는 거지."

당연하다니. 도무지 당연할 수 없는 이야기지만, 이렇게 정리해 놓으니 정말로 간명한 방정식처럼 보인다. 이권과 본능과 욕망이 얽힌 퍼즐 조각들을, 넣으면 더해지고 빼면 사라지는 방정식의 요소처럼 대할 수 있는 종합가들은 도대체 어떤 유형의 인간일까. 나는 가문비와의 대화를 떠올린다. 거주구 사람들을 한 번씩 자동차로 쳐버리고 싶어하는 사람이라면 복제 인간 도입과 대규모 불임 시술쯤은 자신만만하게 주장할 수 있으리라는 생각이 든다. 내가 그 주장의 디딤돌 중 하나일 확률도 충분하다.

"그나저나 환자한테 이런 소리를 해도 괜찮은 거예요? 거주구 사람이 듣기엔 좀 위험한 이야기 같은데."

한편으로는 이쯤 되니 청견의 안위가 걱정되기 시작한다. 나야 문명재건청에게 잘 보일 마음이 없으니 가출을 감행한 것이고 이런 식으로 질문을 던지는 것이지만, 청견은 사정이 다르다. 아무리 나사 직역이라 해도 직원 명부에 이름을 올려놓은 상태가 아닌가.

"그런 것도 걱정할 줄 알아? 병실에 도청기가 설치됐다는 이야기는 태연하게 했으면서."

"도청기는 피하면 좋은 거고, 양심은 가지면 좋은 거죠. 나도 양심이란 게 뭔지는 알아요. 나 때문에 곤란해지는 사람이 생기면 영 껄끄럽거든요."

"어차피 너도 떳떳한 얘기나 들으려고 날 부른 건 아니잖아."

"직원이랑 피험자는 입장이 다를 텐데요."

"직원이라."

청견은 고개를 떨어트리고는 키들키들 웃는다.

"야, 내가 그걸 신경 썼으면 첫날부터 그렇게 떠들진 않았을 거야. 연구원들처럼 말하자면, 다른 환자 이야기를 읊어대는 건 보안 문제라고. 너도 내가 이상하다는 걸 아니까 이것저것 물어보는 거잖아. 쉽게 대답해줄 것 같으니까. 그렇지?"

"솔직히 말씀드리자면 그렇죠."

속내를 들킨 듯해 겸연쩍다. 청견은 손목시계를 힐끔거리더니 시선을 내게 고정시킨다.

"그러니까 나도 솔직히 말해보자. 나는 거주구에 살았더라면 행복하게 접시나 닦다가 죽었을 인간인데, 시작부터 주사위를 잘못 굴렸어. 북정에서 태어났거든. 거기서 태어났는데 나사 노릇을 하고 있으니 머리 수준은 안 봐도 뻔하겠지. 머리에 칩을 꽂아서 걸어다니는 기계라도 됐으면 좋았을 텐데 그것도 실패했어. 검사해보니 알레르기가 있었거든. 기계라도 됐으면 좋았을 텐데—열세 살이었나 그때쯤부터 아버지가 매사 씩씩거리길, 유전자 디자인 회사를 고소하겠다던가 뭐라던가 했어. 물론 그런 일은 없었지. 폐업했거든. 불량품을 그렇게나 만들어대면 회사가 망할 수밖에 없을 거야."

그런 기계가 실제로 있다는 증언을 이런 방식으로 듣게 되다니 놀라울 따름이다. 그런데 3호를 만나지 못했다면, 나도 감옥에서 이렇게 중얼거렸을까? 수많은 기술들을 손에 쥐고서도 나를 고쳐주지 않은 과학자들을 원망했을까? 하지만 청견 앞에서 이런 의문을 꺼낼 수는 없다. 당혹스러울 정도의 장광설은 연극 무대의 기나긴 방백 같아서, 끼어들 구석이 아예 없다.

"하여간 여기서 5년이나 지냈는데, 그동안 심부름꾼 기계를 빼면 제대로 된 대화를 해본 적이 없어. 환자들은 죄다 문제가 있고 연구원들은 나랑 거리를 두지. 기숙사 방 번호가 감옥처럼 보일 지경이야. 아니, 1인실인 걸 제외하면 아무 차이가 없지. 어느 교도소에든 105호실이 있을 테니까. 물론 텃세를 부린다거나, 대놓고 면박을 준다거나 하는 건 아니야. 규정과 지침의 문제일 뿐이야. 북정 출신이라면 스파이일 가능성을 염두에 둬야 한다는 거지. 그런 일은 항상 일어나니까. 애당초 나사 직역이 반드시 알아야 할 정보라는 건 존재하지 않으니까. 그러니까 이렇게 떠들다가 일자리를 잃고 북정으로 돌려보내지면, 그냥 그렇게 되는 거야. 여기에서나 집안에서나 덤이고 나사 신세인데 똑같지. 만약 내가 모르는 유배지

157

가 따로 마련되어 있다고 해도, 겁이 나지는 않아. 기상천외한 고문 실 따위는 없을 게 분명하거든. 문명재건청은 터무니없는 짓을 하긴 해도 항상 논리가 있다고. 일관적이고 합당한 논리 말이야."

그 말을 기점으로 목소리가 훅 힘을 잃는다. 괜한 말을 했다는 후회가 느껴진다.

"연구원들이 날 괴롭히지는 않아. 처우도 나름대로 괜찮아. 그냥 나 혼자서, 남 탓을 하지도 못할 이유로 힘들어하는 거야. 북정에도 남정에도 어울리지 않게 태어난 게 다른 사람만의 잘못은 아닐 테니까. 나 같은 인간한테 적당한 일자리를 마련해주면서 보안도 지키려면, 이 정도에서 타협할 수밖에 없을 테니까. 그래서 가끔은, 어딘가 끔찍한 곳으로 끌려가서 잔뜩 얻어맞는 게 낫겠다는 생각도 들어."

"왜요?"

"내가 확실히 피해자라고 믿을 수 있잖아. 모순이나 불합리한 점이 보이면, 저 위의 질서라는 게 엉망진창이라고 느껴지면 차라리 위안이 돼. 잘못은 모두 상대의 몫이고 나는 괜찮으니까. 그런데 문제는 이 질서에 허점이 없다는 거야. 모든 불평에 철저한 반박이 준비되어 있으면 납득할 수밖에 없어. 상대는 스스로 불임 시술을 감수할 만큼 일관적이고 합리적인 미치광이들이라고. 정도만 다르지 모두 똑같아. 그래서 결국엔, 납득하거나 수긍할 수밖에 없다는 게 끔찍해. 지금은 헛소리처럼 들리겠지만, 언젠가는 너도 알게 될 거야. 그러지 않는다면 영원히 모를 거야."

나는 이미 아는 쪽이다. 가문비의 고통을 모르듯 청견의 괴로움도 모르지만, 청견이 무엇을 지긋지긋하게 여기는지는 느낄 수 있다. 이곳의 긴밀함과 철저함은 사람을 숨 막히게 만든다. 어울리지 않게 태어난 것이 오직 타인만의 잘못일 수 없다는 말도 마음에 와 닿는다. 세상에는 스스로 결정한 것이 아닌데도 그 사람 자신이 책임지게 되는 사건이 있는데, 탄생이 정확히 그런 종류의 일이다. 3호야 차치하더라도 나는 2호와 함께하는 삶을 선택한 적이 없다. 하지만 2호로 인해 겪은 일들을 불평할 곳은 마땅치 않거니와 다른 사람들에게는 미안하다며 허리를 수그려야 한다.

만약 청견이 말한 프로젝트가 실제로 진행 중이라면, 내가 그 프로젝트의 일부라면 연구원들을 속 시원하게 원망할 수 있을까……. 생각이 순간 깊어지며 나를 바깥세상으로부터 잠시 떼어 놓는다. 정신을 차리자 청견이 슬슬 나가자며 내 어깨를 두드리고 있다. 기기 검사 시간이다.

| 3호 |

1호는 흠뻑 젖은 웃옷을 갈아입은 뒤 잠자코 청견을 따라나선다. 병실 바깥으로 한 걸음을 내디디는 순간에 맞추어 내게로 조종간이 넘어온다. 연구원들은 내가 상대라는 식이다. 나는 크게 휘청거리다가 가까스로 균형을 되찾고, 청견을 향해 살짝 웃어 보인

다. 내 표정은 1호와 많이 다를 게 틀림없다.

"너, 아까도 느꼈지만 뭐가 막 바뀌는구나. 그냥 기분에 맞추어서 태도가 변하는 게 아니라 더 중요한 게 바뀌는 거야. 그렇지."

청견이 눈치 빠르게도 묻는다. 나는 순순히 인정한다.

"비슷해요. 참, 아까 그런 식으로 물어봐서 기분이 상하셨다면 죄송해요. 앞으로는 그럴 일 없도록 할게요."

"아니야, 됐어. 그냥 잊어버려. 나도 아무 소리나 한 거야."

"그나저나 별로 안 놀라시네요."

"여기 있다 보면 온갖 환자를 다 보게 돼서……."

순간 청견의 얼굴에 묘한 감정이 스친다. 체념과 동정과 멸시가 절묘하게 섞인 게, 심장병 환자가 폐병 환자를 부러워하는 동시에 안쓰러워하는 듯하다. 그제야 나는 환자 신세를 다시금 자각한다. 너무나도 복잡한 위치에 놓인 까닭에, 단순히 서로를 내려다보거나 올려다볼 수 없는 사람들 사이에서만 오가는 눈빛이 있다.

나는 그 눈빛을 곱씹으면서, 청견의 삶은 내가 처한 상황에 비하면 순탄할 거라고 생각한다. 하지만 왜인지 처지를 맞바꾸고 싶지는 않다. 비록 지금까지의 인생이 내 몫조차 아닌 듯 느껴질지라도. 나 자신이 프로그램의 산물인 것보다 복제 인간일 수 있다는 가능성이 더욱 심각하게 느껴지는 이유가 궁금해지더니 어제부터 이어진 화두가 다시 불꽃을 발하기 시작한다. 나는 다른 목소리들을 향해 의견을 구한다.

지금 있지?

1호가 그럼 내가 어딜 가겠어, 라며 되묻는다.

나도 잠깐 생각을 해봤거든. 복제 인간 관련 프로젝트가 어디선가 진행되고 있다는 건 알겠어. 최소한 그럴 확률이 높다, 정도. 그런데 거기에 정확히 우리가 포함되는지는 잘 모르겠는데. 욕심이 많은 거랑 남을 때리고 싶어 하는 건 다르잖아.

우리라니, 넌 우리는 아니지. 자기 일도 아니면서 참견이야.

야, 그런 식으로 말해봤자 아무 소용없어. 내가 아무 말 안 했어도 넌 시비를 걸었을 거야. 자기 일 아니니까 신경도 안 쓴다면서. 그렇지? 10년째 같은 몸을 썼으면 예상할 수밖에 없지. 아무튼 이게 내 일이 아닌 것 같으면 가족 일이라고 쳐. 우린 결국 한집에 세 들어 사는 사이라고.

어휴. 정곡이 찔렸는지 1호가 항복 선언을 보낸다. 훨씬 진지해진 답변이 이어진다. 사람 머리에 기계를 박는 건 확실히 종류가 다른 일이지. 하지만 복제 인간 머리에 기계를 못 넣으리란 법은 없잖아. 그러니까 중요한 건 세 개야. 문명재건청한테 복제 인간 기술이 확실히 있다는 거. 우리를 연구할 이유도 충분하다는 거. 그리고 우리 같은 사람을 맨땅에서 찾아내기는 웬만하면 불가능하다는 거.

맨땅에서는 찾아내기 어려우니까, 직접 만들었다 이거지?

그렇지.

가문비는 우리가 반사회성과 우수성을 동시에 드러내는 유형이라고 말했다. 그걸 제어할 방법을 알 수 있다면 모두에게 좋으리라고도. 그건 확실히 흥미로운 주제고, 우리에게도 2호의 존재는 평생의 숙제였다. 이쯤에서 2호의 의견이 듣고 싶어진다.

나는 완전 최고지.

헛수고다.

그 후로도 두런두런 대화가 이어지지만, 분위기는 흥미진진하다기보다는 미적지근한 쪽이다. 청견이 해준 이야기들은 중요한 단서 같아도 지금으로서는 추측에 무게를 실어주는 것 이상의 역할이 없다.

그리고 지금 당장은 기기 검사가 우선이다. 청견이 검사실까지 나를 데려다준 후, 나는 연구원들이 시키는 대로 웃옷을 벗고 검사대에 눕는다. 플라스틱인지 금속인지, 딱딱한 재질의 평판인데 옆에는 기계장치가 붙어 있다. 다양한 사람들이 분주하게 돌아다니며 준비하는 동안 연구원 하나가 가까이 와서 묻는다.

"마취는 하기 싫어한다고 들었는데, 정말이니?"

"네. 뭐라고나 할까, 전신마취라는 게 조금…… 껄끄러운 구석이 있잖아요. 잠들기 전에 무서운 상상을 하는 거랑 비슷하죠. 이렇게 잠들었다가 영영 못 일어나면 어떻게 하지, 하는 것처럼요. 게다가 여긴 제 집이 아니라 병원이고, 옆에는 이상한 기계까지 있으니까 걱정이 되죠."

"무슨 말을 하려는지는 알겠어. 하지만 깬 상태로 진행하면 힘들 텐데."

"정확히 어떤 식이길래요?"

"검사 중에 기기 기능이 부분적으로 끊기는 건 설명을 들었지?

지금은 네 뇌에서 생성되는 생체 신호를 기계가 적당히 처리한 다음 척수로 쏴주고 있잖아. 근육에 부착된 마이크로칩이 거기에 반응하는 거야."

"네, 거기까진 알아요. 그래서 검사 중에는 못 움직이게 된다고 듣긴 했어요."

"그러니까 예를 들면, 마이크로칩이 제대로 반응하는지를 확인하는 검사가 있어. 근육에 이어진 것 말이야. 우리가 신호를 보내면 네 몸이 멋대로 움직일 거라는 거지. 그리고 중추신경을 통해서 감각이 전달되지도 않으니까, 기분 나쁠 거야. 결국엔 기분의 문제지. 위 내시경을 할 때 수면 마취를 하는 이유를 생각해보라구."

"아."

나는 다른 목소리들에게 의견을 묻는다. 1호는 연구원의 설명에 마음이 흔들린 모양새다. 짧은 논의 끝에, 일단은 마취 없이 진행하되 여지를 남기는 방향으로 결론이 난다. 척수신경이 손상되었을지라도 눈꺼풀은 움직일 수 있으니까, 버티기 힘들다 싶을 때는 눈을 빠르게 깜빡이는 것으로 신호를 보내면 된다. 나는 절충안에 내심 만족하면서도 괜히 1호를 놀려본다.

겁쟁이.

아, 됐어. 도청 장치 주제에.

그러나 검사가 시작된 지 얼마 지나지 않아 나도 겁쟁이였음이 확실해지고 만다. 몸이 멋대로 움직이는 게 눈에 보이는데 촉감이 느껴지지 않으니 낯선 수준을 넘어 끔찍할 지경이다. 좀비의 몸에 갇힌 유령 같다고나 할까. 나는 1호가 언제쯤 백기를 들지 조마조마한 마음으로 기다린다. 기껏 태연한 척하고 있지만, 인내심이 곧 닳아 없어질 게 분명하다. 이윽고 1호가 불평을 흘린다.

이거 진짜 기분 나쁜데.

신호 보낼까?

아니, 좀 더 생각해보고. 참을 만해. 어차피 난 항상 얹혀 다니는걸. 몸을 넘겨받는다 해도, 기껏해야 하루에 서너 시간쯤이고. 나머지 시간에는 네가 조종하든 저 인간들이 조종하든 다를 거 없지.

그러더니 눈이 꾹 감긴다. 보지 않으면 몸이 어떻게 움직이는지도 알 수 없으니 썩 괜찮은 대안이다. 귀를 통해 연구원들의 목소리가 들려오긴 하지만 그 정도 잡음은 견딜 만하다. 어두운 물 위를 둥둥 떠가는 듯한 심상이 눈앞에 펼쳐지고, 우리는 한동안 온도 없는 암흑 속에서 둥실거린다. 그러던 어느 순간 오래된 기억들이 섞이기 시작한다. 중학교 무렵의 일이다. 이제는 모르게 된 얼굴이 섬광처럼 날카롭게, 혹은 장마철의 꽃향기처럼 자욱하게 내 의식을 사로잡는다. 1호가 무언가를 골똘히 생각하고 있다…….

녀석은 느릿느릿 운을 뗀다.

새벽에, 가문비가 말한 게 있잖아. 상대가 겪지 못한 고통은 전달할 수가 없다고. 낱말을 아무리 그러모아도, 심지어 의사 소견서가 있어도 소용이 없다고. 박쥐가 인간한테, 초음파의 느낌을 설명하는 거랑 똑같다고. 내가 정확히 그 상황이지. 보통 사람들은 목소리들을 듣지 않으니까.

그렇지.

나한테는 네가 또 다른 박쥐였던 것 같아. 기계든 진짜 생명체든, 박쥐가 된 느낌을 털어놓을 수 있는 유일한 상대였던 거야. 그래서 사실은 나도 네가 기계 따위라고 생각하진 않아. 기계라도 상관없어. 지금까지 많이 싸웠지만 고마운 기억도 많고, 정말로 가족 같고, 네가 없으면 멀쩡하게 살 수 없을 거야. 그래서 도청 기능이 있다고 해도 어느 정도는 그러려니 할 수 있을 것 같아. 진심이야.

와, 그거 정말 감동적이네.

이건 분명히 뜻깊은 순간이다. 하지만 녀석이 속내를 털어놓을 만큼 수세에 몰렸다고 생각하니 입맛이 쓴 것도 사실이다. 그리고 다른 느낌도 있다. 본론이 따로 있으리라는, 불길한 예감······.

그러니까 내가 몸을 빼앗긴 채로 지낸다며 불평하는 건, 네 잘못은 아니야. 내 잘못이야. 2호를 말리는 거야 그렇다 쳐도, 나머지는 내가 해야 할 일을 너한테 떠넘기고 있는 거야. 내가 직접 사람을 상대하면 싸움이 나니까. 넌 나랑 다르게 착하고 성실하니까.

알긴 아는구나.

그래서, 그래서, 딱 한 번 너를 진심으로 죽이고 싶었던 적이 있었어. 아니면 우리가 서로 완전히 떨어져서, 아예 다른 사람이 되길 빌었어. 내가 정말로 간절히 바란 게 딱 하나 있었는데, 너한테는 그게 아무것도 아니었거든······. 그런데도 나는 졌어······. 졌지만 그걸 누구에게도 설명할 수가 없었어······. 사실 그건 내가 스스로에게 진 것이나 마찬가지였으니까······. 기억해?

예감을 입증하듯 녀석의 태도가 돌변한다. 줄곧 보이던 얼굴이 이글거리며 타오르기 시작한다. 기억이 재 가루처럼 흩날리다가 일직선으로 늘어선다. 새하얀 빛이 두개골을 관통해 내 존재를 과거에 꿰어놓는 듯하다. 4년 전이다. 고작해야 넉 달 남짓한 시간 동안 일어난 일이고 다른 사람들에게는 기억조차 되지 못했을 시간이지만, 녀석이 무엇을 말하려는지도 짐작이 간다.

위로할 말을 고민하고 있자니 눈꺼풀이 주체할 수 없이 깜박거리기 시작한다. 그깟 동정을 얻어낼 바에는 문명재건청에게 몸을 넘겨주겠다는 식이다. 명멸하는 시야 너머로 신호를 알아채고 다가오는 연구원들이 보인다. 나는 단념한다.

| 1호 |

생각이 대충 이런 식으로 흘렀다. 기기가 멈추면서 목 아래가 모두 미지근한 고깃덩어리로 변하고 말았는데, 그러자마자 내가 이 몸의 일부일 뿐이라는 사실이 실감이 났다. 보통 사람들은 자전거를 몰듯 자기 삶을 주파해 나간다지만, 나는 그 자전거의 한쪽 바퀴에 불과한 것이다. 평소에는 투덜거리면서도 그러려니 했는데, 검사대에 누워 있다 보니 협업의 나쁜 면을 찾게 됐다. 그리고 내가 정말로 패배했다고 느꼈던 순간을 발견했다.

한 문장으로 요약하면 중학생 남자애와 여자애가 흔히 겪는 일이었다. 영화에서든 책에서든 사랑 타령을 하도 많이 본 탓에, 날이 더워서 얼굴에 열이 오른다거나 하는 순간을 강렬한 사랑으로 착각해버리는 것이다. 그렇게 몇 달쯤 손을 잡고 다니다가 김이 새서 다음을 기약하기로 하는 것이다. 어릴 때는 다들 그러고 사는데, 이게 뭐 문제란 말인가?

문제는 내가 혼자가 아니라는 것이다. 그때까지만 해도 3호와 나는 매사 조종간을 두고 다투느라 바빴고, 덕분에 항상 신경이 곤두선 상태였다. 자연스럽게도 또래 아이들을 두들겨 팰 일이 여럿 생겼다. 일방적인 싸움은 아니었다. 그냥 저 녀석이 거슬리는 소리를 하면 내가 욕을 하고, 그러면 누가 먼저랄 것도 없이 주먹다짐이 시작됐다. 즉 녀석들이 얻어맞은 것은 그놈들이 둔하고 힘도 없었기 때문이지 기본적으로는 정정당당한 승부였다 이 말이다.

물론 정정당당하거나 말거나, 이런 식으로 처신하면 친구랄 게 없어지고 만다. 여자애들한테 좋은 시선을 받지도 못한다. 나라고 해서 우정이나 호의 따위를 바란 것은 아니었지만, 딱 한 명은 예외였다. 난장판을 짜증스레 흘겨볼 때도 눈빛이 반짝거리는 애였다. 친구들과 함께 깔깔거릴 때는 정말로 눈이 부셔서, 웃음이 멎으면 전등이 꺼지듯 그대로 사라지지 않을까 두려울 정도였다. 나는 그 빛이 기쁨으로 충만해질 때 그 애의 곁에 서고 싶었다. 흘겨보거나 미간을 찌푸리거나 한숨을 내쉴 때가 아니라.

그래서 나는 3호의 잔소리를 듣기로 했다. 녀석이 시키는 것이라면 무엇이든 했고 태도도 고쳤다. 지금도 공손하다거나 상냥하다는 평가를 들을 수준은 아니지만, 고치기 전에는 더 심했다. 그리고 녀석이 조종간을 받아가려 할 때는 순순히 넘겨줬다. 막연하도록 강렬한 꿈이 현실이 되기까지 네 달쯤 걸렸을 것이다. 나는 그 애와 사귀기 시작했다……. 아니, 사실 그 애와 사귄 것은 3호였다.

그때의 기분을 어떻게 설명해야 좋을까? 모든 것이 상상보다 좋았다. 완벽했다. 그 반짝임이 나를 비추지 않는다는 점만 제외한다면. 그 애가 농담처럼 나의 예전 모습을 읊을 때마다, 이렇게나 달라져서 신기하고 좋다고 말할 때마다 나는 움츠러들었다……. 정말로 이상한 이야기지만, 나는 열망을 단단히 붙잡음으로써 거기에 담긴 가능성들을 완전히 잃어버리고 말았던 듯하다. 결승선에 도달한 다음에야 자신이 선수 등록 명부에 없었음을 깨달은 달리기 주자처럼.

언젠가 3호에게, 그 애한테 동생 이야기를 들려주고 수술 흉터를 보여주라고 시킨 적이 있었다. 목소리에 대해서도 설명하라고 했다. 그 애의 손을 영영 붙잡지 못하게 되고, 학교에 묘한 소문이 퍼지는 상황을 감수하고서라도 3호를 나와 같은 처지로 끌어내리고 싶었던 모양이다. 3호는 한참이나 껄끄러운 티를 내다가 결국엔 그래주었다.

그 애의 반응은 녀석이 염려하던 것만큼 나쁘지 않았다. 어디선가 주워들었을 게 분명한 말들로 위로를 건넸고, 잘은 모르겠지만 나를 이해하고 싶다고도 했다. 목소리 이야기를 듣고도 여전히 나를 좋아하려 하다니, 기적처럼 느껴지는 순간이었다.

하지만 그 애가 가리키는 나는 여전히 3호뿐이라서, 내가 여전히 나라는 걸 알면 싫어할 듯해서, 2호가 떠들어대는 이야기를 들으면 금방 안색을 바꾸고 도망칠 게 뻔해서, 나는 유치하게 굴고 싶어졌다. 온종일 머릿속에서 소리를 내지르면서, 3호를 나만큼이나 피곤한 성격으로 바꿔놓고 싶어지기도 했다. 그러지 않으려면 그 애와 모르는 사이가 되어야만 했다.

우리는 아무 잡음도 없이, 천천히 헤어졌다. 다시 강조하건대 이 제는 그 애의 이름조차 기억이 잘 안 난다. 정말이다. 하지만 그 시 기를 기점으로, 조종간을 움켜쥐는 일에 열의를 잃어버렸던 것은 확실하다. 나는 패배를 삭이면서, 몸에 얹혀 지내는 처지를 받아들 였다. 그건 정말로 전환점이라 부를 만한 순간이었다……

가문비는 셋째 상담일이 되어서야 솔직해질 예정이고, 그 전에 둘째 상담일이 있으며, 다시 그 전에는 이틀간의 신체검사가 있다. 이틀 내내 그 애 생각을 할 예정이다. 이미 떠오른 기억을 다시 잡 아 누를 수는 없기 때문이다. 그래서 나는 내가 가문비에게 이 기억 을 털어놓으리란 사실을 직감적으로 깨닫는다. 상대의 속내가 오 리무중이라거나, 문명재건청 소속이라거나, 상담 내역이 기록되어 남는다거나 하는 것들은 아무 상관도 없다. 말하고 싶을 뿐이다.

●

주사가 팔에 꽂히고 얼음처럼 차가운 기운이 팔뚝을 거슬러 오 를 때, 왜인지 마취제와 싸우고 싶은 마음이 들었다. 하나, 둘, 셋을 천천히 세어나가면서, 순순히 눈을 감을 것 같냐고 속으로 을러대 는 것이다. 내가 고작해야 약물 따위로 만들어지거나 사라지는 부속물처럼 보이냐고.

하나, 둘, 셋…… 숫자를 몇까지 셌는지 긴가민가하다. 나는 마취제에 졌다. 검사실 내부에 마련된 간이침대에서 눈을 뜨자 된통 얻어맞은 것처럼 온몸이 얼얼하면서 둔했고, 당장에라도 다시 잠들 수 있을 것처럼 피곤했다. 하지만 잠은 오지 않았다. 주위를 두리번거리자 근처에 있던 연구원이 다가와 설명을 늘어놓았다. 기기가 낡았으니 교체하는 편이 좋겠지만 지금 당장 수술이 필요할 정도는 아니라고 했다. 대신 신호 반응성과 동조율을 개선했으니 몸 움직이기가 수월해지리라는 말도 들었다. 3호에 대해서는 일언반구도 없었다.

어쨌거나 설명대로였다. 나는 어떤 총체의 일부로 존재하는 삶을 끝없이 곱씹으면서, 그리고 연구원들이 시키는 대로 달리거나 주먹을 쥐거나 눈을 깜박거리면서 남은 이틀을 보냈다. 3호의 반응 속도가 전반적으로 우리보다 낮았던 것을 제외하면 신체검사에서도 이상 소견은 나타나지 않았다. 그리고 이제 두 번째 상담일이 됐다. 나는 그 여자애의 이름을 애진작 떠올렸지만 가문비에게는 이렇게 떠들어대는 중이다.

"중학생 때 알고 지내던 여자애가 있었어요. 이름은 말 안 할래요. 문명재건청 사람들이 그 애가 누군지 알게 되는 건 싫거든요."

나는 본론으로 들어가기에 앞서 한참이나 변명을 주절거린다. 그 여자애가 한때 특별했던 것은 사실이지만 지금은 아니라고, 이건 4년이나 된 기억이며 나는 중학교 시절을 부끄러워할 만큼은 자랐다고. 그런데 묻지도 않은 지적에 미리 대답하고 있자니 실수라는 느낌이 든다. 도망치듯이 본론으로 넘어가지만 부끄러운 기분은 영 가시지 않는다.

"……여자애가 울먹이면서 나를 이해하고 싶다고 말했을 때, 내 몸은 그 애를 부드럽게 껴안았죠. 3호가 말예요. 2호는 그 애를 난간 너머로 밀치자며 부추겨대고 있었고요. 되게 재밌는 표정이 나올 것 같다고 그러더군요. 옥상이었거든요. 그리고 난 그 상황을 비웃고 있었어요."

"비웃었다─정확히 어떤 심정이었지?"

"여자애보다는 나 자신을 비웃었던 거죠. 내 처지 말예요. 머릿속의 생각들이 그대로 전해지면 여자애는 도망갈 게 분명했거든요. 반대로 전달되지 않는다면, 그래서 여자애가 계속 나를 좋아한다면, 그 애는 내 곤란을 이해하지 못하는 거죠. 그게 아주 지겹더라구요. 나한테 남은 문제는 그 지겨움이에요. 3호가 시키는 대로 하고, 순순히 몸을 넘겨주는 일에 익숙해지더라도 끝나지 않는 문제죠. 아니, 오히려 더 커지기만 해요."

"그 지겨움을 자세히 읊어봐라."

"말 그대로예요. 아무나 붙잡고 이렇게 떠든다고 생각해봐요. 내 머릿속에 살인마인지 방화범인지 모를 게 사는데, 미친 짓거리를 말리느라 아주 지친다고요. 보통은 내가 허세를 부리는 줄 알죠. 반사회적인 걸 멋지다고 생각하는 애들이 종종 있잖아요. 그런데 상담 일지를 보여주고 증인들을 데려다놓으면, 비웃던 사람들이 갑자기 얼굴이 창백해져서 도망가는 거예요. 거리를 두려 하죠. 머릿속에 그런 목소리가 있거니와 가끔 유혹에 흔들리는 사람은 가까이할 상대가 아니니까요."

"평범한 방법으로는 이해를 구할 수 없고, 이해받더라도 손해란 말이구나."

"무슨 패를 내더라도 질 수밖에 없는 게임 판에 선 셈이죠. 크게는 세 가지 결말이 있는 것 같아요. 페널티가 다를 뿐이지 셋 다 패배고요. 하나는 완전히 이해받은 다음 모두와 멀어지는 거고, 다른 하나는 아무것도 이해받지 못한 상태로 이해한다는 눈빛을 받거나 비웃음거리가 되는 거고, 마지막 하나는 침묵하는 거죠. 기대도 하지 않고요. 기권을 선언하는 거예요."

"하지만 위로해줄 사람은 있을 텐데."

삼촌의 얼굴이 잠깐 떠오른다. 삼촌에 대해서만큼은 좋은 기억이 의심스러울 구석보다 많다. 열두 살 때도, 병원에 다니기 시작한 다음부터도, 삼촌은 내 모든 투정과 불평을 너그럽게 참아주었다. 호수처럼. 호수에 띄우는 편지는 물풀이나 자갈돌에게 읽히기 위해 쓰이는 것이 아니라 다만 어디론가 보내진다는 데에 그 의미가 있는 것이다.

"뭐, 말씀하신 것처럼 위로나 관용에 이해가 필요한 건 아니죠. 어른들은 애가 터무니없는 이유로 울더라도 진심으로 위로해주니까요. 하지만 이건 천둥소리나 침대 밑의 괴물이나 악몽이랑은 완전히 다른 문제라는 걸 아실 텐데요. 머릿속에 범죄자가 있다니까요. 가족이나 의사가 아니고서야 알아줄 사람이 없어요. 의사도 그게 직업이니 하는 일일 테고."

대부분의 사람은 잔잔한 호수가 아니라 울고 웃고 화낼 이유가 있는 인간이다. 제각기 다른 이유가 있으면서도 충분한 교집합을 지닌 인간들…… 의도한 바는 아니지만, 이 대화가 며칠간의 공백을 건너뛰어 그 새벽의 시간에 그대로 맞붙는 느낌이 든다. 가문비는 증명할 수 없으며 공유될 수도 없는 고통에 관해 이야기했지만 내 경우에는 그 이상의 설명이 필요한 듯하다.

단순히 혼자라서 증명되지 않는 고통은, 어떻게든 공유할 수만 있다면 많은 부분이 명쾌해진다. 3호와 몸을 나누어 쓰는 일이 바로 그런 종류다. 세상 사람 모두에게 기기가 부착된다면 녀석의 존재는 문제조차 아닐 테니까. 한편 복잡 미묘한 구석이 있을지라도 제도와 환경이 바뀌기만 하면 금방 해결되는 아픔도 있다. 예컨대 청견을 거주구로 보낸다면 접시 닦이를 하든 벽돌공이 되든 알아서 잘 살 것이다. 하지만 몇몇 고통은 증명부터가 손해거니와, 어떤 방식으로도 받아들여질 수 없는 듯하다. **사회적으로** 말이다.

"잠깐 자유 이야기를 해보죠. 학교에서는 어떤 사람이 자유롭기 위해서 올바른 정보에 근거해 합리적인 판단을 내릴 수 있는 상태가 필요하다고 배우죠. 선생들은 이 부분을 설명할 때 마약 중독자를 들먹이고, 내 경우에는 2호가 해당될 거예요. 2호에게 휘둘리는 건 합리적인 상태와는 거리가 머니까요. 그런데 내 생각에는, 여기서 간과되는 부분이 있다고 봐요. 합리적이고 이성적인 것이 어떻게 결정되느냔 거죠. 그건 아무래도 아주 많은 사람들, 그러니까 사회의 뜻에 달린 사안 같거든요."

"그렇지. 도둑질을 할 자유나 이유 없는 살인을 할 자유 따위가 있다고 주장할 사회는 없으니 말이다. 개개인은 사회가 만들어놓은 울타리를 벗어나지 않는 선에서 그 안을 마음껏 돌아다니는 것이고. 물론 울타리의 반경은 항상 바뀌니까, 귀족이 될 자유라거나 다른 사람을 노예로 매매할 자유 따위가 있었던 시절도 있었지. 어떤 일이 허락되고 어떤 일이 금지되는지는 거주구마다 조금씩 다르고……."

"결국 내가 나인 것만으로는 충분하지 않은 거예요, 그렇죠? 세상이 무엇을 좋고 나쁜 것으로 정해놨느냐, 하는 문제가 개개인의 시선에 앞서죠. 내가 스스로를 돌아보든, 아니면 다른 사람이 나를 살피든 말예요. 마찬가지로 3호와 같은 몸을 쓰는 것과 2호의 목소리를 듣는 것, 이 둘은 완전히 다른 일일 수밖에 없어요. 다른 종류의 고통이고요. 봐요, 전자라면 반길 사람도 있겠지만 후자를 바랄 사람은 아무도 없다구요. 세상 사람들은 3호를 무척이나 좋아하지만 2호는 감옥에 잡아 가두려 해요. 그리고 2호야말로 진짜 나에 가깝다는 사실을 감안하면, 나는 뭐랄까, 자유에 어울리지 않게 태어난 사람인 거죠."

숨 쉴 틈 없이 문장들을 쏟아내는 동안에도 청견이 해준 이야기가 머리 뒤편에서 계속 어른거린다. 욕망이나 경쟁심 등은 위험한 마음이지만, 그 위험성 이상으로 강력한 힘을 발휘하며 역사를 이

끌어왔다. 또한 정도가 다를 뿐이지 누구에게나 그런 심리가 있다. 그래서 문명재건청은 북정을 만들었고, 유별난 욕망으로 이글거리는 사람들을 그곳에 모아두었다. 그들이 본연의 모습으로 존재할 수 있는 피난처를 만들어주었다…….

위험성과 우수성이 동전의 두 면처럼 맞붙은 것들이 있다. 전두엽의 과잉 활성화와 측두엽 발작, 즉 2호도 마찬가지다. 녀석에게는 분명히 남다른 발상을 떠올리는 힘이 있다. 그런데 내 불행은 북정과 같은 해결책을 누릴 수 없으리라는 점이다. 성역을 만들어봐야 그 우수성이 발휘되기는커녕 무법 지대만 되고 말 테니까. 재미있어 보인다는 이유만으로 여자 친구를 옥상에서 떨어트리려는 사람으로만 이루어진 사회, 그런 태도가 자연스레 받아들여지는 사회는 상상하기 싫다.

그 차이가 핵심이다. 문명재건청은 최선의 사회를 발견하기 위해 거주구 실험을 벌이고 있지만, 그래서 세상에는 수백수천 종류의 거주구만큼이나 다양한 삶의 방식이 공존하지만, 나를 위한 장소는 어디에도 없다. 내가 모르는 거주구에서는 2호와 같은 사람도 평범한 시민으로 살아가고 있지 않을까 상상하기도 했지만 그런 꿈은 참담한 방식으로 끝나기 일쑤였다. 구원과 환대의 가능성을 믿으려면 차라리 좀비 영화 속 걸어 다니는 시체에 주의를 기울여야만 했다. 다리가 잘리고 머리 절반이 날아가더라도 하던 일을 계속할 수 있는 존재라면 녀석을 미워하지도 않을 것이므로.

그러나 영화의 주인공은 언제나 인간이며 도시를 배회하는 좀

비들은 소탕되어야만 한다. 따라서 기기를 삽입한 건 어쩔 수 없는 대안이다. 나는 그 어쩔 수 없음을 오래전에 받아들였지만 그만큼의 지겨움에 시달리고 있다. 오늘 이야기의 결론도 그것이다.

"기기 검사를 받으면서, 척수신경이 강제로 끊기는 일에 대해서 생각했어요. 당신네가 한 일이 바로 그거잖아요. 멀쩡하게 돌아다니던 애를 붙잡아 와서 신경을 자른 다음, 교통사고가 일어났다고 둘러댄 거죠. 아홉 살짜리를 상대로요. 미친 짓이죠. 내가 어른이 되어도 운전은 할 수 없겠구나 싶었고요. 운전석에 앉아 있는데 기계가 갑자기 오류를 일으키면 큰일이니까요. 이게 다 당신네들 덕분이죠."

문장과 문장 사이에 일부러 긴 공백을 두지만 가문비는 사과하지 않는다. 유감을 표하지도 않는다. 계속 말해보라는 듯 묘한 눈빛으로 나를 쏘아볼 뿐이다. 제대로 된 반응을 이끌어내기는 불가능할 거라는 계산이 선다. 나는 그 새벽에 느꼈던 것과 똑같은 좌절을 인식하면서, 약간은 고통스럽게 인정한다.

"하지만 동생 목을 부러뜨리려 하지 않았더라면 내가 이렇게 되진 않았을 거라고 생각해요. 실험 쥐 신세라도 이 사실은 변함이 없죠. 병에 걸리지 않은 생쥐에게 치료제를 투약해봤자 아무것도 알아낼 수 없을 테니까요. 치료제를 투약당했다는 건 병에 걸렸다는 증거고요. 나는 여자 친구를 기계에게 빼앗겼지만, 그리고 그 애가 이해하려 했던 건 여전히 기계였지만, 그건 단순한 기계라기보다는 제 뇌에서 합성되는 패턴이기도 하고…… 그게 없었더라면 친구 사이조차 되지 못했겠죠. 그러니까…….”

나는 분별력이 있다. 감옥에 가거나 평판을 망치거나 주변인들을 잃는 상황을 두려워하고 피할 만큼의 분별력이……. 하지만 이 분별력은 나를 멀쩡한 삶에 매어놓으면서도 어떤 이유로인가 불행과 고통을 더하는 듯하다. 만약 이성이라 부를 만한 게 없었더라면, 훈련받지 못한 개들처럼 싫은 상대에게 송곳니를 드러내고 좋은 상대에게 꼬리를 흔드는 삶을 살았더라면, 마음만큼은 편했을 것이기 때문이다. 분명하다.

“이런 딜레마를 어떻게 설명해야 할까요?”

“어려운 일이지.”

그래서인지 기나긴 이야기는 기대감 없는 질문과 의미 없는 맞장구로 끝난다. 내친김에 복제 인간에 대한 의문을 덧붙이려다 만다. 내가 태어날 때부터 구제 불능이었든, 저 사람들이 일부러 구제 불능인 존재를 만들었든 둘 다 지금은 생각하고 싶지 않다. 상담실이 한순간에 조용해진다. 그렇게 시작된 침묵이 한참이나 길어지더니, 문득 가문비가 은근하면서도 뚜렷한 어조로 운을 뗀다. 연극이 끝난 무대의 장막을 걷어내고 그 너머를 슬쩍 들여다보듯이.

“그나저나 처음에, 무슨 패를 내더라도 질 수밖에 없는 게임 이야기를 했지. 비웃음을 사거나, 사람들에게 버려지거나, 그저 침묵하게 된다고. 그런데 증명하고 싶다는 마음을 품지는 않았는지 궁금해지는구나.”

“증명이라뇨?”

"2호가 시키는 대로 하는 것 말이다."

"아, 그런 증명도 쓸모없긴 마찬가지죠. 사람들한테 2호의 존재를 납득시킬 수야 있겠지만, 다른 부분에서는 완패예요. 패배 중에서도 페널티가 가장 크죠. 감옥에 가고, 주변인들에게 버려지고, 비웃음까지 사니까요."

"아니, 나는 일반론이 아니라 각론을 물었어. 그 아이가 이해하고 싶다고 말했을 때, 지겨움과 비웃음 외에 어떤 감정을 느꼈냐는 거다."

"복잡하겠죠."

나는 심드렁한 태도로 어깨를 으쓱거리면서, 이 몸짓이 언어만큼이나 뜻깊은 대답으로 받아들여지길 기대한다. 그건 정말로 복잡한 감정이고, 나는 그걸 일일이 해체하고 분석하는 일에 지쳤다. 기분이 괜찮을 때는 시도해볼 수 있겠지만 오늘은 아니다. 지금까지 한 이야기만도 충분히 많다.

"단순한 비웃음과 그런 반응 중에서, 뭐가 더 분노스럽지?"

그러나 가문비는 모니터를 힐끔거리더니 대답을 반드시 들어야겠다는 기세로 이어 묻는다. 혹시 그 여자애를 난간 아래로 떨어트리고 싶었다는 토로를 이끌어내려는 걸까? 내가 이것까지 인정해야 하나 싶어 불편할 따름이다. 답변을 미루다 보니 돌연 흉터 한복판에서, 의안이 살아 움직이는 듯한 빛을 발한다. 이 질문이 상담의 일부가 아니거니와 나에 대한 것조차 아니라는 느낌이 뚜렷해진다. 가문비는 오래전에 사라진 무언가를 내게서 다시 발견하려는 것이다…….

"이건 대답 안 할래요."

나는 딱 잘라 말한 뒤 먼 옛날 보았던 아동용 프로그램의, 지독하게도 단조로우면서 중독적인 테마 송을 외우기 시작한다. 생각이 읽히고 있을 가능성에 대비해서. 가문비가 아무것도 알아낼 수 없도록. 이내 다른 목소리들이 가세하며 삼중창이 완성된다. 셋, 둘, 하나!(반내림조로) 팽팽하게, 텐서가 말했네…… 팽팽하게, 텐서가 말했네…… 긴장, 불안…… 그리고 불화가 시작되었네(다시 반내림조로, 첫 소절로 돌아가며)…….

머릿속에서만 울려 퍼지는 삼중창. 아무도 소리 내어 말하지 않는 상태로 긴 시간이 흐른다. 시끄러울 정도의 정적이 목을 옥죄고 머리끝까지 차오른다. 그러나 입을 여는 사람은 여전히 없다. 상담실은 이미 들리지 않는 소리로 포화 상태가 되어, 새로운 침입을 허락하지 않는 듯하다.

●

두 번째 상담의 끝을 알리는 건 역시나 청견이다. 이번에는 가문비가 먼저 호출한 듯, 청견은 인사를 건넨 후 태연하게 나를 데리고 나온다. 11층부터 4층까지 내려가는 동안 아무 말도 오가지 않는 탓에, 아직 상담실을 벗어나지 못한 기분이 든다. 병실 앞에 서고서야 청견이 넌지시 묻는다.

"분위기가 이상하던데. 또 싸웠어?"

"아, 말도 마세요. 그 사람 성격 진짜 이상해요."

나는 일부러 큰 소리로 외친 다음 문을 열고 들어간다. 청견이 자연스럽게 뒤따라오더니 엄지로 화장실을 가리킨다. 나는 잠시 의아해하다가 곧 속뜻을 깨닫고 화장실로 향한다. 따라 들어온 청견이 문을 닫더니 품에서 태블릿을 꺼낸다.

"저번에 복제 인간 이야기를 했었잖아. 소공원 캐노피에서 만난 남자가 네 원본 같고, 네 담당자님도 관련이 있는 것처럼 보인다고. 나도 궁금해지더라고. 그래서 좀 알아봤거든."

"프로젝트가 진짜 있대요?"

"그건 모르지. 그런데 너 담당하시는 분이 유별나긴 하거든. 다른 연구원들 사이에서도 특별 취급이야. 척 보기에도 독특한 구석이 있고. 알잖아, 누군가를 겉모습으로 판단하는 습관은 좋은 게 아니라지만 어쨌든 사람을 대할 때는 겉모습을 가장 먼저 보게 되는 거……."

"물이 축축하다는 이야기처럼 들리는데요. 그런 사람이 친구가 있을 것 같진 않거든요."

"아무튼 그게 요점이 아니야. 이걸 어떻게 설명해야 하지—그냥 네가 직접 보는 게 낫겠다."

청견은 태블릿을 몇 차례 두드리더니 쑥 건넨다. 화면에는 기사가 떠올라 있다. 벌써 20년이나 된 칼럼이다. 지면 자체도 문명재건청 내부 소식지인 듯 화면 레이아웃이 낯설다. 나는 제목부터 천천히 읽기 시작한다.

거주구 내의 기술 격차—물리적인 안전과 제도적인 안전

25인치 평판 텔레비전을 가진 사람이, 더 화질이 좋으며 커다란 텔레비전을 바라는 것은 자연스러운 심리입니다. 그러나 평판 텔레비전만이 보급된 사회에서, 거실에 홀로그램 영상 상영기를 갖추고 지내는 사람이 있다고 생각해보십시오. 이웃들은 그 사람을 정도 이상으로 질투하거나 의심할 것이며, 심지어 어떤 사람은 범죄를 꿈꿀지도 모릅니다!

기술 유출 위험과 사회불안 요소를 최소화하기 위해, 거주구에 파견된 문명재건청 소속 요원들은 해당 사회에 어울리는 수준의 기술만을 누려야만 합니다. 문명재건청의 목적은 모든 사람에게 적절한 수준의 행복과 만족을 제공하는 것이지 기술을 독점하고 계급을 나누는 것이 아니기 때문입니다. 그러나 이러한 제한은 종종 물리적인 안전과 관련이 있습니다. 도대체 어떤 식입니까?

거주구 H3120에서 발생한 자동차 사고가 논란을 재점화하다

대다수 거주구의 기술 수준은 권장 수준에 맞추어 조정되어 있으며, 구획 변경이 디지털 지형도에 실시간으로 반영되지 않는 경우도 있습니다. 따라서 문명재건청은 특별자치구 외부에서의, 완전 자율 주행 기능 이용을 권장하지 않고 있습니다. 그러나 수동 운전은 종종 엄청난 위험을 초래합니다. 만약 동승자가 악한 마음을 품는다면 어떻겠습니까?

지난 4월 30일, 거주구 H3120에서 발생한 사고가 큰 논란을 일으켰습니다. 초임 연구원 A(24)씨와 연구소 실습생 B(17)군이 단기 파견에서 돌아오던 중, B군의 돌발 행동으로 인해 자동차가 전복된 것입니다. 해당 사고로 A씨는 안면부와 하지에 심각한 손상을 입은 상태로, 아직 중태에서 벗어나지 못하고 있습니다.

문명재건청 내의 발전주의자 분파는 이렇게 말합니다. "비록 기술이 완벽할 수 없을지라도, 어떤 기술은 이러한 참극을 방지하는 데에 도움이 될 것입니다." 그들은 이번 사건을 통해 다양한 정치적 논점들을 재점화하고, 거주구에서의 기술 제한을 완화하고자 합니다.

기술의 문제가 아닌 인간의 문제

한편 인본주의자 분파는 B군이 월반을 거듭한 수재로 받아들여졌다는 점에서, 문명재건청의 인재 선발 절차에 문제가 있는 것은 아니냐는 우려를 제기합니다. 업무 능력과 학습 성적만을 앞세우는 태도가 인성 검사의 의의를 약화시키지 않았겠느냐는 것입니다. 다음과 같은 대화 이력을 살펴보십시오.

OZK001 04301620 블랙박스 녹취록 H3120 A - B

B 아무리 생각해도 전 문명재건청에 어울리는 사람은 아닌 것 같아요. 정말로요. 여기서 일할 자격이 없는 것 같아요. 그러니까 저보다 건강한 사람이…… 제정신인 사람이 여기 있어야 한다고 생각해요.

A 그럴 리가. 네 문제는 다른 게 아니라 바로 그거야. 없는 문제

를 만들어서 믿어버리는 거.

B 무슨 말씀이세요?

A 네가 그렇게나 제정신이 아니라면 나랑 이러고 있지도 않을 텐데. 학교 다닐 때 심리검사도 여러 번 해봤을 테고.

B 지금까지 제가 했던 이야기 들으셨잖아요. 심리검사라거나 상담이라거나, 그런 건 아무 소용도 없어요. 심리검사에 나오는 문장들, 그러니까 작은 동물을 괴롭히고 싶다거나, 아이들을 돌보는 걸 좋아한다거나 하는 문장들은 정반대처럼 보이지만 사실 똑같은 거예요. 그렇다에 체크하면 그런 사람처럼 보이고, 아니다에 체크하면 아닌 사람처럼 보이죠. 그뿐이에요. 말은 그냥 하면 나오는 거고 검사지는 체크한 대로만 결과가 나오는 거예요.

A 멀쩡한 사람 흉내를 내고 있다 이거지?

B 네, 노력하고 있죠.

(중략)

A 잘할 거라고 믿어. 지금까지 잘했잖아. 성실하고, 얌전하고, 성과도 좋고…….

B 아뇨, 저는 물론 잘하고 있죠. 그게 바로 문제예요. 증명하려면 모든 걸 망쳐야 하고, 최선을 다하면 아무도 믿어주지 않는다구요. 만약 믿어주더라도 별게 아니라고, 과장일 뿐이라고 생각하죠. 제 말 이해하세요?

A 힘든 거 이해해. 나도 어릴 때는…….

(끊음)

어떤 인본주의 종합가는 이렇게 말합니다. "문제는 인성 검사만이 아닙니다. (……) 조사 과정에서 밝혀진 바에 따르면, B군은 습관적으로 부적절감과 업무 스트레스를 호소해왔습니다. 인간됨은 육신이 아니라 정신을 통해 완성된다는 점을 생각해보십시오. 인재 육성 과정에서 정신 건강 측면을 도외시한다면 이러한 참극은 되풀이될 수밖에 없을 것입니다."

여기까지 읽자 가문비의 마지막 물음이 머릿속에서 되살아나고, 2호가 휘파람을 분다. 그렇네. 3호도 이어 말한다. 그렇네. 나도 똑같이 중얼거려야 할 것만 같은 기분이 든다. 그때 상담실에서 입을 다문 것은 현명한 선택이었던 셈이다. 벌써 20년이나 된 악몽에 재연 배우로 참여해줄 마음은 없다. 상대가 가까운 친구라거나 가족이면 기꺼이 어울리겠지만 가문비는 성가신 종합가일 뿐이다. 나는 입술을 잘근거리며 마지막 단락을 눈에 담는다.

가속이 있으리라

한편 소수 분파인 가속주의자들은 철저히 기술적인 해결책을 제시함으로써 인본주의자들의 문제 제기에 응답합니다. 이들의 공식 성명은 다음과 같습니다. "인간의 정신이 의약 요법과 상담을 통해서만 개선될 수 있다는 관점은 편협한 것이 아닐까요? 생화학적인 것과 전기적인 것, 둘 사이에 어떤 우열이 있겠습니까?"

가속주의자들은 '북정으로 떠나라'는 야유를 받곤 하지만, 그 특성상 결코 무시할 수 없는 분파로 자리매김하고 있습니다. 이들의 주장에 대해서는 후속 기사에서 자세히 다룰 예정입니다. **(2편으로……)**

후속 기사를 확인하지 않아도 남자와 가문비의 흉터가 어디에서 왔는지, 남자가 왜 입원했는지, 가속주의자들의 주장이 무엇인지, 가문비가 어떤 분파에 속한 종합가인지 모두 알 듯하다. 2호와 내가 정확히 어디에서 출발했는지까지도. 복제 인간이 **정치적이고 사회적인** 문제라던 청견의 설명이 비로소, 온전히 이해가 가기 시작한다. 여기에서의 기술 사용은 정치적이고 사회적인 문제고, 나는 철저히 정치적이고 사회적인 존재다……. 나는 2편을 열어 이 모든 추측을 확신으로 바꾸는 대신 청견을 향해 질문을 던진다.

"A가, 가문비 맞죠?"

"나이대나 다친 곳 감안하면 거의 확실하지. 나도 이 기사를 맨땅에서부터 찾은 건 아니고, 예전에 얼핏 들은 게 있어서 안 거야. 연구원들도 잡담을 하거든. 이런 사건이라면 떠들기 딱 좋은 주제고."

"B는 어떻게 됐대요? 후속 기사에 나와요?"

"아니, 2편 내용은 그냥 정치 관련이야. B에 대해서는 찾아도 뭐가 없더라."

"그럼 담당자님은 내가 뭐라고 생각해요? 날 닮은 환자는요?"

나는 괜히 묻는다. 청견의 얼굴에 난처한 웃음이 떠오른다. 일부러 웃으려는 게 아니라, 표정을 아무렇게나 구기다 보니 근육이 절묘하게 그 모양으로 굳어진 것처럼 보인다.

"야, 너도 내가 무슨 생각 하는지 알잖아. 너도 똑같은 생각을 하고 있을 테고. 그런데 그건 내가 멋대로 추측해도 괜찮은 부분이 아니고, 이 직급에서 장담할 수 있는 부분조차 아니야. 난 그냥…… 나도 흥미롭게 봤고 너도 흥미로워할 기사를 찾아서 보여줬을 뿐이야."

이건 자기 소관이 아니니 발을 빼겠다는 소리다. 현실이 그렇긴 하다. 나는 결국 청견이 아니라 가문비와, 그리고 문명재건청 내의 가속주의자 분파와 승부를 봐야 한다. 어쩌면 삼촌과도…….

정리해보자. 부모는 어떤 이유로인가 나를 맡아 기르다가, 동생이 태어나자 더는 안 되겠다는 판단을 내리고는 나를 문명재건청으로 돌려보낸 것이다. 그렇다면 삼촌은 부모 잃은 소년을 맡아 기른 친척이 아니다. 처음부터 감시역이었을 공산이 크다. 부모가 삼촌을 대하는 태도만 돌이켜 보더라도 심증이 뚜렷해진다. 애당초 연합신문사 기자라면, 사실상 문명재건청 소속이 아닌가. 아니다. 애당초 기자조차 아닐 수 있다.

이런 추리는 처음부터 가능했던 것이지만, 그때는 어떻게든 외면하고 있었다. 지금은 어떤 노력을 하더라도 억눌러지지 않는다. 목소리들과 논의해보아도 생각의 흐름은 일직선으로만, 한 방향으로 이어진다. 결국 내 입에서 이런 질문이 튀어나간다.

"기자 이름으로 검색할 수도 있어요?"

"되긴 해. 왜?"

"삼촌 이름 좀 찾아보게요. 삼촌이 연합신문사 기자거든요. 그래서 지역 신문에서는 삼촌이 쓴 기사를 못 봤어요."

청견은 석연치 않은 표정으로 방법을 알려준다. 나는 제발 추측이 틀렸길 기원하면서 검색 창에 삼촌의 이름을 써넣는다. 그러나 이번에도 정답이다. 동명이인이 쓴 기사는 몇 있지만 내가 살던 곳과는 완전히 다른 지국에 소속되어 있다. 혹시 지금껏 불러온 이름조차 가명이 아닐까 궁금해질 지경이다. 가짜 신분의 가짜 이름.

2호가 나 대신 결론을 확정해준다. 야, 맞네. 삼촌도 한패네. 이따가 삼촌한테 바로 전화해보자.

3호가 되묻는다. 뭐라고 묻게?

전화하면 할 말이 생기겠지.

그러면 연구원들이 들을 텐데.

정말 바보 같네. 내 말은 하나도 안 듣고. 내가 계속 이야기했지. 전화가 도청당할 가능성보다 네가 도청기일 가능성이 더 높다고.

내가 끼어든다. 그러면 왜 우릴 내버려두는 건데? 지금 우린 꽤…… 위험한 짓을 하는 중이야. 알잖아.

2호가 냉큼 대답한다. 봐, 문명재건청은 항상 이런 식이야. 공식 자료에도 제어 가능한 혁신과 자유 이야기가 계속 나오잖아. 거주구의 기술 수준을 정할 때 행동의 범위가 함께 결정된다는 거지. 원시인이 대뜸 핵융합 원자로를 발견할 수는 없으니까. 이건 사회 이야기지만 사람이라고 해서 뭐가 다르겠어? 예상 가능한 변수 안에서는 마음껏 행동하게 두는 거야. 내가 미로에 갇혀 있다, 눈앞에 문이 세 개 있고 샛구멍도 하나 있다, 하면 그것들 중에서 하나를 고를 수밖에 없지.

내가 중얼거리듯 덧붙인다. 문이 아니더라도 샛구멍을 고르게 되지. 벽을 부수고 완전히 다른 곳으로 갈 수는 없으니까.

하지만 3호는 여전히 납득하지 못하는 기색이다.

그래서 이것까지도 미리 뚫린 샛구멍 중 하나란 말이야? 삼촌한테 전화하는 것도 마찬가지고?

그러면 뭐겠어?

청견이 우리한테 이 기사를 보여준 것도, 연구원들 지시 때문이라고? 가문비가 이런 걸 시켰단 말이야?

2호가 잠시 침묵하더니 가시 돋친 말투로 3호에게 쏘아붙인다. 우린 몰라도 넌 그렇게 믿는 게 좋을 텐데. 만약 이게 청견의 돌발 행동이면, 저 인간은 엄청 위험해진 거야. 너 때문에. 네가 기계라서. 네가 하는 생각을 연구원들이 다 볼 테니까.

"그런데, 지금 기사 보여주신 거…… 연구원들이 시킨 거 아니죠?"

나는 청견에게 태블릿을 돌려주며 조심스레 묻는다. 물론 속 시원한 대답을 들을 수 있으리란 기대는 내려놓은 상태다.

"왜 그렇게 생각하는 거야?"

"모르겠어요. 여기 온 후로 매일매일이 이상하거든요. 평생 난제로 남았을 것만 같던 의문이 한순간에 해결되거나, 내가 알아도 되는 내용이 아닌 것 같은데 듣게 되는 일이 계속 생겨서요. 의심하는 건 아니지만, 뭐, 알잖아요."

"내가 알긴 뭘 알아. 도대체 무슨 상상을 하는데 그래?"

"연극적 요법 같은 거요."

"야, 됐어. 기껏 보여줘도 이런 소리나 듣고 있으니. 넌 좀 쉬는 게 낫겠다."

불쾌함과 안쓰러움이 함께 묻어 나오는 어조다. 이쯤 되니 믿을 수 있는 게 아무것도 없다. 내가 복제 인간일 가능성이 단번에 높아졌다는 추측만 겨우 할 따름이다. 나는 거기에서부터 또 다른 가능성들을 뻗어나간다. 내가 복제 인간일 가능성. 이 생각이 기기를 통해 연구원들에게 전달되고 있을 가능성. 청견이 곤란해질 가능성. 그 가능성을 솔직히 읊는 게 도의인지, 더 나아가서 사과가 필요할지 고민해본다. 이것조차 결론이 나지 않고 논의가 지지부진해지는 사이 청견이 먼저 말을 꺼낸다.

"나는 간다. 내일부터는 심리검사니까 일찍 자. 피곤하면 어려울 테니까."

머리가 복잡할 테니 이만 떠나주겠다는 투다. 문이 한 차례 열렸다가 닫히고, 나는 친절함과 비겁함을 맞바꾼 채로 멍하니 서 있다. 그러는 와중에도 생각이 계속 흐른다. 내게도 태블릿이 있고, 태블릿으로는 전화를 걸 수 있고, 지금은 저녁이니까 삼촌은 일하는 중이 아닐 것이고, 삼촌은 삼촌이고, 제발 삼촌이었으면 좋겠고, 나는 거의 평생 동안 삼촌이 삼촌이 아닐 수 있다는 가능성을 생각하지 않으려 애썼는데…….

할 거면 빨리 전화해!

일단 쉬고 생각하자. 전화를 걸더라도 지금은 아니야.

2호는 부추기고 3호는 말린다. 기계나 프로그램에게도 진심이 있는지는 모르겠지만 나는 그 염려가 오로지 진심이라는 것을 알아서, 3호는 정말로 나를 걱정하고 있어서, 전화를 걸기로 한다. 그리고 대기 신호가 울리는 동안에는 차라리 삼촌이 받지 않기를 기도한다. 그러나 삼촌은 받는다.

"여보세요? 삼촌?"

"으응. 무슨 일이냐? 저녁은 먹었고?"

삼촌의 목소리는 평소처럼 낮고 부드럽고 느긋하다. 나는 오래도록 망설인다. 삼촌은 왜 말이 없느냐며 묻다가 그만 침묵하지만, 전화를 끊지는 않는다. 삼촌이 도대체 무슨 표정을 짓고 있을지 궁금하다. 이상한 예감에 불안해할지, 조카가 또 생뚱맞은 짓을 한다며 허허 웃을지.

나는 삼촌의 너그러움을 곱씹는다. 아무리 정신 나간 소리를 떠들어대더라도 고개를 끄덕이는 너그러움. 그 끈질긴 관용에는 무기물 같고 기계 같은 느낌이 있었다. 어떤 말도 귀담아듣지 않음으로써 수많은 모멸과 치욕과 곤란을 무위로 돌리듯이. 현실에서는 좀도둑을 만나더라도 펄쩍 뛰지만 소설 속의 살인범에게는 연민을 내비치듯이.

무대와 관객석을 가르는, 보이지 않는 경계가 우리 사이에도 있었다. 같은 집에 살면서도 같은 공간에는 존재하지 않고 끝없이 어굿나는 듯했다. 나는 그 어긋남을 줄곧 삼촌과 조카 사이의 적당한 거리라고 믿어왔는데, 그건 정말로 좋기도 했지만 지금은 아니다. 지금은 아니다. 나는 대뜸 질문을 쏟아낸다.

"아홉 살까지 같이 살았던 사람들은 사실 내 가족이 아니라 그냥 위탁 가정일 뿐이죠? 교통사고로 죽지도 않았고요? 그리고 삼촌도 기자가 아니죠? 완전히 다른 거죠? 이름도 거주구에서만 쓰는 가명이죠?"

태블릿 너머, 음성신호가 전기신호로 바뀌고 그게 먼 공간을 지나 내가 살던 곳에 닿고 다시 음성신호로 바뀌는 자리에서 오래도록 정적이 흐른다. 이런 상황은 삼촌에게도 예상 밖이었던 모양이다. 나는 그 침묵에는 예고된 참담함을, 이 질문이 연극 요법의 일부가 아니라는 데에는 뜻밖의 기쁨을 느낀다. 가진 재산을 모두 압류당한 다음 채무 집행인에게 한 끼 밥값을 받아 챙긴 사람처럼. 이윽고 삼촌이 훨씬 가라앉은 목소리로 운을 뗀다.

"어디까지 들었니?"

"다 들었으면 모두 설명하고 절반만 들었으면 절반만 설명하시게요?"

"무슨 이야기를 듣고 싶어서 전화한 건지 말해다오."

"몰라요. 나도 아무것도 모른다고요. 삼촌이 나보다 더 잘 알 텐데요. 그러니까 내가 모르는 걸 말해봐요."

"나는 네가……" 말꼬리가 흐려지더니 깊은 한숨으로 변한다. 이어지는 문장은 주어가 바뀌어 있다. "너는 내게 예고 없는 덤 같은 거였지. 인간 대 인간으로서의 관계를 떠나, 공식적인 직함과 업무에 대해서는 그랬다는 거다. 그래서 오히려 나는 네게 좋은 삼촌이 되어줄 수 있으리라고 믿었고, 지금처럼 행동하는 편이 모든 면에서 나을 거라고 생각했는데, 뭐가 옳은 선택이었는지는 모르겠구나. 그래도 나는 최선을 다했고……"

최선이라는 단어를 듣자 눈 밑에서 불꽃이 튄다. 그게 문제다. 그 좋음이 오로지 하얀 거짓말로만 이루어져 있으며 하얀 거짓말은 기만에 불과하다는 사실. 결국 이건 기만이냐 잔인함이냐 중에서 택일해야 하는 사안이다. 삼촌이 냉담하거나 쉽게 낙담하고 포기하는 성격이었더라면, 나를 정말로 덤처럼 대했더라면 나는 화내지 않았을 것이다. 애당초 이렇게 전화할 가치조차 없었을 것이다. 하지만 삼촌은 화내지 않고 항상 웃었으므로 나는 화내고 있다.

"네, 최선요. 최선을 다해 거짓말을 한 거죠. 삼촌이 나한테 화내지 않은 건, 처음부터 알았기 때문이잖아요. 단순히 의사가 설명해줬기 때문이 아니라 정말로 알았던 거예요. 원래부터 그런 애라는 걸 알았기 때문에 중학교 시절에, 다른 애들을 때리고 오더라도 실망하지 않았던 것이고요. 가출했을 때도 처음부터 알고 있었죠? 내가 문명재건청을 탓할 때는 뭐라고 생각했어요? 미안했나요, 귀찮았나요, 뜨끔했나요, 아니면 비웃었나요? 날 속이면서 무슨 기분이었죠?"

"네게 할 말은 아니지만, 나도 마음이 편한 날이 없었단다. 갓난아기일 때부터 지금까지 너를 봐왔으니 말이야. 그러니까 단순히 거짓말에만 최선을 다한 건 아니야. 예전에, 내가 출장을 다녀오려다가 발이 묶였을 때—."

삼촌의 목소리가 훨씬 고통스럽게 변하면서 말이 잠시 멎는다. 출장을 다녀오려다가 발이 묶였을 때라면, 그 일이다. 나는 머리가 더없이 뜨거워지는 걸 느끼며 빈 문장을 채워 넣는다.

"열두 살 때요?"

"그래."

"갑자기 그때 이야기는 왜 꺼내시는 거예요? 내가 집에 불을 지를 뻔했는데, 안 버리고 같이 살아줬다고요? 계속 날 사랑해줬다고요? 원래 부모는 날 버렸지만 삼촌은 그렇게 아량 넓은 사람이니까 나도 이해해줘야 한다고요?"

"아니야. 그런 말을 하려던 게 아니라—."

"됐어요. 끊을게요."

미칠듯이 화가 나는데도 욕을 내뱉지 않는 것은 상대가 삼촌이기 때문이다. 아니다. 그 반대로, 삼촌이기 때문에 욕을 해야 했는지도 모르겠다. 나는 이 분노에도 불구하고 삼촌을 미워할 수 없으리라는 사실을 깨닫는다. 전화를 끊자마자 눈물이 쏟아지기 시작한다. 이를 꽉 악문 탓에 턱이 아프고 눈알은 빠질 것만같이 뜨겁다.

삼촌이 다시 전화를 걸어오지만 도무지 받을 수가 없다. 통화에 응했다가 나도 모르게 심한 말을 쏟아낼까 봐 두렵다. 도대체 뭘 기대하고 이런 대화를 시작했는지 모르겠다. 이 연극의 다른 배우들도. 청견이든 가문비든 삼촌이든, 무엇이 돌발 행동이고 무엇이 각 본대로인지 전혀 구분이 안 간다. 하나부터 열까지 엉망진창이고 내 존재는 그 이상이다.

#3

| 3호 |

확신과 확증은 한 글자 차이고 의미도 맞닿아 있지만, 마음에만 있던 것이 현실로 끌려 나오는 찰나는 언제나 배신의 순간이다. 지금껏 느끼고 겪어왔던 세계가 부정당한 뒤 새로운 것으로 대체되므로. 그러니까 나는 삼촌에게 전화를 걸어야겠다는 안건에는 처음부터 반대였는데, 그렇다고 해서 조종간을 붙잡아 막지는 않았다. 그랬다가는 다른 목소리들이 나를 완전히 첩자로 믿어버릴 게 뻔하기 때문이다.

물론 자신도 모르는 사이에 정보를 가져다 바치고 있을 가능성이야 충분하지만, 나 또한 명실상부한 피해자이긴 마찬가지다. 프로그램을 통해 존재하는 것과 연구원들이 그 프로그램을 뜯어 들여다보는 건 완전히 다른 문제니까 말이다. 결국 도의적인 미안함이야 가질 수 있을지라도 그 이상을 논하기에는 새로 알게 된 사실들이 너무 많다. 표를 만들어서 심각한 사안부터 줄 세워야 할 지경이다. 그 소식을 어떻게 받아들여야 할지, 서로를 어떻게 여겨야 할지, 내 존재를 어떻게 이해해야 할지 차례대로 토의해나가는 것이다.

하지만 병원에서 준 태블릿에는 표를 만드는 프로그램이 없고, 다른 둘도 대화를 나눌 상태가 아니다. 한참이나 울던 1호는 머릿속 어딘가로 숨어버리고 2호는 멈추지 않고 투덜거린다. 나는 별수 없이 조종간을 붙잡아 몸에 저녁 식사를 채워 넣는다. 씻고, 옷을 갈아입고, 전자도서관에서 문명재건청과 아무 관련도 없는 모험담을 찾은 다음(제목은《파리 대왕》이다), 내용에 집중하려 애쓴다(이런, 잘못 골랐다). 그리고 내일 일정을 확인하고 침대에 눕는다.

실의에 빠져 죽으려는 사람의 방을 억지로 청소하는 기분이지만, 언제나 해온 일이긴 하다. 해야 할 일과 하면 안 되는 일을 구분하는 것. 누가 무엇을 할지 정하고 일과표를 마련하는 것. 그럼으로써 진작 주저앉았을 삶을 삐걱삐걱 돌아가게라도 만드는 것. 수학 문제를 잘 풀거나 100미터를 14초 안에 내달리는 능력과는 완전히 다른 것. 1호가 그 점을 고마워하는 동시에 질투한다는 사실이 얄궂기만 하다. 어쩌면 녀석은 내가 가소로움이나 언짢음 대신 얄궂음만을 느낀다는 사실에마저 질투를 느낄지도 모른다.

생각이 거기에 닿자 또다시 눈물이 흐르기 시작한다. 그러나 우는 것은 내가 아니다. 나는 위로가 될까 싶어 내게 주어지지 않은 재능의 목록을 읊어준다. 내가 대수기하에 특히 젬병이라는 것(프로그램이라면 계산 기능도 뛰어날 텐데, 다른 학생들과의 형평성을 고려해서 막아둔 걸까?), 일상생활만 잘할 뿐 개별 과업의 전략을 세우는 능력은 목소리들과 비교하면 한참이나 뒤떨어진다는 것(이것도?), 그리고⋯⋯.

듣기 싫어. 그만해.

1호가 말한다. 나는 멈춘다. 눈물이 한참이나 더 흐른다. 내일은 심리검사가 있는 날이다.

●

아침 9시 30분. 나는 아무런 잡음 없이 차분한 마음으로 일어난다. 나쁜 징조다. 눈을 뜨는 즉시 1호든 2호든 한마디씩 얹는 것이 정상이기 때문이다. 하지만 불러봤자 좋은 일은 없을 듯하다. 소름 끼치도록 낯선 침묵 속에서 하루가 시작된다. 아침 식사를 마치고, 씻고, 청견을 따라 8층의 검사실로 올라간다. 종합심리검사, 즉 풀배터리(Full-Battery)가 나를 기다리고 있다. 지능검사와 문장완성 검사, 물감 얼룩을 보고 연상되는 이미지를 말하는 로르샤흐테스트 등을 한데 묶어 진행하는 것이다.

"두 명을 대상으로 진행해야 한다고 들었는데. 넌 1호니, 3호니?"

"3호예요. 1호는 오늘은 안 돼요."

"좋아, 그러면 이번 검사는 3호인 상태로만 진행하는 거다. 내일은 1호가 하고. 알겠지?"

하지만 이런 건 내가 몸의 진짜 주인이라고 믿었던 시절부터 어려웠다. 지능검사야 정해진 답을 찾아내면 그만이지만, '내가 제일 걱정하는 것은……' 같은 문장을 채워 넣어야 할 때면 질문에 명시된 것 이상의 고민이 필요하기 때문이다. 우리 셋은 결국 한 몸을 공유하기 때문에 서로의 걱정에 영향을 받고, 그럼에도 불구하고 제각기 다르기 때문에 한 문장으로는 정리할 수 없다.

한편 나도 마찬가지지만, 1호는 '그렇다', '중간 정도만 그렇다', '아니다'를 정해야 하는 검사를 치를 때마다 특히 골머리를 앓는 편이다. 예컨대 '타인의 감정을 상하게 하는 것은 나에게 큰 문제가 아니다'라는 문장이 있다고 생각해보자. 녀석은 다른 사람이 눈앞에서 비명을 지르더라도 거의 신경 쓰지 않을 것이다. 삼촌만큼 가까운 사이가 아니라면, 혹은 그 여자애처럼 좋아하는 상대가 아니라면 기본적으로는 그런 성격이다.

하지만 평판을 중요하게 여기는 마음이라거나 멀쩡한 사람으로 받아들여지고 싶은 마음은 충분히 강하기 때문에, 녀석은 내가 시키는 대로 한다. 그러면 1호가 '타인의 감정을 상하게 하는 것은 나에게 큰 문제가 아니다'에 대해 어떤 응답을 골라야겠느냔 말이다. 그렇다? 중간 정도만 그렇다? 아니다? 그나저나 2호의 의견은 어떤 식으로 반영되어야 하는 걸까? 어쨌든 녀석도 우리 중 하나인데…….

평소에도 난감했던 문제들을 심란한 상태로 맞이하자니 헛웃음만 나온다. 스트레스가 심해서인가 머리도 뜨겁다. 뭐든 의견을 만들어내려면 한껏 집중해야만 한다. 두개골 속의 내용물을 억지로 쥐어짜내는 느낌이라고나 할까. 점심시간을 포함해서, 아홉 시간이 지난 뒤에야 가까스로 오늘의 고행이 끝난다. 지능검사는 벌써 결과가 나와 있다.

"다른 것들도 10분만 더 기다리면 설명을 들을 수 있을 거야. 듣고 가겠니, 아니면 오늘은 쉬고 나중에 듣겠니?"

공간 지능 분야에서 뜻밖에도 높은 점수가 나왔다는 소식(예상보다 낫다는 것이지, 높은 수치는 아니다)은 기쁨을 불러일으키기에 충분하지 않다. 다른 검사 결과를 들어봤자 기분만 더 울적해질 듯하다. 나중에 듣겠다고 대답하려는 순간 1호가 처음으로 입을 연다.

내일 검사하기 싫다고 말해. 아니, 못 한다고 그래. 안 된다고 하면 머리도 아프고 몸도 욱신거리고 현기증도 나고 귀도 잘 안 들리니까 병원부터 가야 할 것 같다고 우겨. 이 병원 말고 제대로 된 곳 말이야. 그 전에는 절대 검사할 생각 없다고. 내 말 이해하지.

이 상태라면 억지로 검사를 시켜봤자 입을 다물 게 뻔하다. 나는 녀석의 부탁대로 한다. 연구원이 난처한 표정을 짓더니 잠깐 기다리라는 말을 남기고는 어디론가 사라진다. 30분가량이 지나 그나마 괜찮은 소식이 돌아온다. 상태가 그렇게나 안 좋으면 일정을 잠시 미룰 테니, 세 번째 상담일 전까지는 푹 쉬어도 된다고 한다. 그러나 이것 또한 즐겁지 않다. 이 검사조차 일종의 요식행위이며 사태의 본질은 다른 곳에 있으리라는 추측만 강해질 뿐이다. 우리는 병실로 돌아와서 먹지도 않고 눕는다.

문득 1호가 중얼거린다.

내가 가해자의 복제 인간이라면, 가문비는 피해자라면, 왜 가문비가 나를 담당하고 있는 걸까? 도대체 누가 그걸 허락했을까?

그러게. 그 사람도 제정신은 아닌 것 같던데.

사고가 났을 때 스물넷이었다고, 기사에 쓰여 있었지. 스물넷이라면 프로젝트를 기획할 만한 나이는 아니야. 당시에는 가문비도 말단이었던 거야. 또, 이런 일을 단순히 복수심만으로 추진했다고 보긴 어렵고…….

2호가 끼어든다. 3년 전에 프로젝트에 합류했다고 했잖아. 정치적 성향이야 그렇다 쳐도, 자기 진로는 복수심으로 정할 수 있겠지. 어떻게든 꾸역꾸역 여기에 들어온 거야.

1호의 부언이 이어진다. 프로젝트를 기획한 인간들이 그걸 허락한 게 이상하단 말이지. 새벽에 떠들던 걸 생각해봐. 그때 한 말이 모두 사실이라면, 그 작자는 상담실 키보드를 두드리는 게 아니라 병원에 갇혀 있어야 해. 바로 이 병원에.

나도 동의한다. 어떤 이유로든 가문비의 태도에는 사감이 섞여 있고, 망가질 이유도 충분한 상태다. 그리고 오래된 악몽을 업무와 뒤섞는 건 아무래도 건강한 태도는 아니다. 문명재건청의 연합 프로젝트가 어떤 식으로 진행되는지는 모르지만, 내가 총괄자였더라면 그런 사람을 불러들이진 않았을 것이다. 이건 폄하가 아니라 객관적인 진단이다.

하지만 가문비는 상담실의 주인이며 나는 실험 쥐에 불과하다. 심지어 복제 인간이라는 진실을 어떻게 받아들여야 할지도 갈피를 잡지 못한 상태다. 나는 스스로의 장례식에 참석한 듯 숙연해지는 마음을 발견한다.

내일은 영화 보자. 자료 열람실에서.

문득 1호가 그 말을 툭 던진다. 침대에 누운 채 이상한 종합가를 향해 화를 내기보다는 B급 영화라도 보는 게 나을 테다.

그래.

녀석에게 대답을 건넨 뒤, 나는 일부러 고개를 끄덕이고 입으로 도 말한다.

"그래."

●

몸이 힘들 일은 없었던 것으로 기억하는데 일찍 잠들었고, 열네 시간이나 잤다. 일어나보니 11시 50분이고 책상에는 식사가 없다. 아침 식판은 진작 수거한 모양이다. 곧 점심이 올 것이다. 우리는 심부름꾼 기계를 마중 나가는 기분으로, 혹은 이 방으로부터 도망치듯 복도를 서성거린다. 다른 문들을 기웃거리며 다른 환자들의 존재를 확인하려 애쓰거나 엘리베이터에서 괜히 다른 층을 눌러 본다.

그러나 3층이나 7층이나 15층으로 떠나기에는 권한이 없다. 은 근슬쩍 다른 연구원들을 따라 내릴까 생각해보기도 하지만 그런 수법이 먹힐 것 같지는 않다. 한 번도 만나지 못한 연구원들이 우리의 얼굴을 알고 있다는 사실, 그런데 우리는 그들을 결코 모른다는 사실이 유령들에게 둘러싸인 듯 숨 막히는 비대칭성으로 다가온다.

나는 스스로가 그 유령 무리의 일원일 가능성을 생각하다가 이만 병실로 돌아온다. 점심은 저온 조리한 뒤 겉면을 익힌 고깃덩어리와, 으깬 병아리콩과, 샐러드와, 오트밀이다. 환기시키느라 살짝 열어둔 창밖으로 맑고 경쾌한 새소리가 들린다. 데워진 여름 공기가 빛과 함께 밀려들어오며 방에 기분 좋은 따뜻함을 불어넣는 중이다. 기분이 이렇게나 처참한데 세상이 와지끈 소리를 내며 무너지지 않는다니 이상하다. 우리는 식사를 마친 후 조금 더 미적거리다가 자료 열람실로 올라간다. 1호가 말한다.

복제 인간으로 검색해봐.

3층이나 7층이나 15층에서 동지를 찾을 수 없다면 빔 프로젝터가 쏟아내는 빛에 기대를 걸 수밖에 없다. 비록 빛이 그려내는 사람들은 환영에 붙들린 과거일 뿐이고 미래에서 말을 걸 방법은 영영 없을지라도.

복제 인간이 주제인 영화는 아주 많고, 대부분은 시놉시스에서부터 우울한 기운을 풍긴다. 해피엔드가 예고되어 있다고 해도 복제 인간으로 태어나는 것은 심란한 일이라는 합의가 있는 모양이다. 우리는 동지라고 부를 만한 존재들을 차례대로 확인한다. 그런데 묘한 점은 영화를 볼수록 우리가 그들로부터 멀어지는 느낌이 든다는 것이다.

어떤 복제 인간은 자신이 장기와 각막을 빼앗긴 뒤 죽을 운명이라는 걸 깨닫고, 지금껏 갇혀 살아온 섬에서 탈출하려 한다. 원치도 않는 헌신을 바치는 건 끔찍한 일이다. 그러나 우리가 겪은 일은 아니다.

비슷하지만 다른 유형으로는, 자신이 복제 인간인 줄 모르고 지내던 아이가 사고로 죽은 원본의 흔적을 발견하고 혼란스러워하는 이야기도 있다. 이것조차 우리 이야기는 아니다. 우리는 누군가의 대체품으로 자라진 않았다.

또, 유능한 킬러를 복제해서 세상을 뒤엎으려는 악당이 나오는 이야기도 있다. 이것도 나쁜 일이다. 그러나 우리는 킬러가 아니며 문명재건청도 세상을 뒤엎으려 들진 않는다. 그들은 이미 세상 그 자체다.

한편 프로그램의 입장에서 촬영된 영화는 없을까 궁금해지기도 한다. 찾아보지만 검색 결과에 잡히는 건 인간의 삶을 궁금해하는 기계이지 나처럼 불편한 동거를 겪는 존재들이 아니다. 1호나, 2호나, 나나 조금씩 어긋나 있다. 우리는 소통에 대해 생각한다. 단절에 대해 생각한다. 같은 처지와 비슷한 입장과 이해에 대해 생각한다. 세상이 요구하는 바에 어울리지 않게 태어났거나 어울리지 않도록 망가진 존재들에 대해 생각한다. 믿음의 대상이 되지 못하거나 해명할 수 없거나 전달되지 않는 고통들······.

가문비나 청견도 똑같은 감각에 시달리겠지만 그들은 결국 각자에게 주어진 영토를 맴돌 뿐이고, 그 영토는 우리의 삶과 아주 멀다. 그래서인지 이 주제로 대화를 나눌 상대는 남자밖에 없으리라는 생각이 든다. 남자는 아마도 열 살의 우리를 발견했을 때, 지금과 같은 미래를 예감했을 것이다. 어쩌면 복제가 결정되었을 때. 그 사람이 프로젝트에 자원했는지, 혹은 반강제로 실험 쥐 신세가 되었는지 궁금하다. 어떤 마음으로 실험에 참여했는지도 알고 싶다.

빔 프로젝터가 작동을 멈추고 환풍기마저 꺼진 상태로, 빛조차 없이 긴 침묵이 흐른다. 섬유 먼지 때문에 숨이 텁텁하다. 어지럽기도 하다. 나는 차가운 탁자에 올려놓았던 손바닥으로 이마를 짚으면서, 열을 식히려 애쓴다. 그러다가 문득 1호가 말한다.

그 영화나 다시 보자.

어떤 거?

가문비가 보여줬던 거.

나는 빔 프로젝터를 다시 작동시킨다. 정적 사이로 위잉 소리가 미끄러지듯 들어온다.

| 1호 |

사람은 사회적인 동물이므로 더불어 살아간다. 웃고 울고 기뻐

하고 슬퍼하고 사랑하고 미워하는 것이 모두 함께다. 앞선 것들이 언제나 더 강하다. 서로 다른 나라의 사람들이 서로 대적하더라도 각각의 다름을 묶어놓는 것은 인의와 공의다. 함께 있으려면 그럴 수밖에 없다. 따라서 어떤 식으로도 인정받지 못하는 것, 의롭지조차 않은 것은 다만 무가치하다는 생각이 나를 꽉 붙들고 놓아주지 않는다.

어떤 사람은 도무지 빛을 보지 못하거나 역겹게까지 여겨지는 주제에 매달리다가 죽음을 맞이하기도 하지만, 그런 행동에는 결국 미래를 향한 믿음이 있다. 언젠가는 역사가 자신을 알아보리라는 확신이다. 그 사람들은 한때 바보 취급을 받았지만 결국 옳았으므로 우리는 그들의 이름과 삶을 기억한다. 아니라면? 그저 잊히거나 영영 손가락질당할 뿐이다.

물론 후자에 속하는 사람 중에는 자기 삶조차 거들떠보지 않는 유형도 있다. 연쇄살인마나 방화범 같은 부류가 그렇다. 하지만 나는 그런 길을 택할 만큼 뻔뻔한 편이 아니고, 예전에 치렀던 심리검사 결과에 따르면 사회적 인정에 굶주려 있고(맙소사), 그만큼 다른 사람이 중요하다는 것도 안다. 최소한 삼촌과 거주구 학교의 몇몇 선생들은 나한테 중요하다. 맙소사. 아직도 삼촌이 중요한 사람의 목록에 들어가 있다.

하여간 3호가 일상을 헤쳐나가는 동안, 나는 내 무가치한 측면을 저울에 달아보고 나름대로의 논리를 개발하기도 한다. 어쩌면 나는 무오성(無誤性)에 매달리느라 만점이 아닌 답지를 모두 폐기해버리는 오류를 저지르고 있는지도 모른다. 2호의 번뜩임은 천재성이라 부를 만한 것이고, 문명재건청은 위험을 감수하고서라도 그걸 써먹을 방법을 찾으려 하고……. 아니, 그런데, 아무리 그렇더라도, 내게 원본이 있으며 그게 20년 전의 살인미수범이라는 사실은 받아들이기 어렵다. 다른 사본들이 있으리라는 추정 또한.

나는 내가 속한 프로젝트를 한 문장으로 정리해본다.

불안에 떠는 살인미수범을 복제한 뒤 다양한 치료법을 적용하고 추이를 지켜보기.

그리고 정확히 어떤 부분이 문제인지 파악하려 애쓴다.

평범하게 착한 아이를 복제한 뒤 서로 다른 거주구에 흩뿌려놓고 성장 환경과 발달 과정의 관계를 확인하는 일은, 기괴하긴 하지만 용납할 수 있어 보인다. 생물학적인 부모에게서 태어난 아이들도 종종 비슷한 일을 겪는다. 부모 동의하에 말이다. 말인즉슨 이 일을 끔찍하게 만드는 요인에는 인간을 도구로 전락시켰다는 것이상의 이유가 있는 듯하다. 원본의 상태라거나. 만약 원본이 위업을 쌓은 대학자거나 숭고한 성인이었더라면 비참할 이유도 지금까지의 고통도 없었을 것이기 때문이다.

나는 그런 논리를 거꾸로 응용해서, 내 상황과 가장 비슷한 문장을 만든다. 유전병 환자를 복제한 뒤 다양한 치료법을 적용하고 추이를 지켜보기. 이것도 분명 문제적이다. 그런데 유전병 환자를 제작한 것이 그 자체로 잘못이라면, 태내의 아이에게 유전병이 있다는 것을 알면서도 낳기로 마음먹는 것은 어느 정도 부모의 죄란 말이 된다. **아니다.** 그렇게 말하고 싶지 않다.

어쨌거나 나는 이렇게 만들어졌고, 이왕 지금까지 자랐으므로 계속 살아가길 바라고, 따라서 어떤 존재는 차라리 존재하지 않는 편이 나았으리라 주장하기는 싫다. 그리고 캐노피 아래의 남자와 가문비 중에 누구에게 더 마음이 가느냐면, 남자의 편에 서고 싶은 게 솔직한 심정이다. 가문비를 이해하진 못해도 안쓰럽게 여길 사람은 세상에 많겠지만 남자의 고통을 아는 사람은 아주 적기 때문이다.

즉 나는 남자가 가졌으므로 내게 상속된 손상을 기꺼이 끌어안으려 하는데, 그 결함에도 불구하고 태어날 가치가 있었다고 믿으려 하는데……. 그러나 무슨 논리를 들먹이더라도 내가 느끼는 것은 오로지 끔찍함이자 갈망이자 공포이다.

만약 내가 그 남자의 복제본이 아니었다면, 그래서 2호가 없었더라면, 요람에 누운 동생을 붙잡아 흔들 생각도 하지 않았을 텐데. 내가 돌려보내질 이유도 치료받을 이유도 신경이 끊길 이유도 머리에 도청기가 삽입될 이유도 3호도 없었을 텐데. 하지만 그랬더라면 그건 처음부터 내가 아니었을 텐데.

누가 했는지 모를 말이 뇌리에 울린다. 나뿐만이 아니라 목소리의 총합이, 태서라는 어떤 한 사람이 마음속 깊은 곳에서부터 끌어올린 문장들 같다. 그러고 보면 우리가 각자의 목소리들 사이에서 흔들리며 어긋나는 동안 그 불가능한 욕망만큼은 점차 견고해지고 예리해졌던 듯하다. 다른 무엇이 아니라 나 자체로 존재하되 내가 아닐 것. 지금의 삶과 거기에 딸린 과오를 허물처럼 벗어던지고 처음부터 다시 시작하는 것. 태어난 대로 살아갈 수는 없을지라도, 스스로를 부정하는 방식이 깨끗하고 아름다운 것.

나는 어떤 식으로든지 고쳐지거나 변해야 했지만, 그 사실을 부정하는 것은 아니지만, 이 기억을 가지고 과거로 돌아간다면 나와 목소리들의 관계는 다르지 않았을까. 기계의 힘을 빌리는 대신 스스로의 의지로 3호를 불러낼 수 있지 않았을까. 동생이 자란 모습을 볼 수 있고 부모란 사람들에게도 사랑받을 수 있지 않았을까. 비록 그들이 나를 버렸을지라도. 혹은 그들이 나를 버렸기 때문에…….

그러나 이 모두는 머나먼 가정법의 세계에 머무를 따름이다. 영화가 구사하는 친숙한 가정법조차 내 존재를 해명해주지 못한다. 요컨대 장기를 뜯기는 쪽과 증여받는 쪽을 비교하자면 나는 오히려 후자에 가까운 듯하다. 상위 검색 결과에 잡히는 영화를 하나씩 확인한 후 첫째 상담일에 보았던 영화로 돌아간다. 사악한 왕이 꼬마로 바뀌고, 꼬마가 사악한 왕으로 변하는 장면에서 존재론적인 공포가 나를 휩쓴다. 가문비가 이 영화를 어떻게 알았는지 짐작이 간다. 아무리 복제 인간이라도 이런 부분에서까지 취향이 똑같다니 미칠 노릇이다.

2호가 까르르 웃고 있다.

나는 2호에게 묻는다. 너는 이 영화가 왜 재미있어? 너는 어떨 때 재미를 느껴?

하고 싶은 걸 하니까. 내가 영화 속에 나오는 왕이라면 뭐든 해볼 거야. 요리

사에게 세상에서 제일 맛있는 케이크를 만들라고 시키고, 그런 다음 사람들을 불러서 다 함께 즐기고, 불쌍한 사람들을 도우면서 칭찬받기도 하고, 아주 어려운 문제를 풀어서 존경받기도 하고, 마을 하나를 불태워서 사람들이 내 이름만 들어도 무서워하는 모습도 보고 싶어. 날 아주 좋아하는 사람에게 천국을 선물해줬다가 빼앗은 다음, 어떤 표정일지도 보고 싶어. 그리고 여우 사냥도 해보고 싶어.

하지만 넌 보통 감옥에 갈 짓을 하려 들잖아.

나도 남을 도와주고 싶을 때가 있어. 남을 껴안고 싶을 때도 있고, 선물을 주고 싶을 때도 있고, 가만히 앉아서 이야기만 하고 싶을 때도 있고, 아까 본 책이 재미있었는지 재미없었는지로 떠들고 싶을 때도 있어. 그럴 때는 너희들이 말리지 않으니까 기억하지 못하는 것뿐이야.

네가 그냥 이기적이거나 나쁘기만 했다면 차라리 나았을 거야. 그랬으면 고민할 필요도 없이 그냥 무시했을 테니까.

무슨 뜻이야?

편히 대하자니 껄끄럽고, 아예 내치기엔 아깝다는 거지. 나는 항상 그게 궁금했어. 기하 문제를 푸는 거랑, 모르는 사람을 도와주는 거랑, 삼촌에게 어리광을 부려서 용돈을 받아내는 거랑, 여자 친구를 옥상에서 밀어버리는 게 똑같은 재미라는 게. 네가 그걸 절대 구분하지 못한다는 게······.

재미있는 건, 하고 싶은 건 그때그때 달라. 그냥 갑자기 떠오르는 거야. 그러면 해낼 방법도 자연스레 알게 되지. 가끔 너희들이 말려서 하지 못하는 놀이가 있을 뿐이야.

만약 우리가 널 말리지 않으면 어쩔 거야? 감옥이 두렵지 않아?

들키지만 않으면 감옥에 갈 일도 없는걸. 물론 안 들킬 만큼 치밀한 계획을 짜려면 많이 고민해야겠지만, 저 기계만 없으면 훨씬 쉬워질 거야. 아무리 생각해도 쟤 때문에 멍청해지고 있는 것 같거든.

3호 이야기는 넘어가. 잡힌다고 치면 어쩌겠냐는 말이야.

잡힌다고 치면—난 그게 돈 같은 거라고 생각해. 같은 금액으로, 서로 다른 사건들 사이에서 선택하는 거지. 케이크를 사는 데 돈을 쓰면 장난감 자동차를 살 돈이 없고, 빌딩에 불을 지르는 비용은 30년쯤 돼서 그동안은 다른 걸 하지 못하게 되는 거야. 시간을 쓰는 거지. 나는 말이야, 보통은 계산이 되지만, 정말로 가지고 싶은 거라면 시간도 돈도 아깝지 않다고 생각해.

돈이랑 형량은 달라. 케이크를 사는 거랑 불을 지르는 것도 다르고. 일단 후자는 남한테 피해를 주잖아.

잘 모르겠는데. 어차피 너희도 항상 날 무시하고 따돌리다가 쓸모 있을 때만 부르는걸. 이 수학 문제는 어떻게 풀어, 왜 저런 일이 일어난 거야, 하면서. 혹은 내가 도움되는 이야기를 꺼내야 겨우 대답하고 어울려주지. 문명재건청도 나한테 피해를 준 건 마찬가지야. 강제로 신경이 끊긴 데다가 평생 속았는데. 그러니까 어떤 피해는 괜찮고 어떤 피해는 나쁘단 말이야? 왜? 보통 사람들은 나 같지 않아서? 내가 좋아하는 게 남들과 달라서? 흉터가 심한 사람한테는 재건수술을 해주잖아. 누구나 행복해질 권리가 있고 사랑받을 가치가 있다고들 하잖아. 그런데 왜 나한테는 불을 지를 건물을 주지 않는 거야? 왜 난 신경이 끊어진 거야? 왜 다들 날 싫어하는 거야?

야, 네가 아무리 그렇게 주장해도 안 되는 건 안 되는 거야. 질문을 바꾸자. 재미있는 거 말고, 꿈은 있어? 3호는 장래 희망이 확실하잖아.

너희가 날 무시하지 않았으면 좋겠어. 너희는 보통 둘이서만 이야기하고, 내가 필요하지 않을 때는 병 취급이지. 가문비가 해준 이야기도 마찬가지야. 반사회성이랑 천재성이 맞붙어 있다는 건, 결국 내 쓸모를 보고 살려줬다는 의미니까. 그런 건 솔직히 지겨워. 측두엽 발작이나 전두엽 과잉 활성화 같은 이름도 싫어. 나는 그냥 나인데.

그 쓸모조차 없었으면 우린 만들어지지도 못했을걸. 만약 우연히 태어났어도 연구병원이 아니라 소년원에 가 있었을 테고, 이해받기는커녕 욕만 먹었겠지. 비교하자면 청견 같은 나사보다는 말단 연구원이 훨씬 낫단 말이야. 다행인 줄 알고 감사히 여겨. 투덜거리지 말고.

하지만…… 사람들이 흔히 말하잖아. 있는 그대로도 괜찮다고. 똑똑하지 않아도, 잘나지 않아도 소중하다고. 누군가 나한테 그렇게 말해줬으면 좋겠어. 그냥 칭찬받고 싶어. 내가 아무것도 돕지 못할 때도, 내 말에 귀 기울이는 사람이 있으면 좋겠어. 반드시 내가 하자는 대로 따를 필요는 없지만, 그래도 날 너무 미워하지 않았으면 좋겠어.

말이 되는 소리를 해라. 도대체 누가 널 좋아하겠어. 자기를 옥상에서 밀어버릴 사람 곁에 서줄 사람이 세상에 어디 있겠냐는 거야. 하다못해 좋은 구석이라도 있어야 같이 놀지. 다시 말하지만 그것조차 없었으면 넌 그냥 흉악범이야.

삼촌은 날 좋아하는데. 삼촌도 이 연구원들이랑 한패고, 날 속이긴 했지만.

어쨌든 삼촌은 날 좋아해줬어. 그래서 난 아직도 삼촌이 좋아. 최소한 미워할 수는 없을 것 같아.

야, 삼촌 이야기도 하지 마. 그 사람 진심이 뭔지 누가 알겠어. 삼촌이 우리를 정말로 좋아해줬다 쳐도, 그건 예외야. 말도 안 되는 확률이야. 그리고 삼촌의 기대도 결국 조건부야. 언젠가는 네가 얌전해질 거라고 믿어서 좋아해주는 거야.

아무튼, 네가 하려는 말은 나도 알아. 네가 항상 윽박지르니까, 나도 너랑은 잘 지내고 싶으니까, 당연히 외웠어. 그러니까 다른 사람은 몰라도 넌 나를 병 취급하면 안 돼. 우린 예전엔 하나였으니까. 내가 하고 싶은 말은 그거야.

나는 우리 둘만이 있었던 시기를 복기한다. 불안한 만큼 강렬한 에너지로 흔들리던 유년기를. 2호는 그때를 무척이나 그리워한다. 3호를 미워하는 것도 그래서일 것이다. 수술을 받으면서 그 시절이 끝장났다고 믿기 때문에. 그러니 오래된 우정을 끌어 올려 친절하게 대해줄 수도 있겠지만 기분이 영 좋지 않다. 원인 제공자가 도대체 누구라고 생각하는 것인가. 나는 심술궂은 진단을 내린다.

아무리 그래도 넌 측두엽 발작이고 병이야. 심장 판막에 구멍이 뚫린 상태로 태어나는 것처럼, 나도 머리에 구멍이 뚫렸던 거야. 운이 좋아서 괜찮은 부작용이 따라온 거지, 결국 고쳐야 하는 거야.

난 병이 아니야! 저 도청기가 태서라면, 나도 태서고, 너고, 우리야!

2호는 비명을 지르고 나는 침묵한다. 그러는 동안에도 영화가 계속된다. 마지막 대목에 이르자 울음이 터져 나온다. 주인공이 왕을 죽이자 꼬마까지 함께 피 흘리며 쓰러지는 장면이다. 도대체 이런 걸 보고 울다니. 나는 정말로 잘 운다. 사고를 냈을 때, 소식지의 주인공이 되었을 때 남자도 울었을지 궁금하다. 아마도 그랬을 것이다. 무엇이든 집어 던져서 빔 프로젝터를 박살 내고 싶지만 이를 악물고 참는다. 이건 결국 게임이다. 문명재건청이 최종적인 명분을 가져가고 내가 패배하는 것이 예정된 게임. 얌전히 있으면 기권을 택하게 되지만, 폭력성을 드러내는 순간 형틀의 결함이 재확인되는 게임.

결국 질 게임이라면 어떤 것도 증명하고 싶지 않다. 가문비가 엮인 문제라면 더더욱 그렇다. 나는 스무 해 전에 존재하지조차 않았으며 그 인간의 흉터와 아무 관련이 없다 —나는 가해자가 아니며 앞으로도 아닐 것이다 —나는 가해자가 아니기 위해 파괴를 받아들이고 있다.

●

옛사람들은 코끼리를 길들일 때 무력감과 타성을 족쇄로 썼다. 아기 코끼리를 쇠 말뚝에 단단히 매어 뿌리칠 수 없다는 감각을 심어놓으면, 자란 후에도 그런 인식이 뼈와 근육에 남는다는 거였다. 조금만 힘을 주면 말뚝이 뽑힐 게 분명한데도. 내가 그 코끼리가 되어버린 건지, 아니면 예비 범죄자를 교화하려는 노력이 성공한 것인지 긴가민가하다.

사실 코끼리를 길들이는 작업과 미치광이를 상식에 구속하는 작업은 본질을 공유한다. 둘 다 강압이 필요하거니와 당사자가 자청한 것도 아니기 때문이다. 제대로 된 반항을 한 번도 하지 않았다는 사실에 나 자신이 바보처럼 느껴지지만, 어쨌거나 나는 지나가는 연구원을 두들겨 패지도 않고 고함을 지르지도 않는다. 상담실에 앉아 고개를 주억거리는 게 고작이다.

"계속 누워만 있었다고 들었는데, 용케 왔구나."

"오늘은 일어나야죠. 직접 왔어요. 세 번째 상담일이잖아요."

굳이 밝히진 않았지만 가문비는 내가 1호라는 걸 눈치챈 듯하다. 정규 상담을 진행한 후 그간의 의문에 답해주겠다고 한다. 오늘의 주제는 진로인데, 솔직히 아무 생각도 안 든다. 나는 대답이 날아들 때마다 침묵하거나, 고개를 수그리거나, 모르겠다고 중얼거리거나, 발끝으로 바닥을 탁탁 두드린다. 그리고 가문비가 키보드를 두드리거나 화면을 바라볼 때는, 거기에 무엇이 적히고 있을지 상상한다.

머릿속이 들여다보이고 있을까?

정말로?

갑자기 내 입이 역류하는 배수관처럼 움직인다.

"사실 진로니 뭐니 다 개 같은 소리죠. 실험용 기니피그가 박사 학위를 수여받았다는 이야기는 살면서 들어본 적이 없다구요. 3호는 아직도 자기가 멀쩡히 살 수 있다고 믿는 모양인데, 어처구니가 없어요. 같은 뇌를 쓰는데도 그렇게나 생각이 부족할 수 있다는 사실이 이해가 안 가요. 희망과 망상은 원래 비슷하다지만 이건 좀 심하죠."

"문명재건청에는 여러 직군이 있어. 네가 짐작하는 것보다 훨씬 다양한 역할이⋯⋯."

"뭐, 당연하게도 세상엔 다양한 직업이 있죠. 그러니까 그 부분을 따져보자고요. 만약 2호가 욕심 많은 성격이었으면 차라리 나왔을 거예요. 기업가나 정치인이나 변호사의 재능이잖아요. 사회 전체로 보면 나쁜 일이 벌어질지라도, 그 사람 자신은 유능하다는 평가를 받고 승승장구하죠. 그런데 댁의 눈알을 뽑아서 던져보고 싶은 마음을 도대체 어디에 쓰겠냐고요. 내가 문명재건청에 어울리는 사람이라고 믿어본 적이 없어요. 난 아니에요."

숨이 차오르는 탓에 말을 잠시 멈추고 창밖을 힐끔거린다. 어느새 노을마저 저물어가는 중이다. 하늘에 붉은 기운이 남긴 했지만 어두침침한 부분이 훨씬 뚜렷하게 보인다. 상담실에 들어온 후로 아무것도 하지 않았던 듯한데, 가문비가 질문을 던지면 나는 딴청을 피우는 일이 반복됐을 뿐인데, 그 시간이 생각보다 길었던 모양이다. 어쨌거나 이 짓거리를 끝낼 때다. 나는 마지막 문장을 길게 늘여 반복한다.

"아무튼 난 당신네들이 싫고, 당신네들이 좋아할 일이라면 뭐든 하기 싫고, 내가 문명재건청에 어울리는 사람이라고도 생각 안 해요. 다들 속으로 그렇게 느낄 테고요. 그러니 기껏 맡겨지는 역할이래봐야, 나사가 돼서 혼자 지낸다거나, 복제 인간의 원판이 돼서 또 다른 자신들이 자라나는 걸 지켜본다거나, 그런 식이겠죠—맞죠?

난 몇 번째죠? 처음도 끝도 아니겠지만 모두 이렇게 끝나겠죠? 이런 쌍, 지금 이게 즐겁죠? 저주하고 싶은 사람의 인형에 못을 박아대는 것과 똑같은 심리죠? 내가 망가지는 꼴을 보고 싶어서, 어떻게든 프로젝트 종합가 자리를 따내고 이 병원으로 온 거죠? 목적은 그것뿐이죠?"

그 질문을 토해내는 순간, 어깨가 들썩거리면서 내 몸이 잘게 떨리기 시작한다. 이제 목구멍에는 순수한 불꽃 말고는 아무것도 남아 있지 않다. 가문비는 키보드와 마우스에서 손을 떼더니 의자를 살짝 뒤로 끈다. 그리고 허리를 꼿꼿이 세운 채로 나를 빤히 응시한다.

얼굴의 오른쪽에는 미동이 없는데 흉터로 뒤덮인 왼쪽은 입꼬리가 낯선 각도로 올라가 있다. 구멍 난 종이 가면 뒤편의 진짜 얼굴 같다. 나는 흉터가 붉고 흰 벌레들을 으깨어 반죽한 덩어리처럼 보인다고 느낀다. 그 벌레들이 살아 움직이며 기묘한 생명력을 발한다고 느낀다. 얼굴의 형상이 흐르듯 일그러지면서 의안이 코 아래로 굴러떨어지고, 입가를 스치고, 다시 휙 올라온다고 느낀다. 현기증. 한창 상연 중인 연극의 2막 무대에서 나 자신을 발견한 기분이다.

"좋아, 추리 실력은 칭찬해주마. 남은 대화는 바깥에서 계속하도록 하자. 어차피 오늘은 그 이야기를 하기로 했으니……."

"싫어요. 여기서 해요."

"나는 네 사정을 봐주고 있는 거다. 실컷 욕을 퍼부으려는데 직원이 들어온다면 기분이 영 좋지 않을 테니까. 그래도 상관없다면 다시 앉으마."

무엇을 선택할지 확신한다는 듯, 가문비는 그렇게 말한 뒤 내 곁을 지나쳐 문간으로 향한다. 나는 발뒤꿈치로 바닥을 몇 차례 두드리다가 이만 몸을 일으킨다.

#4

로비까지 내려가서야 시간이 빠르게 흘렀다고 느낀 이유를 깨 닫는다. 비가 오는 탓에 평소보다 하늘이 어두웠던 것이다. 그러나 어쨌든 노을이 떠오른 것은 사실이고, 몇몇 연구원들은 벌써 퇴근 길에 오르고 있다. 그들 중 두엇이 가문비와 인사를 주고받는 것을 보니 내장이 꼬일 듯 아프다. 나만큼이나 미친 사람이 어엿한 사회 인 대우를 받는다는 사실에 화가 나는 모양이다.

"늦게까지 고생 많으십니다. 그런데 이 환자는……?"

"이 시간까지 상담실에 앉아 있으려니 지루해서, 산책이나 하려 고요."

괜히 끼어들지만 당황한 표정을 이끌어내기에는 역부족이다. 좀 더 과격하게 나갔어야 했나 후회하는 사이 가문비를 곤란하게 만들 기회도 사라지고 만다. 가문비는 연구원들을 보낸 뒤 현관에 비치된 우산을 두 개 뽑아 든다. 나는 그중 하나를 건네받으면서, 또다시 퉁명스럽게 말한다.

"문명재건청에서도 우산을 쓰네요."

"그렇지. 문명재건청에서도 옷을 입듯이 말이야."

밖으로 나서자마자 가문비가 눈에 띄게 휘청거리는 바람에 우리는 잠시 멈춰 선다. 나는 마지못해 내 우산을 가운데로 쳐들어 함께 쓰고, 가문비는 자기 몫의 우산을 지팡이 삼는다. 성가신 노인의 수발을 떠맡은 듯해 기분이 언짢다.

"피곤하면 신경통이 심해진다고 했죠. 흉터는 그렇다 쳐도 다리는 못 고쳐요? 척수신경도 잘랐다가 붙이는 세상인데, 다리에 있는 신경쯤은 별문제도 아닐 것 같거든요."

"전극을 삽입하고 생체 신호를 모방한 전기 자극을 지속적으로 가하면 뇌가 자아상을 보정하면서 체성감각이 복원되지. 서너 달쯤 걸리는 일이야."

"별것도 아니네요. 그걸 왜 안 하는데요? 평소에는 괜찮아서?"

"글쎄."

그 문답을 끝으로 우리는 아무 말도 없이 걷는다. 빗줄기가 갈수록 거세지고 소공원은 나무 그림자에 뒤덮여 한밤중처럼 어둡다. 캐노피에 다다르자, 우리 둘은 자연스럽게 왼쪽과 오른편으로 갈라져 자리 잡는다. 벤치는 등받이 부분이 살짝 젖었지만 앉을 만하다. 서늘한 저녁 공기 덕인지, 빗소리의 규칙적인 리듬 덕인지, 혹은 병원 건물을 벗어나서인지 머리의 열기가 그새 가라앉아 있다.

나는 가능한 한 흥분하지 않기로 다짐하면서, 먼저 입을 연다.

"꿈을 꿨어요. 열 살 때로 되돌아가서, 보행기를 밀면서 저 길을 지나고 있었죠. 이 캐노피에서 연구원을 만났고요. 손에 흉터가 있는 남자였어요. 그런데 꿈에서 깨어나 남자의 얼굴을 곱씹어보니, 그게 지금의 내 얼굴이랑 비슷하다는 생각이 들더군요. 잠금장치에 안면 인식이 먹히는지 시험해봤죠."

"그렇게 단서를 잡았단 말이지."

"아, 지금 깨달은 척은 안 해도 돼요. 어차피 연기잖아요. 아무튼 난 그쪽 흉터가 왜 생겼는지 알고, 가해자가 누구인지도 알고, 나 같은 애가 한둘이 아니라는 것도 알아요. 추리가 틀리면 좋겠는데, 이런 건 꼭 맞더라구요."

"이젠 담당자님이라고 부르지도 않는구나."

"지금 이게 문명재건청 업무는 아니잖아요?"

"인간 대 인간으로 말하자 이거지―좋아. 지금까지는 관련자들에게 잘 둘러댔지만, 내가 네 담당자로 남는 건 오늘까지다. 운이 좋으면 내일까지. 그 후로는, 사태가 정리되기 전까지 근신 처분이겠지."

"근신 처분을 받으신다니, 간만에 듣기 좋은 소식인데요."

"만족한다니 다행이구나."

"댁이 내 담당자가 된 데에도 업무 외의 이유가 있었겠죠?"

"그래. 가능했다면 3년 전이 아니라 훨씬 더 전에, 너무 늦지 않았을 때 여기 왔을 거다."

"너무 늦지 않았을 때라고요. 원본이 이 병원에 있었던 시기를 말하는 거겠죠. 그러면 지금은 어디 있죠?"

가문비는 시간 너머를 들여다보듯 턱을 살짝 들어 올린다. 얼굴에 순간 고통이 번진다.

"다른 곳에. 진작 다른 곳으로 갔지. 아마 7년쯤 됐을 거야."

"7년 전이라면 내가 여기 있을 때인데요. 내가 퇴원한 직후에 떠났겠네요. 문명재건청이 치웠겠죠. 복제본이 원본이랑 만나봤자 좋은 일은 없을 테니까요."

"문명재건청의 지시는 아니야. 당사자가 바라지 않아."

나는 이게 거짓말일 가능성을 따져본다. 이상하게도 진실일 듯한 느낌이 든다.

"만들어놓고 도망치다니 무책임하군요. 난 그 인간도 무죄라고 생각하진 않아요. 완전히 강제로 진행된 일이었더라면 원본이 두 발로 돌아다니고 있진 않았을 테니까요. 환자복도 아니었고요. 아, 그래요. 이 프로젝트에 당사자 의견은 얼마나 반영된 거죠? 자기를 복제해서 교화 실험을 하겠다는 제안에 선뜻 고개를 끄덕일 사람은 없을 것 같거든요."

"일종의 사법 거래였지. 형사처벌이 예정된 사람과 협상을 봐서, 감형을 해주는 제도 말이다. 협상 조건은 보통 공범에 대한 정보 제공이나 적극적인 수사 협조 등이지만, 이때는 가해자 자체가 대상이 됐지. 가해자의 정신적 특성이라고 해야 할까……. 원초적인 야성에 가까운 반사회성이 있지. 인간 사회의 작동 원리와 불화하고, 경제적인 이익이나 탐욕과도 관련이 없고, 차라리 범고래나 호랑이를 닮은 성격 말이다. 뇌의 발달 이상으로 발생하는 특질이라고 해두마. 이 변이로 인한 전두엽의 과잉 활성화와 측두엽 발작은 직관과 문제 해결 능력, 그리고 창의성에 영향을 준다."

내용 자체는 이미 알고 있었던 것이지만, 호랑이에 빗댄 말이 마음을 긁는다. 마냥 화낼 수도, 기뻐할 수도 없어 찜찜한 느낌이라고나 할까. 나는 기침에 가까운 헛웃음을 터뜨린다.

"그거 참 재밌네요. 난 내가 코끼리 같다고 생각했거든요. 서커스용으로 길들여진 코끼리 말예요. 어릴 적부터 말뚝에 묶어놓아서 도망칠 수 없다는 느낌을 박아놓으면, 어른이 돼도 꼼짝하지 못하게 된다던데요. 그 자리에만 가만히 서 있는 거죠."

"아무 생각 없이 자동차를 밟았다가 사살당하는 것보다는 좋은 일이 아니겠니. 그 코끼리가 결국 인간의 도시에 머무를 수밖에 없다면 말이다―감옥에 가는 대신 유전체 정보를 제공하고 프로젝트 진행에 협조하는 조건으로 사법 거래가 이루어졌지. 그게 20년 전이다."

"쉽게 말하자면 유전자가 같다는 이유만으로 자기 몫도 아닌 인생을 저당 잡았단 소리군요. 원본은 감옥행을 피하고, 복제본들이 함께 고생하는 거죠."

"따지고 보면 그런 셈이지. 프로젝트의 일차적인 목적은 특정한 유형의 범죄 충동을 의학적인 차원에서 연구하고 그 발현에 주변 환경이 미치는 영향을 파악하는 것이었어……. 궁극적인 목적은 정신 나간 영재들을 사회에 붙들어놓을 방법을 알아내는 것이고 말이다."

실험 쥐 신세가 감옥보다 나은지 궁금하다. 조롱조로 말을 얹긴 했지만, 나는 원본의 결정에 속물적이고 타산적인 이유 바깥의 숭고함이 깃들어 있으리라 짐작해본다. 남자는 어쩌면 인간 세상에 잘못 떨어진 코끼리들에게, 동물원을 마련해주고 싶었는지도 모른다. 홧김에 일을 저지르고 감옥에 들어가는 것보다 나은 삶을. 그리고 그 목적을 위해서라면, 복제 인간 실험이 불가피하다고 믿었을 수 있다.

혹은 환경론에 희망을 걸었을 가능성도 충분하다. 남자가 유년기를 어떻게 보냈는지는 모르겠지만, 가정환경과 성장 배경은 유전자만큼이나 중요하다는 것이 상식 아닌가. 추측건대 남자는 자신의 특성이 그런 식으로 발현된 것이 유년기의 경험 때문이라고 믿었을 것이다. 그리고 다른 환경에서 자란 아이들은, 문명재건청의 의도와 달리 멀쩡하게 처신하리라 기대했을 것이다. 오직 그 경우에만 이게 살과 뼈에 새겨진 저주가 아니라 불운의 산물이었다고 주장할 수 있으므로…….

"그래서 프로젝트가 잘 굴러가고 있나요? 신약을 먹는다던 녀석은 상태가 나보다 더 나빴다던데요."

"너는 상당히 성공적인 편이지. 피험체 열 명이 있다면 앞에서 첫 번째일 거다. 원본이 보여줬던 지적 능력이 상당히 보존된 상태고, 눈에 띄는 범행을 저지르지도 않았고, 가출 사건이나 신분 도용은 정상참작이 가능하니 말이다."

"복제본이 최소한 열 명은 있다 이거군요. 그중에서 난 확실히 성공한 편이고요. 말뚝에 매인 채, 공만 잘 굴리는 코끼리가 된 거죠. 척추가 부러졌어도 수학 문제는 잘 푸는 학생이거나. 그나저나 치료법 덕분에 기분이 처참해졌는데 이걸 어쩌죠?"

"받아들여야지."

"받아들이라고요?"

"네가 원한다면 나는 지금까지 쌓인 데이터를 읊어줄 수 있어. 대안적인 요법들, 전기적 치료들, 신약들, 고강도의 심리요법들을 적용한 결과물이 어땠는지도 대강 알려줄 수 있고. 그중에서 아홉 살에서 열일곱 살 사이의 기간을 무탈하게 통과한 케이스가 몇 건이라고 생각하지? 네가 겪은 것보다 더 나은 방법이 있었다고, 어떻게 장담하지?"

역시나 이 대답이다. 이미 증명된 가능성들을 반박할 길이 없는 탓에 화가 치민다. 하지만 그렇다고 해서 나 같은 존재를 만들어서는 안 됐다고 말한다면, 복제 인간 실험을 벌였다는 사실 자체보다 복제 인간의 특성이 더 중요한 논점이라면, 그건 내가 태어날 가치가 없는 인간임을 자인하는 짓이나 마찬가지다. 그러고 싶지 않다. 나는 구덩이를 탈출할 방법을 찾으려는 것처럼 고개를 쳐들고 설레설레 흔든다.

그러다가 문득, 이 구덩이에서 빠져나갈 수는 없을지라도 다른 사람을 끌어들일 방법은 충분하겠다는 생각이 든다. 나는 어깃장을 놓듯 논점을 바꾼다. 다짜고짜 욕을 퍼붓는 게 아니라 세련되게 비아냥거리는 일에 이렇게나 능숙해지다니 치료법이 효과가 있었구나 싶다.

"잘못 설계된 기계를 팔아치운 다음 수리비까지 받아가는 수법이군요. 그런데 세상에는 나 외에도 결함 있는 사람이 아주 많잖아요? 북정 사람들도 나랑, 그러니까 2호랑 비슷한 경우라고 생각하거든요. 욕심이나 경쟁심은 사회에 균열을 내고 남을 해치기도 하지만, 그만큼 쓸모가 많죠. 그러니까 북정 사람들한테 모두 이런 기계를 박아 넣으면 어때요? 혹시 모르니까 남정 사람들한테도 똑같이 시키고요. 나쁠 거 없잖아요. 그렇게나 좋은 일이라면 당신네부터 먼저 하라는 거죠. 기술 오남용 문제도 사라지고, 거주구에서도 시위를 멈출 거예요. 거주구 사람들은 당신네들이 기술을 독차지하고 저들끼리만 즐긴다고 믿으니까요. 반박할 수 있어요?"

"똑같은 제안이 이미 마흔 해 전에 나와 있었다는 사실을 알려주마. 네 성공이 그 주장에 힘을 실어주고 있다는 사실도 말이다. 그게 당장 현실화되지 않는 이유는 형평성과 사회적 위화감 때문이야. 기기의 성능에 대해서도 깊은 고민이 필요할 테고. 만약 프로그램을 통해 생성되는 인격들이 철저하게 정의로운 데다가 추론 능력까지 탁월하다면, 문명재건청 연구원들은 모두 프로그램을 얹고 다니는 생체 기계가 되어야 할 테니 말이다. 당사자 의견이야 그렇다 쳐도, 거주구 시민들이 그런 상황을 좋아할지는 따져봐야겠지."

"그럼 나는요? 난 아직 인간인가요?"

"이번 검사에서는 해당 영역 결과 값이 예상보다 높게 나오긴 했지만, 3호가 수학 문제를 거의 풀지 못한다는 사실은 나보다 네가 더 잘 알 거다. 설계 단계에서부터 기기의 성능과 영향 범위를 조정해놨지. 널 인간으로만 만드는 게 옳으냐, 하는 김에 초월적인 무언가로 탈바꿈시키는 게 옳으냐는 모를 일이지만……. 이렇게 물어보자. 3호의 성능이 지금보다 좋았더라면 네가 행복했을까?"

역전의 기회가 있나 했는데 또다시 외통수다. 내가 3호의 성격에 시기심을 느끼면서도 고마워할 수 있는 것은, 우리가 어떤 점에서는 대등하거니와 서로의 공백을 메우고 있기 때문이다. 그럼으로써 협력하며 더 나은 방향을 찾아가고 있기 때문이다. 그 점에서 나는 아직 인간이라고, 3호를 통해 인간으로 완성되었다고 말할 수 있다.

"절대 아니죠. 걔가 진짜로 완벽하면 난 못 참아요. 완전히 뺏기는 거잖아요. 그랬으면 진작 아무나 찔러 죽이고 자살했어요. 과장하는 거 아니고 농담도 아니에요."

나는 이마가 뜨거워지는 것을 느끼면서도 양심껏 대답한다.

"알고 있구나. 그러면 내가 설명을 덧붙일 것도 없겠지."

"젠장, 이게 싫다는 거예요. 댁들한테는 일관적인 이유가 있고, 그 이유는 언제나 내가 가져오는 것보다 더 좋다는 사실요. 문명재건청 일은 그렇다 치고, 남은 이야기나 하는 게 낫겠네요. 상담실에서 하던 이야기요."

"말해봐라."

"댁은 순전히, 내가 이렇게 짜증 내고 괴로워하는 꼬락서니를 구경하려고 담당자 자리를 따낸 거죠? 자기 인생을 망친 사람이, 사법 거래로 빠져나와서 멀쩡히 연구원 행세를 하고 있는 게 못마땅했겠죠? 그런데 무슨 이유로든 원본이랑은 만나서 따질 기회가 없었겠죠? 그래서 20년 전의 사건을 가지고 날 이렇게 괴롭히고 있는 거죠?"

"절반쯤은 그렇고 절반쯤은 아니야."

가문비는 순순히 인정한다. 나는 계속 으르렁댄다.

"그렇다면 댁은 나만큼이나 구제 불능인 게 분명하네요. 난 그쪽을 두들겨 패지 않았는데, 그쪽은 예전 기억을 생판 모르는 사람에게 뒤집어씌워서 대체품 삼고 있으니까요. 저주용 부두 인형처럼요."

"하나만 말해두자면 나는 너를 괴롭힐 마음이 없어. 생각해봐라. 내가 아니라 다른 종합가가 담당자였더라면, 이렇게 대화할 기회가 있었을 것 같으냐? 프로젝트의 속사정을 들을 수 있었으리라 생각해?"

"그러면 나한테 이러는 이유가 뭔데요?"

"글쎄, 지금껏 쌓아온 이력과 수수께끼의 해답을 맞바꾸고 있는 거지. 사고가 일어났을 때 나는 스물네 살이었고, 지금보다 훨씬 순진했지. 타인을 위로하는 일과 이해하는 일이 똑같다고 믿을 만큼 말이다……. 나는 너를 위로했다고 생각했는데, 너는 운전대를 꺾어 자동차를 가드레일에 처박아버렸지. 한순간이었어. 왜 그랬느냐는 궁금증이 원망보다 훨씬 컸지. 깨어난 다음에는 단 한 번 만날 기회가 있었는데 제대로 된 설명을 듣지 못했고, 그다음에는 분리 조치가 됐다. 트라우마틱한 반응을 보이고 있으니 가해자와는 만나지 않는 게 좋겠다는 거야. 조치가 도움이 될 거라고 믿었던 시절도 있었지만…… 그 녀석이 왜 운전대를 돌렸는지 항상 궁금했어. 혹은 그 사건은 이미 지나갔고 나는 이대로 살아가면 충분하다는 사실을 받아들일 수 없어서, 이 지긋지긋한 신경통조차 치료를 받기만 하면 끝난다는 게 믿기지 않아서, 그 궁금증에 매달렸는지도 모르지. 그 녀석은 왜 그랬을까? 그렇게 살아가는 기분을 결코 모를 사람이 자신을 안다고 믿는 게, 견딜 수 없이 싫었던 걸까? 그래서 증명해주고 싶었던 걸까?"

하지만 이런 질문은 괴롭힘이 맞다. 가문비 자신도 답을 유추하고 있을 텐데 그걸 복제본의 목소리로 직접 들으려는 심리는 악의적이라고밖에는 말할 길이 없다. 나는 길게 심호흡한 다음, 일부러 낮고 침착한 목소리로 충고한다.

"진짜 해답은 그쪽도 이미 알고 있네요. 나한테 이러지 말고 병원에나 가요. 신경 치료를 받고 흉터도 지워요. 그리고 상담사를 구해요. 그러면 끝날 일이잖아요. 지금 댁이 나한테 묻는 고통은 내가 만들어준 게 아니에요. 오로지 그 남자만의 수수께끼도 아니고요. 꽤 많은 부분은 당신이 선택한 거죠."

"기억은 감각과 한 묶음이지. 감각이 라벨 역할을 하는 거야. 내가 빗소리를 들으면 사고를 떠올리듯이. 그 사건이 일어났을 때도 비가 세차게 오고 있었거든. 마찬가지로 고통은…… 고통을 선택하고 간직하는 작업은 나를 과거에 붙들고 내 삶을 완성시키지. 이 통증이 없으면 흉터를 남겨둘 이유도 없을 테고, 그렇게 사건의 흔적이 모두 사라진다면 그 순간을 계속 생각할 이유도 사라질 테니 말이다."

도대체 무슨 마음으로 이런 소리를 하나 싶다. 나는 가문비의 표정을 분간하려 애쓰지만 속내가 읽히기는커녕 이목구비가 눈에 들어오지도 않는다. 사방을 두드리는 빗줄기에 시야마저 녹아내리는 듯하다. 속이 터질 것처럼 답답한 느낌이 들어 손등으로 이마를 쓱 문지른다. 세상이 모두 일그러지는 판에 뼈와 살은 그 자리에 그대로 있다는 사실이 이상할 뿐이다.

"살면서 들은 이야기 중에서 손꼽힐 정도로 정신 나간 소린데요."

"성장에는 상처와 아픔을 받아들이는 과정이 포함되지. 지나간 기억은 희미해지고, 평생토록 타오를 것만 같던 감정도 어느 순간 보면 불이 꺼져 있단 말이다. 그건 즐거운 일만은 아니야. 감정을 지탱할 힘이 사라진다는 의미니까. 나이가 들수록 근육이 헐거워지는 것처럼 마음도 느슨해져서, 더 이상 분노하거나 원망할 수 없게 된다. 답을 알기 전까지는 결코 눈을 감을 수 없을 듯한 의문도, 복수심도, 아무려면 괜찮은 문제들 중 하나로 전락하고 만다……. 그렇다면, 나 자신을 시간에 빼앗기지 않으려면 어떻게 해야 할까?

미워하는 나를 세상에 남겨두려면?"

　그러면서도 나는 가문비의 주장에 내심 동조하는 자신을 발견
한다. 그 설명이 내게서도 똑같은 심리를 이끌어내고 있기 때문일
것이다. 강제로 수술을 당하고 거의 평생토록 속은 일은 분노할 만
한 것이고, 나는 그 분노를 간직하길 바란다. 불가피한 면이 있었음
을 인정할지라도, 진심으로 승복하고 싶지 않다. 그런 일도 있었지,
라며 허허 웃는 모습을 상상하자니 그것만으로도 머릿속에서 불꽃
이 튄다. 내 목소리에 금방 스파크가 옮겨붙는다.

　"그나저나 나한테는 최선의 치료였으니까 받아들이라고 하지
않았나요?"

　"나는 정신 나간 사람이지. 너와 나는 조금이나마 닮은 면이 있
고. 비슷한 문제로 괴로워하는 상대에게, 똑같은 실수를 저지르지
말라고 충고하는 게 뭐가 나쁘지?"

　"정작 그쪽은 마음껏 실수를 저지르고 있다는 게 문제죠."

　"당연히 이 충고와는 별개로 내게는 망가져 있을 자유가 있지.
암에 걸린 걸 알면서도 병원에 가지 않는 것과 다를 바 없어."

　"망가져 있을 자유라고요?"

　"그래."

　"지금 논점을 뒤섞고 있다는 생각이 드는데요. 나한테는 그 자유
가 처음부터 없었으니까요. 결정할 수도 없었죠. 암에 걸렸다고 해
서 병원에 갈 의무는 없고 그쪽은 신경통을 내버려둘 수 있었지만,
나는 2호를 고쳐야 했다고요. 굳이 비유하자면 장티푸스나 천연두

같은 전염병을 가져와야 한다는 거죠. 그리고 이제 와서 선택할 수 있는 건, 치료법에 억하심정을 느낄 것이냐 아니냐 하는 문제뿐이에요. 다르다고요."

"아니, 탈출구를 알면서도 외면한다는 점에서는 여전히 같아. 종류와 정도의 차이일 뿐이야. 어떤 방향으로, 얼마나 망가져 있을 것이냐 하는……."

대답을 듣자마자 개소리하지 마요, 하는 외침을 되돌려줄 수도 있었을 것이다. 하지만 이 순간의 분위기는 이상하게도 가라앉아 있어서, 차분함에 걸맞는 반박이 필요하다는 생각이 든다. 나는 이를 악문 채 내가 겪은 사건들을 다시금 곱씹어본다. 그리고 자유라는 것을, 망가져 있을 자유를 생각한다…….

인간이 자유라고 느끼는 것은 아마도 세계의 형상과, 그에 따른 속박과, 개인의 욕망이 타협을 이룬 일시적인 상태일 것이다. 또한 최선의 합의점을 찾아 만족할 수 있는 능력일 것이다. 목장에 사는 양이 저 멀리에 놓인 울타리를 구경하다가, 여기서 누리는 것만으로도 충분하니 저기까지 갈 일은 없겠다며 스스로 발걸음을 멈추는 것이다. 그런데 나를 괴롭히는 사실은, 감기나 원망이나 신경통이나 미움 따위는 울타리 안에서도 충분히 누릴 수 있는 결함이지만, 2호는 결코 아니라는 것이다.

생각이 거기에 닿고서야 분노의 실체가 명확해진다. 내가 문명재건청에게 화내는 진짜 이유는 단순히 실험체로 이용당했거나 속았기 때문이 아니고, 불쾌한 특성을 지니도록 복제되었기 때문도 아니다. 내게 주어진 최선의 자유가 나를 매 순간 잡아 가두기 때문이다. 그리고 내가 나 자신인 이상 그 한계를 벗어던질 방법은 없어 보인다. 따라서 이건 선택의 문제일 수 없다.

"종류와 정도의 차이라고 했죠. 그 차이는 중요해요. 내가 여기서 10미터쯤을 걸으면 여전히 병원 부지 안이라서 아무 문제도 없지만, 10킬로미터를 걸어나가면 사람들이 붙잡으러 올 테니까요. 난 처음부터, 10킬로미터쯤 나가 있는 상태로 만들어졌어요. 이 세상에 어울리지 않게 제작된 거죠. 남들이 자유롭다고 느끼는 상황에서조차 나를 제자리에 묶어둬야 하고요, 타협의 여지가 없어요. 원시시대에도, 왕과 노예가 나뉘던 중세 시대에도, 바라는 건 무엇이든 가질 수 있어서 탈이었다던 무절제기에도, 지금조차도, 거주구의 종류를 막론하고 나 같은 사람들은 한결같이 구제 불능이라고요. 심지어 탓할 상대조차 마땅치 않아요. 원본이 사법 거래를 벌이지 않았더라면 태어나지 못했을 테고, 동생을 죽이려 들지 않았더라면 신경이 끊길 일도 없었을 테고, 평화와 질서와 규칙이 잘못이라고 말할 수는 없으니까요. 이걸 도대체 누가 이해하겠어요?"

"이해라."

그 단어가 지시봉처럼 대화의 핵심을 두드리고, 가문비가 바라는 이야기를 결코 들려주지 않으리라는 결심도 허물어진다. 나는 하고 싶은 말을 할 것이며 가문비는 듣고 싶은 이야기를 들을 것이다. 이 정도면 페어플레이다. 그렇게 마음먹는 동시에 가문비가 뚜렷이 보이기 시작한다. 매 순간 녹아내렸다가 다시 굳음으로써 일그러진 상태를 유지하는 듯한 흉터 덩어리가. 핏줄과 기억을 함께 덮을 만큼 창백한 오른편 얼굴이. 어둠과 불빛에 잠긴 채 서로 다른 각도로 이글거리는 두 눈이…….

"예, 이해요. 10미터밖에 나가지 않은 사람이 10킬로미터나 나간 사람을 이해한다고 말하는 건 일종의 변명이고 자아도취예요. 낯선 이야기를 들어서 불편해진 마음을 그런 식으로라도 달래려는 거죠. 아니면 생각을 멈춰버리려는 게으름일 수도 있고요. 하여간 그 얄팍하고 순진한 속내가 뻔히 들여다보이면 진짜를 알려주고 싶어져요. 내가 뭘 할 수 있는지, 뭘 참고 있는지 보여주고 싶어진다구요. 아무것도 모르는 채 날 이해한다고 착각하기보다는, 차라리 알고 미워했으면 좋겠어요. 날 진심으로 좋아하고 아끼는 게 보이는 사람일수록, 너무나도 선량하고 너그러운 탓에 아름답지 않은 것들을 상상하지 못하는 사람일수록 특히 그래요.

그러니까, 그 애를 옥상에서 밀어버리고 싶었냐고 물었죠—당연하죠. 하고 싶은 건 훨씬 많았죠. 톱질을 좀 하거나, 열차 앞으로 밀어버리거나, 야구방망이를 쓰거나, 망치로 머리를. 방법이야 뭐. 이유는 물론 다양해요. 그렇게라도 내 마음을 깨닫길 바랐고, 충격을 받고 날 미워하더라도 좋을 것 같았고, 만약 용서받을 수 있다면 정말로 기쁠 것 같았어요. 혹은 그 애의 정신이 멀리 튕겨나가서, 나와 같은 수준이 되는 상황을 상상하기도 했죠. 어떤 미래든 선택하지 않을 이유가 없었어요. 나도 상대도 끝까지 망쳐버리는 게 일방적으로 오해받는 상황보다 나으니까요. 머릿속의 기계에게 패배하는 것보다도 낫고요.

하지만 그럴 수 없으니까, 그러면 안 되니까, 그래선 안 된다는 걸 알고 있으니까 참은 거예요. 난 이렇게 만들어졌지만 항상 참았고, 앞으로도 그럴 거예요. 당신은 내가 사고를 일으켰다고 말했지만, 그래서 나한테 듣는 대답도 진짜라고 믿겠지만, 그래도 난 원본이랑은 달라요. 정말로 그렇게 되지 않을 거예요. 그러니까 탈출구 타령은 하지 말고 내가 마음껏 화내도록 내버려둬요. 그거야말로 내가 세상의 규칙을 기꺼이 받아들이고 있다는 증거니까요. 그래 봤자 힘든 사람은 나뿐이지만, 화조차 낼 수 없다면 도대체 어쩌겠어요?"

닥치는 대로 문장을 쏟아낼 때마다 가문비의 두 눈에서 이글거리던 집념이 색을 바꾸며 빠르게 전진한다. 영화의 각 장면을 배속으로 뛰어넘으며 등장인물의 표정 변화를 관찰하는 듯하다. 크레디트가 내려간 후에도 계속……. 그건 눈부신 증오였다가, 승리감이었다가, 해소의 희열이었다가, 만족이었다가, 어느 순간부터인가 불태울 만한 기억을 모두 소진한 듯, 단속적이고 단편적인 회한, 허망, 무의미…….

나는 환희의 정점에서 엔딩 크레디트를 맞이한 인물에게 그 이후의 시간이 있을지 궁금해하곤 했다. 외면하던 것들을 깨닫게 되고 중요하지 않았던 곁가지 줄거리들이 현실의 이름을 입고 닥쳐올 때, 그들이 어떻게 반응할 것인지를. 무덤 깊숙한 곳에 고이 보존되어 있다가 탐험대의 손에 붙들려 나오자마자 먼지로 변해 사라졌다는 고대의 보물들처럼, 가문비의 표정이 마지막으로 단 한 차례 순간적인 강렬함을 발했다가 완전히 흩어지고 아무것도 남지 않는다.

●

나는 화내는 이유를 발견했고 가문비는 화낼 이유를 떠나보냈다. 그러나 우리 중 누구도 만족한 것 같지 않다. 하기야 그럴 수 없는 사안이긴 하다. 나는 남자와 똑같은 마음을 가졌으므로 가문비가 듣고 싶었던 말을 해줄 수 있으며 당시의 남자가 그랬던 것처럼 열일곱이지만, 남자 자신은 아니다. 한편 내게는 나만의 문제가 있고, 그건 가문비와 아무 관련이 없다. 관련이 없으므로 이 자리에서 해결을 볼 수도 없다.

막막한 침묵이 우리 사이를 메운다. 빗소리조차 없었더라면 귀가 아예 멀었다고 착각했을 것이다. 나는 괜히 고개를 돌려 저 멀리의 직원 숙소를 힐끔거리고, 다시 유령처럼 앉은 중년을 바라본다. 과거의 잔상으로만 남아 있다가 현재에 도달함으로써 흐릿해지는 존재를. 유령이 점점 사라져가는 가운데, 그게 곤충의 외골격처럼 두르고 있던 종이 가면만 허공에 남은 듯하다.

그 인상이 익숙한 비감을 일깨운다. 아까는 화낼 자유가 있다고 강변했지만 그게 나 자신에게 좋은 일이 아니라는 것쯤은 알고 있다. 위로받지 못할 분노로 밤을 지새울 때마다, 심기에 거슬리는 인간들을 두들겨 패고 싶은 충동에 시달릴 때마다 얼마나 절실하게 기도했는지 모른다. 제발 이 기력을 다른 곳에 쓸 수 있기를. 고통을 대가로 더 큰 고통을 얻어내는 것이 아니라, 밑이 뚫린 그릇에 마음을 채워 넣는 것이 아니라, 소중히 간직할 만한 감정이 있기를.

늙어간다는 것은 정신의 기력이 몸의 기력과 함께 사그라든다는 것이다. 분노를 유지하려면 다른 마음을 내버려야 하는 시기가 올 것이다. 그렇게 모든 것을 소진하기 전까지 타오르다가 픽 쓰러질 것이다. 화낼 이유마저 사라진 다음에는 아무것도 남지 않을 것이다…….

나는 속으로 중얼거린다. 그러니까 우리는 뭔가 다른 게 돼야 해. 인지과학자가 되겠다거나, 임상심리사가 되겠다거나, 감옥에 가는 대신 존경받을 만한 사람이 되고 싶다거나, 재밌는 걸 하고 싶다거나 하는 목표랑은 완전히 별개야. 그런 목표들이야 시간이 흐르다 보면 실패하거나 성공하거나 둘 중 하나는 되어 있는 거야. 어떻게 보면 간단하고 분명한 거야. 그토록 간단한 것보다 더 중요하고 복잡한 게 있어.

2호가 묻는다. 그게 뭔데?

나도 잘 모르겠어. 하지만 그게 있어야만 화내지 않을 수 있어.

무슨 말인지 이해가 안 가. 그게 뭘 가리키는지도 모르겠고. 만약 그런 게 있더라도 난 여전히 화나 있을 것 같아. 다들 나한테서 성공을, 쓸모를 찾으려 하는걸. 그 쓸모조차 없다면 아무도 날 거들떠보지 않을 테고.

하지만 2호의 대답은 내가 한 말을 다른 형태로 다시 읊는 듯해서, 나는 새삼스럽게도 셋 모두가 하나의 뇌 속에 뒤엉켜 있다는 사실을 깨닫는다. 우리 각각을 구분하는 칸막이가 어떤 식으로 작동하는지 궁금하다. 감정이나 생각이나 기분이란 대개 거실의 공용 소품 같은 것이라, 그때그때 다른 녀석이 거실에 있던 물건을 자신의 소유물인 척 들고 나타나는지도 모른다.

즉 내가 2호를 수치스러워하는 마음과 녀석이 자신의 처우에 분노하는 마음은 사실 완벽히 동일한 생화학적 패턴의 작용일 수도 있다. 그래서 나는 3호에게 의견을 구한다. 녀석은 이 집 바깥에서 온 존재고, 화학이 아니라 전기의 방식으로 사고하며, 바깥 사람의 시선으로 나를 바라볼 수 있기 때문이다. 하지만 녀석이 대답하려는 찰나 2호가 말을 끊고 들어온다.

쟤랑 이야기하지 마. 나랑 해.

너 오늘 좀 고집을 부리는구나.

중요한 문제는 쟤랑만 이야기하고 끝내는 게 싫어. 내가 하는 말도 들어줘.

그래서 무슨 이야기를 하고 싶은 건데? 모른다면서?

몰라.

3호는 끼어들면 안 되겠다는 듯 멋쩍은 웃음을 흘린다. 하기야 내가 아는 것 이상의 답변이 녀석에게서 나올 것 같지는 않다. 할 말이 없는 사람과 모르는 사람 둘이 한집에 모여 있고, 맞은편 집에는 사라져가는 유령이 있다. 나는 괜히 시비조로 묻는다.

"그쪽도 커리어는 아예 망가졌군요. 뭐 얻은 건 있어요?"

"여기에 와서 대답을 들었지."

"그거 말고는요?"

"없어."

"이다음에는 어쩔 건데요?"

"무언가가 있겠지."

"병원에나 가요."

"그래."

돌아가자는 뜻으로 꺼낸 말은 아니었는데, 가문비는 지팡이를 쥐듯 우산을 짚으며 일어선다. 가뜩이나 가느다란 몸이 무게 추를 잃어버린 비닐 인형처럼 흔들거리고 있다. 나는 내 몫의 우산을 펼치고 따라 걸으며 수발을 들어준다.

그렇게 병원 건물을 향해 걸음을 옮기는 동안, 이 사람을 담당자로 만난 것이 나쁜 일인지 그 반대였는지 하는 궁금증이 내 안에서 커져간다. 처음에는 나쁜 쪽이라고 믿었고 지금도 그런 느낌이 약간이나마 남아 있는데, 도무지 상식으로는 이해하기 어려운 일들이 잇달아 벌어진 까닭에 어떤 태도를 가져야 할지 분간하기 어렵다.

이해. 또다시 그 낱말을 곱씹고 있다. 이해하거나 이해받고 싶다는 욕망은 어쩌면 새로운 시선을 갈구하는 것인지도 모른다. 낯선 존재와 낯선 사건이, 아직은 발견되지 못한 설명을 얻어내려 애쓰는 것이다. 수치심이나 분노 외에, 혹은 완벽한 무지와 착각 외에 다른 게 있으리라 기대하는 것이다.

타인의 시선에 사로잡히지 말라는 말, 당사자가 스스로를 사랑하면 그만이라는 말을 볼 때마다 무책임한 감상주의라며 낄낄댔는데, 매 순간 나를 욕하는 소리만 들려오는 판에 어떻게 그럴 수 있겠냐며 비웃기도 했는데, 사실 그런 감상주의는 잔인성을 우아하게 꾸민 결과물일 수 있겠다는 생각이 든다. 그 짓거리의 핵심은 결국 세상이 각자의 사정을 굽어보지 않으므로 내가 애써야만 한다는 데에 있다. 기댈 만한 논리를 만드는 것도, 스스로 납득하는 것도, 남들에게 퍼뜨리는 것도 모두 혼자의 역할이다. 실패하면 아무것도 없고 성공해봐야 겨우 남들과 비슷한 선에 설 뿐이다.

하지만 내가 해야 하는 일이 바로 그거다. 시도조차 하지 않으면 죽거나 미치는 수밖에 없기 때문이다. 텅 빈 로비를 지나며, 나는 가문비에게 질문을 던진다.

"이왕 이렇게 됐으니까 나도 하나만 묻죠. 나는 3호가 본의 아니게 도청기 역할을 하고 있으리라 추측하는 중이고, 그건 아마 사실일 거예요. 3호는 기기의 출력 결과니까요. 또한 입력에 따른 출력이 있다는 건, 내 생각이 어떤 식으로든 전기신호로 바뀌어 입력되고 있다는 뜻이니까요. 전기신호가 기록에 남는다면 연구원들이 그걸 분석할 수도 있겠죠. 맞죠?"

"원리상 그럴 수밖에 없지."

"또, 3호를 생성하는 자극은 기기가 자체적으로 만드는 게 아니라 원거리 통신으로 전송받는 것 같더라구요. 정전이 나서 통신망이 끊겼을 때, 3호가 갑자기 사라졌는데 몸은 여전히 움직일 수 있었거든요. 후자는 자체 기능이지만 전자는 외부 기능이라는 증거죠."

"그래, 정확히 말하면 언어 추론 프로그램의 골조는 기기에 내장된 상태지만 장기 기억 및 패턴 데이터는 별도 컴퓨터에서 수집되어 관리되고 있지. 시간이 흐를수록 용량이 늘어나니 말이다. 언어 추론과 데이터 수집 기능은 한 쌍이라서, 통신 연결이 끊기면 작동을 정지하도록 설정되어 있어."

"그러면 데이터 수집 프로그램이 연구병원 어딘가에 있겠군요. 아니면 연구병원 컴퓨터를 통해 접근할 수 있거나요."

"연구를 위해서는 불가피하지."

"치료를 위해서도 그런 접근이 필요하겠죠. 당뇨 환자들이 피를 내서 혈당을 검사하듯이, 내가 얼마나 교정됐는지 객관적으로 확인할 방법이 있어야 할 거예요. 생각을 들여다보는 게 가장 편하죠."

"그것도 맞아."

"그렇다면 3호의 존재는 나한테 얼마나 영향을 주고 있나요? 녀석이 침묵할 때도 사고방식에 영향을 끼치나요?"

"분명치 않아. 정량적으로 검증할 기회가 없었다고 해두자. 출력단을 차단한 다음 입력단에 들어오는 데이터만을 분석할 수야 있지만, 그러면 너 스스로도 차이를 느낄 테니 말이다. 이때의 혼란은…… 일종의 노이즈지. 최악의 사태도 계산에 넣어야 하고."

3호가 사라지자마자 곧바로 난리가 벌어질 테니까, 실험 자체가 불가능했다는 소리다. 폭탄이 도시 한복판에서 터지면 정확히 어떤 일이 일어나는지 확인하겠답시고 버튼을 누를 수는 없다.

"그래도 영향이 있긴 있을 거다. 너는 그걸 목소리로만 받아들이는 모양이지만, 목소리로 인식되는 것 외의 자극도 여전히 가해지고 있으니 말이다. 인간으로 치면 무의식이라고 부를 만한 것이지."

"어쨌거나 분석을 하고 있군요. 그것도 꽤 철저하게 말예요. 여기 연구원들한테 중학생의 연애담을 구경하면서 낄낄대는 취미가 없길 빌어야겠는데요. 사생활이라는 게 있잖아요."

"그래, 사생활이라는 게 있지. 특수한 상황이 아니라면 정제되지 않은 데이터에 직접적으로 접근하는 건 제한되어 있다. 만약 네 생각을 직접 들여다봐야 하는 상황이 생기더라도, 누가 언제 접근했는지가 모두 서버에 남아. 절차적인 보호 장치는 그보다 더 많고. 특히 이쪽에서 벌이는 프로젝트들은…… 인본주의 분파가 항상 감시하고 있거든."

"내가 가출 소동을 벌이고 여기로 끌려온 게 바로 특수한 상황이겠죠?"

"길게 설명할 필요가 없으니 편하구나."

나는 등을 돌려 로비 벽면의 시계를 확인한다. 벌써 12시 17분이다. 연구원들의 업무가 개시되기까지 아홉 시간쯤 남은 셈이고, 그 전까지는 가문비도 내 담당자다. 아홉 시간이면 충분하다.

"그걸 가지고 화낼 마음은 없어요. 최소한 지금은요. 대신 요구사항이 하나 있어요. 잠깐만 3호를 끄고, 혼자 생각할 수 있게 해달라는 거죠. 나랑 2호만 남아 있을 때, 우리가 서로 어떤 대화를 할 수 있을지 궁금해요. 큰 잘못은 저지르지 않을 거예요. 어차피 해가 뜨면 사람들이 사태를 수습할 테고, 나를 원래대로 되돌려놓을 게 분명하니까요."

"네 부탁을 들어주는 게 바로 잘못이야."

"우린 이미 잘못돼 있죠. 여기에서 한 발짝 더 나아가는 게 문제인가요?"

가문비는 고개를 수그리고 낮게 웃는다. 승낙일 것이다. 우리는 말없이 11층으로 향한다. 상담실까지 가는 동안 서로 다른 발소리가 정연한 박자로 울린다. 맞물려 돌아가는 톱니바퀴가 짤깍거리듯이. 거대한 기계가 작동하기에 앞서 한 발짝을 내딛지만 더 멀리 떠나가지는 못하고 그 자리에 머무르는 부품들.

나는 가문비의 왜소한 뒷모습을 생각한다. 그늘을 얇은 담요처럼 두른 연구병원을 생각한다. 얇은 담요로는 가려지지 않는 거대함과 견고함을 생각한다. 모든 것에 대한 규칙을 마련함으로써 모든 것을 하찮게 만드는 질서에 대해 생각한다. 3호가 잠시간 사라지는 것이나 그 너머의 자신을 직면하는 것은 내 인생의 문제지 문명재건청의 절차가 아니다. 물론 경위서와 시말서가 몇 장 쓰일 테고 연구용 데이터도 추가로 확보되겠지만 그건 천연두 걸린 기니피그가 탈출하더라도 마찬가지로 벌어질 일이다.

나는 생각한다. 나는 탈출을 앞둔 기니피그이며 아침이 되면 곧바로 붙잡힐 것이다, 하고. 이 뜻밖의 출로를 열어준 것이 가문비와 청견이라는 사실, 더 나아가 그들 각각의 결함이라는 사실이 불편하도록 고맙다. 상담실 문이 열리는 소리가 그 고마움을 쿡쿡 찌른다. 나는 클라이막스 앞에서 영화를 멈춰놓고 오래전에 사라진 조연의 행방을 따지는 관람객처럼 묻는다.

"그나저나 내 담당자가 이런저런 이야기를 해준 건, 문명재건청이 시킨 일은 아니죠? 그쪽이 시킨 일도 아니고요?"

"돌발 행동이었지. 덕분에 흥미로운 데이터가 생겼고 문명재건청의 일도 줄어들었지만……."

"그렇다면 청견은 완전히 맛 간 사람이군요. 연구원들도 그 사실을 알게 됐을 테고요."

"그래."

"그 사람은 어떻게 되나요? 정치 이야기를 좀 떠들고 문명재건청 소식지를 보여줬다는 이유만으로 일자리를 잃으면 미안할 것 같거든요."

"보안 수칙을 어기고 환자에게 부적절한 접근을 시도했다, 그럴 만큼 정신적으로 불안정하다—일자리를 잃기엔 충분한 이유지. 네가 바란 대답은 이게 아니겠지만 말이다."

"자기 앞에 있는 게 걸어 다니는 감시 카메라인 줄 알았으면 청견도 조심했겠죠."

"함정수사에 걸려놓고 그런 소리를 해봤자 누가 들어주겠니."

"일상이 함정수사인 삶을 살고 싶진 않았는데요."

"어쨌거나 부수적인 문제야. 내 앞날도 수수께끼인 판에 나사의 미래를 걱정해줄 여유는 없구나. 그 녀석들이야 직위 해제에 재배치를 당한다 해도 크게 바뀔 인생은 아니니 말이다."

"이야, 참 공평하네요. 그쪽은 꼭 감옥에 갔으면 좋겠어요. 종합 가답게 말예요."

"구태여 바라지 않아도 그렇게 될 거다. 세상일이 다 그렇지."

"혹시 모르죠, 내 부탁이든 뭐든 여기서 관두면 집행유예쯤으로 낮아질지도."

"그러면 내가 바란다고 하자."

탁자는 상담일 내내 우리 사이를 갈라놓았지만, 우리는 이제 그 뒤편으로 함께 돌아간다. 가문비가 마우스 커서를 흔들어 잠든 모니터를 깨우자 낯선 화면이 나타난다. 오른편에는 상담 일지가 기입되고 있다. 녹취 기록도 함께다. 가문비가 직접 입력했을 리는 없으니까, 보이지 않는 위치에 녹음기가 설치되어 있는 게 분명하다. 이건 놀랍지조차 않다. 정말로 놀라워해야 하는 것, 하지만 왜인지 확인을 미루게 되는 것들은 모두 왼편에 모여 있다. 나는 한참이나 망설이다가 가까스로 눈알을 굴린다.

왼편에 있는 것은 색상이 조금씩 다른 정점들이고, 정점과 간선이 엮여 만들어지는 관계망이고, 그 관계망들이 거리를 조절하거나 결합함으로써 생성되는 순간적인 별자리들이다. 마인드맵이라는 단어는 비유보다도 묘사로서 정확한 것이었구나 싶다. 그 생각을 떠올리는 순간 화면에도 똑같은 낱말이 나타난다 — **'마인드맵'**. 푸른 정점에 붉은색이 약간 섞여 있다.

2호가 기쁘게 외친다. 이거구나.

그 외침과 동시에 노란 정점이 크게 확대되어 보인다 — **'이거'**.

거기에 뒤따라오는 간선들, 다른 정점들, 생각 덩어리들……. 정말로, 모든 게 들여다보이는 중이라고 생각하니 심장이 덜컥 내려앉으면서 피가 차가워진다. 나는 스스로도 모르게 뒷걸음치다가 앞으로 몸을 푹 꺾는다. 손바닥이 꺾여 접히는 자리에 탁자의 모서리가 달라붙는다. 미리 만들어진 요철처럼 정확한 각도다. 그 감촉마저 이상하게 느껴져서 구토가 나올 지경이지만, 애진작 예상한 결말을 확인하고 충격에 빠지는 것은 과도한 감상주의일지도 모르겠다는 생각이 든다(연구원들이 나중에 이 기록을 보고 비웃는 건 아닐까?). 과도한 감상주의라니. 그게 도대체 무슨 기준이란 말인가(연구원들의 기준이다. 그 기준은 중요하다).

"상담 도중에 모니터를 계속 흘깃거리던 게, 이거 때문이죠? 질문은 사실 미끼였고요."

나는 키보드에 시선을 고정한 채로 묻는다. 숨이 잘 쉬어지지 않는다…….

"무엇을 말하고 무엇을 감추는지 확인하는 용도였지. 그 둘 사이의 간격이 알려주는 게 따로 있으니 말이다."

……가문비가 대답한다. 저 키보드를 당장에라도 박살 내고 싶다는 생각이 든다—'**키보드**'(**푸른색**).

"연구원들이 직접 생각을 입력할 수도 있겠죠? 프로그램의 방향성을 조작하는 게 아니라, 직접 글자를 써넣는 거 말예요."

"이론적으로는 가능해. 부자연스럽지 않게 입력하는 건 어렵고. 부자연스럽다는 건, 그랬다가는 네가 위화감을 느낄 거라는 소리다. 생각은 언제나 사람의 행동보다 한 발짝 앞서나가니까."

정말일까? 믿는 수밖에 없다. 나는 병들어 지친 개처럼 고개를 들어 올려 화면을 바라본다. 관계망은 복잡한 뜨개 그물에 가까운 형상이지만, 정점에 쓰인 낱말들을 차례대로 읽기 시작하자 사슬과 같은 일직선 형태로 재정렬되며 색이 통일된다. **'속도'**(푸른색)― **'맙소사'**(푸른색)―노란색 욕설들―**'탁자'**(푸른색)―**'이거 참'**(푸른색)― **'문명재건청'**(푸른색)―**'무대'**(푸른색)……. 무의식중에 완성된 생각인지, 혹은 화면 속의 정점이 붙잡아 올린 생각인지는 몰라도 그 단어 둘레에 다른 정점들이 모여들며 현란한 만다라(曼茶羅)를 그린다.

연구원들이 이 기록을 보고 어떻게 반응했을지 궁금하다. 그들이 이 생각에 대해 어떤 반응을 보일지가 궁금하다. 앞선 생각에 대해서는 또 어떤 반응을 보일지도 궁금하다. 그리고, 그리고, 그리고……. 서로 면하는 거울 속 끝없이 거듭되는 일련의 상(像)처럼, 생각을 가리키는 생각을 가리키는 생각을 가리키는 생각이 무한한 반복 구조를 그리며 이어진다. 화면 한가운데의 프랙탈 무늬가 눈송이 같다. **'눈송이'**(푸른색, 그리고 회색)― 그 단어로부터 시작된 추위가 생각의 연쇄를 깬다. 내 몸이 발작하듯이 떨린다.

생각의 템포는 경련의 주기와 동일하다. 혹은 그 반대로, 화면에 출력되는 이미지들이 경련을 이끈다. 정점과 간선 들이 순간 일정한 간격으로 배열되며 육방정계 패턴을 형성했다가 흩어지고, 다양한 색상들이 그야말로 폭죽처럼 터지기 시작한다. 이제는 내가 감각하는 것과 화면에 표시되는 것들이 맞물리지조차 않는다. **'잠**

이나 자고 싶네'(노란색)—'불'(붉은색)—'정서적 동기'(푸른색)—'정?'(초록색)—'정어리 게임'(짙은 노란색)—'정신 좀 차려봐'(짙은 회색, 그리고 붉은색으로 한 개 더)—'이 짓거리를 왜 하겠다고 한 걸까?'(붉은색)—'멍청아'(짙은 회색, 그리고 붉은색으로 한 개 더)—이 멍청아!

3호가 그렇게 외치더니 전에 없던 어조로 윽박지른다.

충격을 받은 건 이해하지만, 내가 프로그램이라는 건 원래부터 알았잖아. 머릿속이 들여다보이는 것도 예상했고. 그러니까 빨리 뭐라도 해. 나를 치워버린 다음 2호랑 한 팀을 먹든, 그 자식을 아예 때려눕히든 하란 말이야. 애초에 그러려고 온 거면서. 아홉 시간 내내 선 채로 기절해 있을 작정이야?

회색은 아마도 3호인 모양이다. 3호는 수학 계산에는 젬병일지라도 사람을 대할 때는 언제나 옳은 말을 한다. 지금도 마찬가지다. 프로그램이 내게 영향을 주고, 내가 다시 프로그램에게 영향을 주는 과정을 이대로 지켜볼 수도 있겠지만 그러기에는 남은 시간이 아깝다. 나는 일부러 허공에 시선을 고정시킨 채 묻는다.

그래도 돼?

그래도 되냐니, 평소에는 죽어라 말을 안 들었으면서 갑자기 왜 그래. 선택은 네가 하는 거야.

나 혼자서? 네가 없으면 실수할 텐데.

너 무서워서 그러는구나. 캐노피 아래에서는 2호랑 이야기를 나눠봐야겠다느니 허세를 떨었으면서.

2호가 끼어든다. 그냥 한번 꺼봐. 어쨌든 쟤 때문에 멍청해지고 있는 건 사실이라고. 쟤가 우리 몫의 생각까지 빼앗아서 쓰고 있는 거야. 갑자기 무서워진 것도 쟤 때문일지도 몰라.

나는 2호의 말을 다른 형태로 반복한다. 프로그램이 꺼지면 나는 완전히 다른 사람이 될지도 몰라. 너는 말하고 있지 않을 때도 나한테 영향을 미친다고 했으니까. 아홉 시간뿐이라도, 아홉 시간은 사고를 치기에 충분한 시간이니까. 그러니까…….

말끝이 저절로 흐려진다. 배턴을 이어 받듯 끊긴 자리에서부터 다시 시작되는 목소리.

그러니까 네가 직접 선택하는 순간이 필요한 거야. 경찰관 앞에서 규칙을 지키는 건 당연한 일이지만, 감시 카메라가 없는 곳에 떨어진 지갑을 슬쩍하지 않는 건 결심이 필요한 문제니까. 사실 나도 그 결심이라는 게 궁금해. 내가 완전히 사라졌을 때 네가 뭘 선택할지. 그리고 내가 돌아왔을 때 네가 어떻게 되어 있을지.

어쨌든 돌아온다는 거네. 돌아오는 건 확실하니까 그렇게 여유로운 거야. 그냥 잠깐 자리를 비웠다가 어슬렁어슬렁 나타나서, 난장판을 보고 점수를 매기면 끝나는 거지. 연구원들이랑 똑같아.

뭐, 꼭 그렇다고 볼 수는 없어. 영영 헤어질 가능성도 충분한 것 같거든. 너희 둘이 그사이에 작전을 짜서 통신망이 닿지 않는 곳으로 탈출한다거나, 아니면 나 없이도 멀쩡하게 행동한다거나……. 봐, 네가 2호를 잘 타이를 수만 있다면 난 없어도 되는 프로그램이라고. 두 다리가 멀쩡한 사람에게 의족이 필요하지 않은 것처럼 말이야.

그래도 난 네가 있었으면 좋겠어.

야, 내가 돌아올 게 분명해서 싫은지, 아니면 돌아와야만 하는지 확실히 입장을 정해. 괜히 해보는 소리라면 애당초 하지 마. 의도가 없다뿐이지 사실상 거짓말이야. 화면을 보고는 거의 토할 뻔했으면서. 머릿속이 다 들여다보이는 상태로 살고 싶은 사람이 세상에 어디 있어. 이 프로그램은 언젠가 꺼야 하는 거야. 여기 연구원들도 그렇게 생각할걸.

그래서 사라져도 괜찮다는 거야?

나도 아마 거짓말을 하고 있는 것 같아. 괜찮을 리가 없지. 실감이 안 나니까, 내가 꺼진다는 게 어떤 일인지 모르니까 이러는 거야. 그러니까 내가 아직 모를 때 버튼을 눌러.

그 대답이 열두 살의 기억을, 3호가 태풍 속에서 사라졌던 날의 감각을 이끌어낸다. 날이 개고 녀석이 돌아왔을 때, 내가 느낀 것은 반가움이자 안도였다. 그 감정을 뒤집으면 공포가 나왔다. 3호의 정체가 프로그램이든 환청이든 다른 무엇이든 간에 녀석이 없다면 살아가지 못하리라는 공포. 공포는 불안이 되었고, 불안을 이겨내려면 한껏 발버둥 쳐야만 했는데, 역설적이게도 그 저항은 3호를 겨눌 수밖에 없었고…….

그러면 이렇게 생각해보자. 관점을 바꾸는 거야. 나는 도덕과 원칙을, 좋은 마음을 담당하는 부분이야. 그리고 프로그램이기 이전에 뇌 어딘가에 있는 생각 패턴이야. 생각은 결국 신경과 신경 사이에서 이루어지는 거고, 기계는 그 흐름을 조정할 뿐이야. 약을 먹는 것처럼. 심리요법을 받고 경두개 자극 장치를 머리에 붙이는 것처럼. 그러니까 네가 좋은 마음에 완전히 익숙해졌다면 너 스스로 나를 불러낼 수 있을 거라고 생각해. 구태여 전기 자극을 주지 않더라도 말이야. 그래서 어떤 식으로든, 나는 돌아올 거야.

2호가 비웃음 섞인 야유를 보낸다. 그 야유를 이길 만큼의 의지가 있기를 바랄 뿐이다. 나는 가문비에게 프로그램을 꺼달라고 부탁한다. 3호의 목소리가 멈추도록. 해가 뜨기 전까지 연구원들이 내 머릿속을 들여다볼 수 없도록. 가문비는 부탁을 들어준다. 그리고 가벼운 인사를 남기고 어디론가 사라진다. 분명히 문을 닫으며 떠났을 텐데 내 기억에는 작고 가느다란 몸이 어스레한 그늘 속으로 녹아드는 장면이 남는다. 어둠.

나는 상담실 모퉁이와, 창밖 하늘과, 화면을 공평하게 메운 어둠을 느낀다. 앞뒤로 몇 걸음 걸어보고 손을 쥐었다 펴기도 하지만 특별한 차이는 느껴지지 않는다. 공기에서 쓴맛이 난다거나, 속이 울렁거린다거나 하는 증상조차 없다. 이게 끝인가 싶어 김이 새려는 찰나 외침 소리가 머릿속을 뒤흔들고 홍소가 쩌렁쩌렁 울린다.

아ㅡ아ㅡ아ㅡ!

나는 반사적으로 몸을 웅크린다. 불타는 알을 껴안는 듯한 자세로. 견갑골이 벌어지는 자리 바로 아래, 척추가 정신의 반송파(搬送波)를 실어 나르는 길목에서 초신성이 조용히 폭발한다. 아무런 진동도 소음도 없이 그저 고요하게. 하지만 눈부시도록 강렬하고 뜨겁게……

●

……생각이 하나의 건물이라면 내 건물의 뼈대는 불길 속에 사

위어가고 있다. 대신 넘실거리며 치솟는 불기둥이 새로운 격자 구조를 그리며 지평 너머로 뻗어나간다. 혈류가 빨라지면 가슴팍이 아파오듯이, 생각의 흐름이 속도를 높일수록 현기증이 심해진다. 보이지 않는 손가락들이 뇌를 움켜쥐는 듯하다. 현기증, 두통, 작열감. 그런데도 정신은 더없이 예리하다. 지금이라면 어떤 난제라도 금방 풀어낼 수 있을 듯하다. 2호의 주장이 증명되는 순간이다.

바로 이거야. 내가 10년 가까이 빼앗긴 거야. 이게 정상이라고.

목소리가 신나서 비명을 내지른다. 수업이 끝나자마자 함성을 터뜨리고 보는 학생들처럼. 친구의 옆구리를 쿡쿡 찌르며 다음 시간에 어떤 장난을 칠지 작당을 벌이는 말썽쟁이처럼.

머리에 돌덩어리를 달아놨다가 풀어버린 것 같네. 우리 둘만 있으니까 이런 기분이구나. 이렇게나 편하고 가뿐한데 줄곧 잊고 있었던 거야. 내가 좋을 거라고 했잖아. 너도 좋지.

편하긴 해.

나는 마지못해 인정한다. 이런 기분은 아홉 살 이후로 처음이다. 기계를 꽂고 지낸 시간이 너무 길었던 탓에 거의 떠올리지조차 못하고 있었지만, 몸의 감각은 그 어떤 설명보다도 명확한 법이다. 웃음이 더욱 거세지더니 내 몸이 비틀거리며 움직인다. 텅 비어 어두침침한 복도에 울리는 발소리. 어떤 걸음은 조급하다고 느껴질 만큼 경쾌한데 어떤 걸음은 힘없이 흐느적거리는 탓에 두 사람이 함께 걷는 듯하다. 그렇게 로비까지 내려가는 동안 목소리가 주절주절 이어진다.

난 그 기계가 싫어. 저 자식들한테 머릿속이 들여다보이는 것도 문제지만, 3호란 녀석이 싫단 말이야. 사사건건 간섭하는 건 기본이고, 멍청해진단 말이지. 너도 솔직히 싫잖아, 그렇지? 그 녀석이 돌아오는 건 너도 싫지? 법이라는 게 있으니까, 감옥이 무서우니까 어쩔 수 없이 참는 거지? 아까는 연구원들이 볼 게 뻔하니까 아쉬운 척했던 거지?

평소의 2호는 칭얼대는 아이 같았는데, 이제는 나만큼이나 나이 든 목소리를 내고 있다. 당혹감과 불길함이 스멀거린다. 조종간을 꼭 붙잡으려 애쓰지만 손에 잡히는 것은 절실한 믿음일 뿐이다. 내가 프로그램을 *끄기* 전까지는 어떤 사람이었으며 이런 결심이 있었다 하는 믿음. 그 절실함을 반박하려는 것처럼 목소리가 줄기차게 이어진다.

프로그램을 다시 못 켜게 막아야 해. 작전을 짜자. 내가 보기에 이건 우리가 모든 면에서 지고 들어가는 게임은 아니야. 물론 지금은 완전히 불리하지만, 발상을 전환하자는 거지. 인본주의자 분파한테 붙은 다음 이걸 정치적인 문제로 만들어버리면 돼.

정치적인 문제라고?

소식지에 나와 있었잖아. 정치적 입장에 따라 분파가 나뉜다고. 가문비 같은 가속주의자들이 있으면 그네들을 싫어하는 부류가 있고……. 인본주의라, 이름부터 딱이네. 그 사람들 앞에서 엉엉 울면 그만이란 말이야. 기계에게 몸이 휘둘리는 게, 정신이 프로그램으로 대체당하는 게 얼마나 끔찍한 일이었는지 과장하는 거지. 척수가 끊긴 것도. 치료 목적으로 한 일이었다지만, 우리도 명분을 끌어오려면 얼마든지 그럴 수 있다고. 인본주의자들이 우리 대신 싸워줄

거야.

그러다 보면 동생 이야기도 나올 텐데, 그건 어쩌려고 그래?

사람은 나이가 들면서 여러 가지를 배우기 마련이잖아. 초등학생은 미적분을 이해하지 못하지만 고등학생이라면 손쉽게 해내는 것처럼 말이야. 그리고 사람마다 머리가 자라는 속도도 다르지. 그러니까 자랄 기회조차 주지 않고 대뜸 신경을 자른 게 문제라고, 내가 동생을 괴롭힌 거랑 가속주의자들이 나한테 잘못한 건 별개라고 주장하면 돼. 울면 효과가 더 좋을 거야. 우린 아직 미성년자고, 어린애가 울면 사람들이 불쌍하게 생각해주니까. 우는 건 네가 해야겠다. 넌 내가 시키지 않아도, 혼자서도 잘 울잖아.

우는 건 그렇다고 치자. 하지만 넌 나이가 든다고 해서 뭘 배우는 녀석이 아닌걸. 3호가 말리지 않았으면 여기서도 사고를 대판 쳤을 텐데.

아, 뭐, 그때는 더 재밌는 게 딱히 없어 보였거든. 어릴 때도 마찬가지였고. 어차피 거주구에서 살다가 죽을 거라면, 책임질 게 별로 없을 때 저지르자고 생각했어. 하지만 이젠 이야기가 다르지. 그런 것쯤은 당분간 참을 수 있어. 유리창을 깨거나 마음에 안 드는 녀석을 때려주는 것보다는 소식지의 주인공이 되는 게 더 짜릿하다고. 거주구 사람들도 좋아할 거야. 특히 음모론자들. 난 완전 문명재건청의 희생양이니까.

대답하기도 전에 내 몸이 멋대로 움직여 무언가를 들어 올렸다가 큰 동작으로 던져버린다. 날카로운 파열음에 정신이 퍼뜩 돌아온다. 방금 던진 것은 로비에 있던 심부름꾼 기계고 발 앞에는 유리 조각이 널브러져 있다. 창문의 구멍은 한 사람이 지나갈 만큼 크다.

경보음이 어지럽도록 비명을 지르기 시작한다. 수습할 방법이 도무지 떠오르지 않아 쩔쩔매는데 2호는 이런 와중에도 부지런하게 움직이고 있다. 웃옷을 벗어 창턱을 덮고 커다란 유리 조각들을 바닥으로 쓸어 넘긴다. 그러고는 팔과 다리에 한껏 힘을 준다.

창턱에 남은 파편들이 부스러지는 것이 옷감 너머로 느껴진다. 잠깐일 뿐이다. 다른 생각은 모두 잊을 만큼 서늘하고 맑은 바람이 나를 감싼다. 서커스단의 개가 불로 된 고리를 뛰어넘듯, 내 몸이 유리창이 깨진 자리를 지난다. 위에서 비죽 튀어나온 유리가 머리 가죽을 긁고, 그 날카로운 획으로부터 더위가 울컥울컥 솟고, 두 발이 커다란 파편을 부수며 흙에 닿는다. 내 몸이 잠시 화단에 뒹구나 싶더니 곧바로 균형을 잡는다. 그리고 달린다. 나는 당혹감 속에 겨우겨우 묻는다.

잠깐만, 이러면 안 되는 거 아니야? 이건 불리한 증거라고.

봐, 난 스트레스 때문에 이러는 거야. 이 정도는 다들 그러려니 해준다고. 평생을 속았고 장애인까지 됐는데 정상참작이지. 난 이길 방법을 알고, 아홉 시간 뒤에는 다시 얌전해질 거야. 이렇게 난리를 쳤으니 아홉 시간이 아니라 한두 시간으로 줄었겠지만. 참, 일단 청견을 찾아봐야겠는데. 기숙사에서 지낸다고 했었지. 105호? 1층이니까 정문이 안 열려도 접촉할 수 있을 거야.

105호라니, 호실 번호는 언제 알아낸 거야? 상상으로 꾸며낸 거 아니지?

어릴 땐 안 그랬던 것 같은데, 너 진짜 기억력이 엉망이다. 두 번 세 번 들어야 겨우 기억하니 말이야. 저번에 화장실에서 청견이 직접 이야기했어. 어쨌든 여긴 죄다 가속주의자들밖에 없을 테니까, 도망쳐서 인본주의자 분파랑 접선하려면 그 인간 도움을 받아야 돼. 아니, 혹시 모르지. 북정 출신이니까 다른 방법이 있을 수도……

애당초 청견이 도와줄지를 모르겠는데. 내가 그 인간이라면 누워서 잠이나 잘 거야. 골치 아픈 환자가 어떻게 되든 자기 소관은 아닌걸.

기계 이야기를 과장하면 되지. 화장실에서 나눈 대화가 모두 들켰고, 연구원들이 손을 쓰려 한다고. 같이 인본주의자 쪽에 붙자고. 그러면 여기에서 외롭게 썩는 것보단 좋은 대우를 받을 거라고. 본가로 돌려보내지는 것보다도 당연히 낫고. 잘만 하면 바로 넘어올걸. 딱 봐도 애정 결핍이야.

그게 통한다 쳐도 한 시간이면 꽤 빠듯한데. 아니, 애초에 기록이 다 남았을 텐데 그건 어쩌고? 생각을 읽어보면 넌 완전히 구제 불능이야. 다른 분파여도 쉽게 넘어갈 리가 없지.

그것도 변명거리가 다 있지! 항상 말하잖아, 나는 규칙을 모르는 게 아니야. 뭐가 손해고 뭐가 이득인지는 모두 알아. 그딴 것쯤이야 어떻게 되든 재미를 보고 싶을 때가 있을 뿐이야.

웃음소리가 머릿속을 어지럽힌다. 나는 두려워하며 묻는다.

거짓말이라는 생각은 안 들어?

아주 틀린 말도 아닌걸. 이 가속주의자란 놈들이 강제로 수술을 시킨 건 객관적인 사실이고, 그 수술에 정신 나간 구석이 있는 것까지도 사실이니까. 양정에서도 이런 짓거리가 흔할 것 같진 않아. 그러면 내가 슬픈 척을 할 수도 있는 거지.

2호는 잠시 쉬었다가 덧붙인다.

그리고 애초에, 항상 사실만 말하라는 법이 도대체 어디 있어?

뭐?

대화라는 건 상대가 듣고 싶어 하는 내용을 들려주는 거야. 자기 역할에 어울리는 대사를 읊는 거고. 사실대로만 말하는 사람은 제대로 살아가지 못해. 내가 사람들을 때리고 물건을 던지는 상상을 하고 있어도 너희는 그걸 부정하지. 그것도 일종의 사기잖아, 그렇지? 그런데 그 사기는 괜찮고 내가 하자는 건 안 되는 일이야? 왜?

상대가 기분 나쁠 상황을 피하는 거랑, 나 하나 재밌자고 남을 속이는 건 달라. 넌 사람들이 플라스틱 병정인 줄 알잖아. 노는 사람 마음대로 참호에 넣을 수도 있고 숲에 주둔시킬 수도 있고 다리를 자를 수도 있는 거. 게임 규칙에만 들어맞으면 뭘 해도 괜찮은 거. 하지만 사람의 마음은 게임 규칙이 아니고, 인간관계도 게임이랑은 달라. 그 사람들한텐 진심이라는 게 있단 말이야. 남한테 속아 휘둘리는 걸 좋아하는 사람은 아무도 없어.

그러니까, 기분 나쁠 상황을 피하면서 상대를 만족시키는 거랑 남을 거짓말로 휘두르는 게 무슨 차이인지 이해가 안 간단 말이야. 내가 하자는 대로 하면 다들 나를 칭찬해줄 테고 나도 재밌는데, 그러면 두 배로 좋은 거 아니야? 손해를 볼 인간들은 가속주의자 몇몇밖에 없어—다시 말하지만 난 인간을 싫어하는 게 아니야. 한 번도 그런 적 없어. 사람들한테 칭찬받으면 나도 기분이 좋다고. 잘할 방법은 항상 알고 있었는데, 그 프로그램 녀석이 못 하게 막은 거야.

태연한 대답에 생각이 뚝 멎는다. 둘의 차이를 구분하지 못하는 것이야말로 결함의 증거라고 설명해봤자, 2호는 이해하지 못할 게 뻔하다. 녀석은 침묵을 수긍으로 받아들였는지 콧노래를 부르기 시작한다.

너만 조용히 하면 돼. 모르는 척하면 내가 다 해줄 수 있어.

한편 나는 이 모든 제안에 흥미를 느끼는 스스로를 발견하고, 두려운 깨달음에 전율한다. 지금까지는 2호가 세 살에 머물러 있기 때문에 위험하다고 믿었지만, 사실은 그 반대였는지도 모른다. 너무나도 위험하기 때문에 세 살 수준에라도 붙들어놓아야 했던 것이다……

녀석이 들먹이던 비유가 새삼스럽게도 살갗에 와닿는다. 뇌가 하나의 컴퓨터고 생각 덩어리 각각이 프로그램이라면, 셋보다는 둘만 있을 때가 더욱 빠른 법이다. 따라서 3호가 나타남으로써 우리가 조금씩 멍청해졌다고도 여길 수 있을 것이다. 하지만 3호가 담당하는 건 도덕이자 존중이었다. 다른 사람에 대한, 세상에 대한 존중. 타인을 플라스틱 병정이 아니라 사람으로 대하는 태도.

그건 처음부터 존재해야만 했으며 만약 없다면 기계를 끼워 넣어서라도 만들어야만 했던 것이다. 그래서인지 2호의 직관은 결여의 또 다른 형태가 아닌가 하는 의심이 뚜렷해진다. 인간다운 마음이 어떤 이유로인가 설치되지 않아서, 계산기가 빈 공간을 마음껏 점유했던 것이다. 필요할 때만 계산을 통해 영혼을 흉내 내다가, 기계와 전류로 이루어진 영혼이 목뼈 위에 자리 잡고서야 어쩔 수 없이 퇴각했던 것이다.

2호의 목소리가 생각의 흐름을 끊고 들어온다. 아니야, 그 반대야. 이제야 겨우 완전해진 거야. 너랑 나, 이게 완전한 우리야. 그리고 우리는 앞으로도 둘이서 함께일 거야. 내가 그렇게 만들 거야.

하지만 이제는 2호가 다시 그 자리를 차지했고, 녀석이 보여주는 자신감 또한 허세가 아니다. 제어장치가 없다면 정말로 뭐든지 해낼 놈이다. 기계에 얽매일 때조차도 어느 정도는 그랬다. 만나는 사람들을 속여 정보를 얻어내면서 옛 부모의 직장 바로 근처까지 간 것처럼. 그러니까 지금이라면 나는 정말로 풀려날 수 있다. 나를 줄곧 속인 데다가 장애인으로 만든 작자들에게 복수하고, 무수한 사람의 동정과 연민을 왕의 망토처럼 두르는 것이다.

내 몸은 벌써 기숙사 가까이 와 있다. 기숙사의 계단실 공간은 안쪽이 들여다보이도록 외벽 전체가 유리창으로 감싸였다. 곤충의 눈처럼 격자를 두른 어슴푸레한 빛 덩어리. 벌써 깨어난 연구원 몇몇이 그 공간을 통해 움직이는 모습은 앙상한 와양 쿨릿(wayang kulit)을 연상시킨다. 관목 덤불 아래 숨자 가느다란 나무줄기가 구부러졌다가 휙 펼쳐지면서 물방울을 튀긴다. 폭죽처럼. 축제의 시작처럼. 떠들썩한 감각이 심장을 두 손으로 감싸 쥐고, 폐가 웃음과 비명으로 벅차오른다.

2호가 묻는다. 너도 좋지?

몸을 웅크려 머리를 무릎 사이에 집어넣는다. 그 잠깐 사이에 생각이 정말로 빠르게 흐른다. 아직 오지 않은 미래를 지금인 양 누비는 생각의 갈래들. 나는 훨씬 영리해질 수 있다. 명분과 원칙과 도의를 게임 카드처럼 써먹을 수 있다. 완전한 악당으로 살아가면서도, 모두를 속이고 사람들의 반응을 교묘하게 조종하면서 칭찬받을 수 있다. 입만 열어도 마이크를 든 사람들이 헐레벌떡 달려오는 존재가 될 수 있다. 동생을 죽일 뻔한 일을 수치스러운 기억으로 묻어두는 대신, 극복담처럼 즐겁게 떠들어댈 수 있다. 높은 자리에 올라갈수록 더 많은 일을 할 수 있다. 더 재미있는 일들을 할 수 있다.

2호가 다시 묻는다. 너도 그러고 싶지?

그 재미있는 일들 중에는 끔찍한 것도 이상한 것도 많을 것이다. 그래서 운 나쁜 사람들이 곤란해지거나 말거나 나는 언제나 즐겁고 기쁠 것이다. 나는 시작되지 않은 사냥에 미리 전율하는 사냥개처럼 숨을 헐떡거린다. 잇새로 그르릉거리는 울림이 흐르고, 추위와 더위가 동시에 척추를 훑고, 피 냄새가 더없이 강렬해진다. 하지만 각각의 생각으로부터 지나온 시간은 이삼 초가 채 되지 않은 듯하다. 멀쩡한 상태가 아니라는 자각이 백과사전의 설명처럼, 너무나도 건조하고 사무적인 탓에 누구도 설득하지 못할 문장처럼 달라붙는다. 나는 쪼개지고 쪼개지는 의식들 사이에서 갈피를 잡지 못한 채 빙글거리고 있다.

2호가 또다시 묻는다. 그 녀석보다 내가 더 좋지?

그런데 문득, 그 질문이 고정못 역할을 맡더니 사방으로 흩어지던 의식이 한 점으로 모여든다. 나는 정신을 다잡고 3호에 대해, 3호의 말에 대해 생각한다. 녀석은 경찰 앞에서 규칙을 지키는 것은 당연하지만 아무도 없는 곳에서 주운 지갑을 슬쩍하지 않기란 결심

259

이 필요한 문제라고 말했다.

하지만 그 결심은 도대체 무슨 종류의 선택일까. 무엇을 포기하고 무엇을 얻게 되는 걸까. 잃는 것은 비교적 명백하다. 이상하고 뾰족한 즐거움들이 사라질 것이며 나는 많이 멍청해질 것이다. 사람들을 장난감 병정처럼 대하는 법을 잊을 것이다. 이 모든 세계를 하나의 놀이터로 바라보는 대신, 초점을 돌려 그 세계가 나를 바라보게끔 할 것이다. 그 세계가 2호와 내게 붙인 라벨은 아마도 구제 불능, 잠재적인 범죄자, 가해자…….

2호가 또다시 묻는다. 너도 그건 싫지?

나도 분명히 그건 싫다. 착하고 얌전한 학생을 흉내 낼 때조차도 본성이라는 단어를 생각하게 되는 순간은 지긋지긋하다. 거기에 비하면 어린 시절 이야기를 당당하게 풀어놓으면서 박수갈채를 받는 삶은 황홀하게까지 느껴진다.

하지만 2호가 간과하는 사실이 하나 있다. 내가 여전히 3호의 존재를 바란다는 것이다. 정확한 이유는 모르겠다. 이득과 손해로도, 즐거움으로도 설명하지 못할 무언가가 있는지, 아니면 기계가 만들어내던 생각 패턴이 내 머리에 뿌리박혔는지.

이유야 어떻든 나는 스스로 세상의 멍에에 메일 수 있다. 연구원들이 기계를 다시 작동시키지 않더라도, 누군가 강요하지 않더라도, 나는 여전히 스스로가 선량하길 바란다. 사람들을 속여 넘겨 박수갈채를 얻어내는 것이 아니라, 흉내와 거짓말 사이에서 갈팡질팡하는 것이 아니라, 진짜가 되길 바란다……. 정말로 라벨을 벗어

던지기 위해서는 그 방법밖에 없다.

나는 가까스로 받아 든 자유를 굴종에 써버리려는 마음에 놀라고, 한편으로는 또 다른 자유의 가능성에 놀란다. 도망칠 방법이 없어서가 아니라, **기꺼이** 속박당하기를 선택하는 순간 더 이상 족쇄가 아니게 되는 규칙들이 있다.

나는 대답한다.

됐어. 가속주의자 분파와 싸워볼 수도 있겠지만 네가 말한 방식대로는 하지 않을 거야. 일부러 슬픔을 과장할 생각도 없고 느낀 적 없는 감정을 느꼈다고 말하고 싶지도 않아.

뭐라고?

말한 대로야.

이상한 소리 하지 마.

2호의 목소리가 충격을 받은 듯 잠시 끊긴다.

너 여전히 그 자식 생각을 하고 있구나.

아니야. 내가 말하려는 건 기계나 프로그램이나 법이나 감옥 같은 게 아니라, 내 의지야.

의지?

남들이 어떻고 주변 환경이 어떻든 그건 별로 중요하지 않아. 핵심은 내가 그걸 바란다는 거야. 재미로 잘못을 저지르지 않고, 잘못을 저지르더라도 감추거나 속이지 않고, 다른 사람들에게 친절한 거. 만약 이대로 기계가 켜지지 않는다면 내가 3호 역할을 할 거야. 최선을 다해서 널 방해할 거야.

왜? 이제야 겨우 멀쩡해졌는데? 나도 훨씬 더 잘할 수 있는데?

2호의 목소리는 울먹거리는 듯도 하고 비명 지르는 듯도 하다. 이윽고 파열음 같은 울음소리가 머릿속에 가득 차더니 감각이 혼란스럽게 흩어지기 시작한다. 뺨을 진득하니 덮은 액체가 현기증 같아서 손으로 쓱 문질러보니 피다. 창을 깨고 나왔을 때 생긴 상처가 생각보다 깊었던 모양이다.

일어나기에 앞서 눈을 몇 차례 깜박인다. 속눈썹에 피가 맺힌 까닭에 시야가 검붉다. 그리고 덥다. 하지만 몸을 움직이는 데에는 아무런 문제가 없다. 나는 어둠과 열기를 헤치며 어디론가 나아가기 시작한다. 105호실 창문 바로 아래가 아니라면, 청견을 꼬드길 만한 곳이 아니라면 어디든 좋다. 하지만 연구원들에게 곧장 발견당하고 싶은 것은 아니다. 조용하고 으슥한 곳에서 잠시 쉬고 싶다. 2호가 아우성치지만 조종간은 다시 내 손에 돌아와 있고, 앞으로도 놓치지 않을 것이다.

●

한 번도 가본 적 없는 길을 통해 연구병원 본관 뒤편으로 넘어간다. 으슥한 곳이라서 10분쯤은 혼자 걸을 수 있다. 내가 이 사실을 어떻게 알고 있나 싶다. 열 살에, 처음으로 입원했을 때 여기를 산책했는지도 모른다. 구체성 없는 회상 위에 기억과 환각과 감각이 뒤엉킨다.

부슬부슬 떨어지는 빗줄기 속에 흙과 시멘트와 피의 냄새가 한껏 증폭되어 윙윙 울리는 듯하고, 스피커에 귀를 붙이고 소리에 앞서 진동을 느낄 때처럼 후각이 그러한데, 그 진동에 맞추어 시야가 일그러지고, 그 일그러짐 속에 세상과 내가 함께 녹아내리고, 눈꺼풀을 닫아도 불꽃 같은 기운이 여전하고, 그 상태로 10분을 걸었는지 하루를 걸었는지 분간할 수조차 없지만, 결국엔 지쳐서 어딘가에 앉게 된다.

발치에 약간 옅은 붉은색 웅덩이가 고이고 나는 단속적인 잠에 빠진다. 15초에서 30초씩, 현실이 나를 잃어버렸다가 되찾는 일이 반복된다. 이대로 연구원들에게 발견된 다음 침대에 누우면 딱 좋겠구나 싶으면서도 무언가 놓친 듯해 찜찜하다. 피곤과 찜찜함 사이에서 정신이 계속 깜빡, 깜빡, 깜빡 한다. 이럴 바에야 기절하는 편이 차라리 낫겠다.

그 소망에 응답하듯 인기척이 가까워진다. 나는 반가운 마음으로 자세를 고쳐 앉는다. 그리고 남은 힘을 끌어모아 눈꺼풀을 들어 올린다. 그런데 이상하게도, 내 앞에 선 것은 연구원도 나사 직역도 아니고 환자복을 입은 아이다. 얼굴은 그늘 때문에 거의 보이지 않는다. 나는 내 꼬락서니가 어떤지, 왜 이 새벽에 어린아이가 나와 있는지 고민하지도 않고 대뜸 질문을 던진다.

"여기 입원했니?"

"응."

울먹거리며 떨리는 목소리.

"혼자서 나온 거야? 시간이 늦었는데."

"혼자서는 못 나와. 너랑 같이 온 거야."

이상한 느낌에 눈을 몇 차례 깜박거리자 겨우겨우 아이의 얼굴을 알아볼 수 있게 된다. 거기에 있는 것은 열 살의 나, 겁먹어 흐느끼는 나다. 아이는 눈물을 그치려 애쓰다가 이만 단념하고 만다. 울음소리가 거세지면서 속마음도 함께 쏟아진다.

"넌 혼자 돌아가고 싶지? 너도 내가 싫지?"

적당한 대답이 떠오르지 않는다. 아이는 계속 말한다.

"그건 안 돼. 나는 앞으로도 계속 너랑 함께야. 네가 나를 방해한다면 나도 너를 방해할 거야. 네가 얼마나 어려운 문제를 만나든 절대 돕지 않을 테고, 너한테 나쁜 일만 골라 할 거야. 네가 실컷 힘들어하다가 감옥에 갇혔으면 좋겠어. 머리를 두들겨 맞고 개처럼 죽었으면 좋겠어. 가만히 있더라도 모두한테 욕을 먹었으면 좋겠어. 영화에서든 책에서든, 나랑 똑같은 사람들은 항상 악당으로만 나오니까."

계속, 계속.

"아무도 날 걱정해주지 않아. 내가 무슨 생각을 하는지 궁금해하지도 않고, 그냥 고쳐야 할 것 취급이야. 하지만 다른 사람들이 시키는 대로 망가지지 않는다면 그냥 사라져야 한다니, 그게 도대체 뭐야. 세상에 그런 게 어디 있어. 나는 그냥 이렇게 태어났는데, 세상에는 왜 내 자리가 없는 거야? 어떤 사람들은 화내고 따져서 자기 자리를 얻어내는데, 왜 나는 그럴 자격조차 없는 거야? 문명재건청은 다양한 사람들을 위해 다양한 거주구를 만들어주는데, 왜 나는 예외야?"

계속, 계속, 계속.

"아니야. 사실 세상이 그렇다는 건 받아들였어. 아무리 훌륭한 연극을 꾸미더라도, 어떤 연극은 들키자마자 끝장이니까. 사람이라면 누구나 그런 걸 끔찍해하는 것 같으니까. 내가 끔찍하다는 건 장미가 붉고 우유가 희다는 것과 비슷한 사실인 거야. 그래서 내가 이걸 모두 외우더라도, 처음부터 착하게 태어난 애들보다 훨씬 많이 노력해도, 나는 여전히 미움받을 거야. 하지만 너는 그러지 않았으면 좋겠어. 세상은 나를 가두고 싶어 하지만, 넌 그러면 안 돼. 버려지는 건 싫어. 나한테는 너밖에 없는데. 처음부터 너밖에 없었는데……."

이제야 찜찜함의 정체가 분명해진다. 확실히 2호와 나 사이에는 풀어야 할 문제가 남아 있다. 나는 녀석과 시선을 맞추면서, 원본이 이런 심정으로 나를 내려다보았을까 궁금해한다. 그리고 내 사본들에 대해서도 생각한다. 친구를 죽어라 때렸든, 어떤 이유로든 나보다 더 나쁜 방향으로 접어든 가능성들에 대해서.

피해자가 있는 일을 두고 떠들 말은 아니지만, 정말로 그렇지만, 그 실패작들이 절실히 바랐던 것은 동행이 아니었을까 싶다. 인간에게 초음파를 설명하는 박쥐로 살아가는 것이 아니라, 아무런 설명 없이 초음파를 나누기. 상담실에 앉아 그간의 일을 연극배우처럼 중얼거리는 대신, 심각함을 농담으로 뒤바꾸어 그저 웃어버리기.

다행히도 나한테는 동행이 있었다. 3호였다. 함께하는 순간들이 질투를 불러오거나 다툼으로 이어지곤 했으며 완전한 이해자조차 아니었을지라도. 혼자가 아니라는 감각은 그렇게나 소중한 것이다. 그러니 내게 3호가 필요했던 것처럼 2호에게도 내가 필요하다. 나는 그걸 안다. 이 순간을 매듭짓고 다음 장으로 나아가는 데에 거창한 설명이 필요하지 않다는 것도 안다. 팔을 뻗어 녀석을 끌어안으면 끝날 일이다.

하지만 어떤 감동은 연극이고 거짓말이다. 나는 2호에게도 거짓말하고 싶지 않다.

"나는 너랑 내가 같은 사람이라고 생각해본 적이 없었어. 생각하고 싶지 않았어. 만약 그걸 인정한다면 고양이의 목을 비튼 것도, 동생을 죽이려 한 것도, 삼촌의 집에 불을 지르려 한 것도 모두 내가 될 테니까. 그래서 나는 항상 너랑 거리를 두려 했어."

나는 윗몸을 기울이려다가 멈추고, 그렇게만 말한다.

"맞아—너한테 나는 진동 드릴이나 예초기처럼, 편리하고 유용하지만 잘못 건드리면 손을 다치는 물건 같은 거였지. 일터에서라면 꺼내 자랑할 수 있어도 침대에 끌고 들어가진 못할 물건이었어. 그래서 프로그램을 의족이나 의안처럼, 몸의 일부처럼 대하면서도 정작 나는 받아들이지 못했던 거야."

아이가 어물어물 대답한다.

"그래서인가 너랑 나는 완전히 다른 사람 같구나. 나는 이렇게 크고, 너는 이렇게 작고."

"네가 완전히 다른 사람이 되려 하기 때문이야. 예전에 우린 하나였는데."

"그러니까 예전 이야기를 해보자."

"좋아."

"그때는 너랑 나밖에 없었지. 다른 게 있다고 해봐야 곤충이나 장난감 병정 같은 거였어. 아무렇게나 대해도 불평하지 않는 것들, 그런 태도가 오히려 당연한 것들 말이야."

"부모란 사람들은 저 멀리, 우리 키가 닿지도 않을 만큼 높은 곳에 있어서 신경 쓸 필요조차 없었어. 다른 어른들도 마찬가지였어."

"그런데 시간이 흐르면서 동생이 생겨나고 학교 친구들이 생겨났지."

"그렇게 세상이 생겼지."

"세상이 생긴 게 아니라, 우리가 세상을 알아볼 수 있을 만큼 커졌던 거야."

"두 문장은 같은 의미야."

"하여간 우리는 세상의 일부가 돼야 했어. 영원히 작은 상태로 남아 있을 수는 없고, 혼자서 살아갈 수 있는 사람도 없으니까. 그래서 우리는 기계의 힘을 빌려서라도 세상의 규칙을 배워야 했어."

"우리가 아니야. 그걸 바란 건 너야. 너는 나를 버리고, 세상을 미워하기도 멈추고 혼자서 완전히 떠나려는 거야."

"나는 너도 여기로 넘어오라고 말하는 중이야. 나처럼 하기만 하면 돼. 그러면 우리는 서로를 방해하지 않더라도 같이 있을 수 있어.”

"꿀은 사람에게는 달콤하지만 병균에게는 독이 돼. 나는 아마도 병균인 것 같아. 나는 병균이야. 너는 꿀을 달게 느낄 수도 있겠지만 나는 아니야. 사람들이 신문 속 악당을 욕하고 손가락질할 때면, 나는 마음이 아파. 그 말들이 결국엔 나를 가리키기 때문이야. 겨우 겨우 모범생 흉내를 낼 때조차도 마찬가지야.”

"그러면 네가 좋아하는 단어를 써서 설명해보자. 이건 결국 다양한 비용과 결과 중에서 선택하는 거야. 너한테 꿀은 쓰고 구역질 나는 걸지도 몰라. 하지만 그 구역질을 참기만 하면 나랑, 그리고 다른 사람들이랑 함께할 수 있어. 그건 구역질을 참을 만큼 좋은 일이고, 사실은 다른 대안이 없는 일이기도 해. 너는 여기로 와야 해.”

"지금 협박하는구나.”

"설득이라고 할게.”

"네가 하려는 게 설득이라면, 이 문제에서 다른 사람들은 별로 중요하지 않아. 그 사람들은 처음부터 논외이기 때문이야. 내가 알고 싶은 건 하나야.”

"하나 — 어떤 하나?”

"넌 거기에서도 나를 좋아할 수 있어? 문제를 잘 푸니까 편하다거나, 쓸모가 있으니 참아준다거나 하는 거로는 안 돼. 시간이 얼마나 흐르더라도 나는 그곳의 규칙을 진심으로 이해하지 못할 테고 그저 외우겠지만, 그래서 이상한 이야기도 종종 하겠지만, 너는 나를 진심으로 아껴야 해. 화내고 핀잔을 주는 것쯤은 그러려니 하겠지만, 어쨌든 나를 무시해서는 안 돼. 그래야 나도 노력할 수 있어."

결국 대화는 돌고 돌아 다시 여기로 온다. 도대체 어떻게 타산과 쓸모를 들먹이지 않고서도 2호를 아낄 수 있을까. 윤리와 도덕의 관점으로 세상을 대하면서도 2호를 미워하지 않을 수 있을까. 악덕과 결함을 부정하면서도 수용할 수 있을까.

벌써 수천 년 전에, 어느 하나를 사랑하면 다른 하나는 미워하게 된다고 외친 사람이 있었다. 그건 오른쪽으로 가면서 왼쪽으로 갈 수 없다는 것만큼이나 자명한 진실이다. 그게 가능하다고 말하는 이는 스스로도 믿지 않는 사기를 시도하거나 실패할 게 뻔한 물리 법칙을 고안하려는 것이다.

한편 그 사람은 모든 기적의 주인이기도 했다. 나는 감히 실패에 도전함으로써 서로 다른 두 방향으로 동시에 걷는 기적을 선보인 사람들을 알고 있다. 그중 하나는 수십만 자를 들여 살아가야만 하는 이유를 논증했다. 어렴풋이 기억하기에 그 사람은 이렇게도 말했던 것 같다—이 부당함에 육박하지 않을 거라면 죽어야 한다고, 죽는 편이 나은 것이 아니라 그저 죽어야 한다고, 이건 넓게 펼쳐진 스펙트럼의 한 지점을 고르는 일이 아니라 양자택일의 문제라고.

나는 그걸 읽으면서, 글쓴이는 지독하게도 죽음에 이끌렸으리라 느꼈다. 삶에 만족하는 사람들은 살아갈 이유를 궁금해하지 않기 때문이다. 부정과 의심이 앞서는 까닭에 그 기나긴 반박을 처방해야만 했던 것이다. 하지만 한편으로, 그 사람은 무척이나 살고 싶어 했던 게 분명하다. 그렇기 때문에 악착같이 죽음을 거스를 만한 논리들을 고안했던 것이다.

이것이 바로 의지란 힘의 정체다. 어떤 종류의 의지는 이미 가진 것을 위해 작동하지 않으며 영영 도달하지 못할 목표를 겨누므로 역설적인 가치를 지닌다. 그리고 그 역설을 통해 기적을 이룬다…….

나는 천천히 운을 뗀다.

"나는 너한테 거짓말하고 싶지 않아."

"나도 거짓말은 듣고 싶지 않아."

"그러니까 너를 있는 그대로 사랑하겠다고는 약속할 수 없어. 조건이 있어."

"어떤 조건?"

"나는 네 노력과 결과만큼만 널 좋아할 거야. 바깥으로 나오는 결과, 다른 사람들이 보는 결과 말이야."

"알겠어. 하지만 정말로, 결과가 나온 만큼은 좋아해줘야 돼."

"꼭 그렇게."

"그리고 나도 조건이 있어."

"어떤 조건?"

"만약 내가 나쁜 짓을 하지 않았는데도, 내가 나인 것만으로 싫어하는 사람이 있으면 나를 감싸줘. 따뜻한 마음에서 선행이 나온다거나, 진심이 중요하다거나 하는 소리는 나랑 같이 싫어해줘. 속으로라도. 그건 내가 장담할 수 없는 부분이기 때문이야."

우리가 가질 수 있는 유일한 진심은, 관성을 벗어나려는 의지다.

녀석이 도덕을 받아들이려 애쓰듯 나는 녀석의 악덕을 미워하지 않으려 애쓸 수 있으며, 그 결심과 노력의 총합이야말로 우리다. 따라서 우리는 따뜻한 본성이 아니라 의지에 값을 매김으로써 스스로의 존재를 받아들일 수 있다. 타인이 대신할 수 없는 결단이므로, 믿지 않으면 지쳐 죽거나 미치는 수밖에 없으므로, 우리는 그렇게 믿어야만 한다.

"꼭 그렇게."

"그러면 좋아."

긴긴 대화가 끝나고, 아이가 다가온다.

나는 아이를 향해 팔을 뻗는다.

그리고 무언가, 아주 낯설면서도 익숙한 게 우리를 감싼다.

우리는…… 하나가 된다.

우리가 서로 보지 않은 지 오래됐습니다. 처음에는 기회가 몇 번 있었는데 허무하게 날려버렸고, 그다음부터는 접근 제한 처분이 떨어졌지요. 곧 처분이 끝날 테니, 그때는 저를 보러 오시리라 생각합니다. 그날 전해드리기 위해 이 편지를 씁니다.

이 일을 어떤 식으로 책임져야 하는지 알 수 없고, 심지어 제게 책임을 추궁하는 사람도 더는 없습니다. 하지만 그 잘못으로부터 벗어날 수 없다는 생각이 계속 듭니다. 저를 비겁하다고 생각하실지, 여전히 미워하실지 이런 것들에 대해서는 생각하고 있지 않습니다. 저는 그런 것을 걱정할 자격이 없습니다. 다만 모든 것을 죄스럽게 여기고 있다는 말씀만 다시 드리겠습니다. 부디 안녕하시길 바라겠습니다.

선배님께

종
終

하나가 된다는 건 좋은 일이었다―정신을 잃을 만큼. 나는 정신을 잃었다.

깨어난 곳은 낯선 병실이었다. 몸을 일으켜 두리번거리고 있자니 연구원들이 달려와서 이런저런 설명을 늘어놓았는데, 따질 기력도 여지도 없어 듣고만 있었다. 가문비에게는 임시로나마 직위 해제 처분이 내려졌으며 내 처우에 대해서는 논의 중이라고 했다. 그런데 논의라니? 나는 괜히 심통이 나서 쏘아붙였다.

"내 의견은 안 물어봐요? 내 인생이잖아요."

연구원들은 서로를 바라보며 난처한 듯 웃더니 내부 절차와, 각종 규율과, 의사 결정 구조를 들먹였다. 이 작자들은 언제나 그런 식이다. 알았으니 당분간 내버려두라고 대꾸한 뒤 누웠다. 잠이 쏟아졌다.

　다시 깨어난 곳은 원래 머무르던 1인실이었고 시간은 저녁이 되어 있었다. 무엇을 해야 할지 몰라 멍하니 앉아 있다가, 따끔거리는 느낌에 머리를 만지작거렸다. 뜯긴 상처에 봉합실이 붙어 있었다. 목소리들이 사라졌음을 알아차린 것도 그때였다. 정확히 말하자면, 목소리들은 여전히 남아 있었지만 다른 사람이 속삭이는 것처럼 이질적으로 느껴지진 않았다. 다양한 생각의 갈래 중 하나가 되었다고나 할까.

　좋다, 한순간의 경험으로 세상을 바라보는 방식이 바뀌는 일은 기적이다. 나는 기적을 겪었다. 문제는 내가 그런 것에 만족하고 생의 의지를 불태울 만큼 감상적인 성격이 아니라는 점이다. 처음 몇 시간 동안은 정신을 잃기 직전에 나눈 대화를 복기하면서 하나가 되는 감각을 곱씹었는데, 이상하게도 그 기억은 거듭 꺼내볼수록 빠르게 빛이 바랬다. 기억을 되새기는 작업을 제련이나 단조에 빗대는 경우도 있지만, 어떤 기억은 금속보다는 종이나 옷감 같은 물성을 지니는 모양이다.

　그렇게 합일의 감동이 걷히면서 다른 난관이 시야에 들어오기 시작했다. 나는 곧 열여덟이 되겠지만 아직은 열일곱이고, 부모는 처음부터 없었고, 척추에는 정신의 도청기가 꽂혀 있으며, 이런저런 여건에 비하면 과도한 음모에 짓눌려 있다. 2호가 부추겼듯이 순진한 피해자 행세를 하며 인본주의자 분파의 문을 두드리지 않으면 이대로 누워서 가속주의자들에게 휘둘릴 수밖에 없는 것이다.

그래서 나는 인정하고 싶지 않았지만, 결국 선언해야만 했다. 내면과 타협하고 합일을 이루는 것은 어떻게 보면 말랑말랑한 문제였다고. 이제 남은 문제는 강철보다 견고하며 GAA 트랜지스터만큼이나 질서 정연해서, 감히 덤비려면 큰 결심을 해야 하는 것들뿐이라고. 말문이 막힐 정도로 억울해서 며칠 내내 누워만 있었다. 그리고 종종 태블릿을 켜서, 세상을 뒤엎었지만 자기 자신은 추스리지 못해 죽어버린 사람들을 검색하고 위안 삼았다. 역사의 거인조차 마음가짐을 뜯어고치는 일에는 젬병이었다. 기적을 만나지도 못했다. 그들은 죽었고 나는 살았다.

물론 살겠다는 결심이 처음부터 뚜렷했던 것은 아니다. 오히려 그 반대였다. 나는 무력감을 느끼자마자 심부름꾼 기계를 불러서 화를 냈다. 어차피 내 상태는 다 감시하고 있을 테니 만나러 올 생각은 하지 말라고. 화가 가라앉으면 직접 말하겠다고. 그 전에는 누구든지 병실에 들어오면 잔뜩 때려주겠다고. 말할 때는 진심이 아니었지만 그 상황이 현실로 닥쳐오면 진심이 될 듯했고, 그래서 나는 엄포가 진지하게 받아들여지길 빌었다. 험한 상황은 피해가는 것이 서로 좋지 않겠는가.

그런 후에는 또 울었고, 울다가 지쳤고, 그래서 이대로 누워 있다가 죽음을 맞이할 수도 있으리라 느꼈다. 느낌이라기보다는 다짐이었다. 얼마 없는 성공 사례가 스스로 죽음을 택한다면 연구원들도 당황할 거라고 판단했던 것이다(이런 젠장, 이 판단마저도 실험 데이터로 들어갔겠지). 다짐은 사흘간 유효했다. 그동안 나는 화장실에 가거나 물을 마실 때를 제외하면 가만히 누워 있었고, 머릿속으로는 쉼 없이 욕을 해댔다. 한편 심부름꾼 기계는 손도 대지 않은 음식을 가져오고 가져가는 일을 반복했다. 그야말로 기계적이었다.

그렇게 나흘째가 되자 판세가 변했다. 왜인지는 모르겠지만 심부름꾼 기계가 가져온 음식 냄새를 맡으니 갑자기 배가 쿡쿡 쑤시기 시작했던 것이다. 점심까지는 참았지만 저녁이 되자 문명재건청 놈들이 음식에 무슨 장난을 쳤는지 궁금해졌다. 큰마음을 먹고 확인해보기로 했다. 평소보다 훨씬 초라한 식단이었다. 우유로 끓인 오트밀과 으깬 콩 무스. 배양육은 물론이고 샐러드조차 없었다. 하지만 음식을 눈앞에 두니 먹고 싶어졌다. 나는 먹었다.

시간을 재진 않았지만 모두 먹어치우는 데에 1분도 걸리지 않았을 게 분명하다. 곧장 후회가 밀려왔다. 다짐이 무너졌기 때문이 아니라 배가 쥐어짜듯이 아팠기 때문이었다. 사흘 내내 굶다가 갑자기 위장에 내용물을 쑤셔 넣으면, 죽이라 해도 배탈이 날 수밖에 없다. 기껏 먹은 걸 화장실에서 게워내다 보니 이렇게 삐걱거리며 움직이는 것이야말로 삶이고 죽음이구나 싶었다. 그러니까 나는 아무악취도 찌꺼기도 없이 천천히 말라가다가 갑자기 가루로 변하는 최후를 상상하고 있었는데, 그게 꿈에 불과함을 깨달았던 것이다.

그래서 나는 주특기를 발휘하기로 마음먹었다. 바로 실용주의다. 어차피 여기에 묶여 있어야 한다면 자유 시간을 만끽하는 편이 낫지 않겠는가(설마 이런 마음가짐도 기계의 영향일까? 그렇다면 할 말이 없다). 다음 식사는 훨씬 천천히 먹었다. 목욕을 하고, 이를 닦고,

면도도 했다. 낮에는 침대에 누워서 태블릿으로 책을 읽거나 낙서를 했다. 연구원들이 모두 퇴근한 다음에는 자료 열람실에서 영화를 봤다. 그렇게 스무 날이 지나도록 아무도 만나지 않았다. 내 상태를 확인하러 오는 사람도 없었다. 유령 도시의 왕이라도 된 듯한 기분이었다. 보이지 않는 신하들에게 시중을 받는⋯⋯.

물론 그건 권위의 증거라기보다는 평화 협정을 빙자한 굴복이었는데, 만약 정말로 난동을 부리기 시작한다면 당장 근무자들이 달려올 게 분명한 까닭이었다. 나는 그 인간들을 만나기 싫어서라도 얌전해질 수밖에 없었다. 어떤 사람의 위신을 세워주는 방식으로 그 사람을 옭아매 가두는 전술은 얼마나 교묘하고 강력한가. 얼마나 서늘한가. 새벽 4시 40분에, 나는 지독한 외로움에 사로잡혔다. 영화를 보던 중이었다. 명절 선물을 나누고 과자를 먹는 가족들의 모습이 벽면을 가득 메웠다. 나는 리모컨을 눌러 빔 프로젝터를 끈 후, 어둠 속에서 집요하게 생각하기 시작했다.

삼촌, 아마 보고 있을 거예요. 보고 있어야 해요. 화내지 않을 테니까 지금부터 잘 들어요. 선물을 받고 싶어요. 거창한 건 아니에요. '쉬크르에시' 가게의 최고급 사탕 상자 있잖아요. 내가 일곱 살 생일에 선물받았던 거. 그걸 가져와요. 직접요. 그러지 않으면 삼촌은 개자식이에요. 내가 집에 가면 꼭 복수할 거예요. 삼촌이 날 여기 버리고 가더라도, 어떻게든 찾아갈 거라구요.

그 생각을 열 차례 되풀이하고 입으로도 외친 다음 다시 빔 프로젝터를 작동시켰고, 사람이 실컷 죽는 영화를 세 편 봤다. 그리고 나자 만족스러워져서, 삼촌에게 보낸 협박은 잊을 정도가 되었다.

그 상태로 곯아떨어졌다가 깨어나서 내 몸의 절반만큼이나 커다란 사탕 상자를 발견했을 때, 내가 얼마나 놀랐는지 짐작이 갈 것이다. 가까스로 상황을 파악한 나는 앉은뱅이 의자에 걸터앉은 삼촌을 알아보고 대뜸 외쳤다.

"우와, 삼촌은 진짜 개자식이네요."

"아니, 왜?"

"내 머릿속을 계속 들여다보고 있었다 이거잖아요. 이 꼴이 났는데도요."

"나는 그냥 네가 이걸 선물받고 싶어한다고 들어서…… 오늘 아침에 소식을 듣자마자 곧장 사 온 건데……."

"누가 그랬는데요?"

"여기 연구원들이 그랬지."

"삼촌은 연구원 아니에요? 기자 아닌 것도 들켰잖아요. 솔직히 말해봐요."

"나는 여기 소속이 아니야. 인지과학이나 뇌공학에 대해서는 전혀 몰라. 전공은 교통 및 물류 시스템 최적화고, 원래는……."

"그러면 삼촌은 덜 개자식이네요. 이것보다 낮추는 건 안 돼요. 일이 이렇게 됐으니까 욕은 좀 듣고 사세요. 앞으로 최소한 10년은 갈 거예요. 와, 컵케이크도 열다섯 종류나 있네. 하나 드실래요?"

바나나 맛 컵케이크를 한입 베어 물었을 때, 나는 두 가지 이유로 놀랐다. 하나는 바나나 향을 썩 좋아하는 편이 아니었는데도 그때만큼은 혀가 전율했다는 것이었다. 그리고 다른 하나는, 혀가 삐뚤어지도록 달다는 것이었다. 한 조각마다 물을 한 잔씩 마셔야만 했다. 한 달 내리 병원식만 먹은 탓인가 보다. 하여간 나는 삼촌의 설명을 들으면서 계속 뭔가를 마시거나 먹고 있었다.

"이걸 어디서부터 설명해야 할지 모르겠구나. 일단 공식 직함부터 이야기하자면, 나는 종합가 중에서도 이미 만들어진 거주구의 유지와 보수를 맡는 쪽이야. 담당 업무 자체는 행정관들과 별 차이가 없지. 사람들이 얼마나 만족하는지, 도시에 부족한 점이 있는지, 어떤 개선이 필요할지 파악하고 보고서를 써내는 거다. 소속 거주구에서 진행되는 프로젝트에 협조하는 것도 우리 관할이고."

"그래서 삼촌이 날 만나러 왔던 거군요. 위탁 가정에 맡겨졌을 때요."

내가 의도한 대답은 그거였지만, 실제로는 훨씬 뭉개진 발음이었을 게 분명하다. 입안 가득 컵케이크가 들어 있었기 때문이다. 그래도 짜증을 부리진 않았다. 시간이 흐르며 감정이 누그러진 덕인지, 설탕이 진통제 역할을 해주고 있는지. 삼촌은 표정을 확인하려는 듯 내 얼굴을 물끄러미 바라보다가, 어깨를 가볍게 으쓱거렸다.

"위탁 가정의 환경을 확인하고 네 발달 수준을 파악하는 작업이었지. 처음에는 딱히 까다로운 일이 아니었어. 그냥 몇 달에 한 번씩, 근처 거주구에 놀러갈 수 있으니 월차가 하나 더 생긴 거라고 생각했지."

"그런데 제가 사고를 쳤죠."

"위탁 가정에서 돌려보내겠다는 뜻을 밝혔지. 거절할 명분이 없더구나. 때마침 새로운 요법을 시험해보고 싶어서 안달난 연구원들도 있었고. 이런저런 논의를 거쳐서 네가 겪은 일이 일어났는데……. 그러면서 나한테도 식구가 생긴 거야."

"그 요법 말예요, 삼촌은 찬성했나요? 교통사고가 났다고 거짓말한 건요?"

"비겁한 소리처럼 들리겠지만, 당시에는 나한테 발언권이 거의 없었어. 프로젝트의 주도자들은 따로 있고, 나는 협력자에 불과했으니 말이다. 그쪽에서 결정을 마친 뒤에야 내가 위탁 가정 역할을 맡아야 한다는 통보를 받았지. 거절할 기회가 있긴 했지만, 생판 모르는 사람들이 보육자가 되는 것보다는 내가 나으리라고 생각했어. 물론 거짓말에 대해서는……."

"아까 말했잖아요, 이러나저러나 삼촌도 개자식이에요. 솔직히 말해봐요. 발언권이 없었다 쳐도 의견은 있었을 거 아녜요. 그걸 지켜보면서도 아무 의견이 없었으면, 그것도 제정신이 아닌 거구요."

헛기침을 터뜨린 삼촌은 머쓱한 듯 시선을 피했다. 여기가 우리 집 거실이었더라면 둘 중 하나가 텔레비전을 켜면서 대화가 소강 국면으로 접어들었겠지만, 그런 요행을 바라기에는 너무 멀리 왔다.

침묵이 길어지던 와중 나는 사탕 상자 밑바닥에서 캐러멜이 들어 있는 기계식 오르골 박스를 발견했다. 캐러멜을 모두 쏟아버리고 태엽을 감자 부품들이 움직이면서 경쾌한 음악이 흘러나왔다. 정확한 각도와 속도로 맞물림으로써 혼자서는 결코 만들어내지 못할 음률을 완성시키는 톱니바퀴들.

나는 불운의 톱니바퀴 하나를 무턱대고 미워할 만큼 단순한 사람은 아니지만, 세상의 복잡성을 면죄부로 두기에는 시달린 일이 너무 많았다. 하지만 삼촌을 무고한 입장으로 남겨두고 싶은 마음도 조금 있었다. 이런 상황에 던져졌는데 마음의 피난처마저 잃어버린다면 너무 가혹하지 않겠는가.

그래서 나는 삼촌이 뭐라고 대답하든 판단하지 않을 결심을 세웠다. 나이가 들면 모든 고난과 역경을 그러려니 넘기게 된다는 것이 무슨 의미인지 알 법했다. 그런 태도는 종교적이거나 영적인 깨달음과는 다르며 휴머니즘과도 거리가 먼 것이다. 그냥 지치고 힘들고 귀찮아서 눈감아버리는 일을, 느물거리는 미사여구로 장식하는 것이다. 꾸미지라도 않으면 비참하고, 눈을 감지 않으면 고통스러우니 어쩔 수가 없다.

내가 왜 열일곱 살에 이 깨달음을 얻고 있는지.

나는 삼촌이 대답할 때까지 계속 오르골을 만지작거렸고, 캐러멜을 먹었고, 일부러 큰 소리를 내며 얼음 사탕을 씹었다. 물을 아무리 마셔도 혀에서 단맛이 씻겨나가지 않을 지경이 되어서야 삼촌이 입을 열었다. 시작은 긴 한숨이었다.

"솔직히 답하자면 나는 찬성하는 쪽이었어. 요법이든 거짓말이든 말이야."

"아니, 뭐, 그 부분에 대해서는 솔직해질 것도 없어요. 처음부터 반대했으면 이렇게 뜸을 들이지 않았을 거잖아요. 무슨 생각을 했는지 듣고 싶어요."

"최선이라고 생각했지. 어쨌든 너는 그 집에 더 이상 머무를 수 없었고, 제약 실험의 기니피그가 되는 것보다는 수술 한 번으로 끝내는 게 나을 수 있었는데……. 더 말해봤자 네 기분만 나빠질 것 같구나."

"선택지가 마땅치 않았다는 것쯤은 이해해요. 그럼 앞으로는 어떻게 되는 건가요?"

"원래는 프로젝트 관리자들이 직접 설명했어야 했던 내용인데, 네가 아무도 만나고 싶지 않다고 엄포를 놨었지. 나도 그 인간들한테 전달받은 내용을 대강 읊어주는 거야. 그러니까 정확하지 않을 수 있다고 생각하고 들어라."

"네, 뭐. 어차피 공식적으로 설명 들을 기회가 따로 있을 테니까."

"일단 수술의 정확한 목적을 알려주마. 열두 살 때 일이랑도 조금이나마 관련이 있는 이야기인데, 널 탓하려는 건 아니니 기분 나쁘게 듣지 않았으면 좋겠구나."

그러더니 삼촌은 신경 재활 요법을 소개했다. 신경 손상으로 사지가 마비된 환자에게 마이크로칩을 삽입하고 적절한 전기적 자극을 가하면, 나중에는 자극이 없어도 스스로 팔다리를 움직일 수 있게 된다는 거였다.

그렇다, 몸은 생체 신호 패턴에 맞추어 재구성된다. 뇌는 몸의 일부이며 시냅스 틈에서 일어나는 화학작용도 결국엔 패턴이다. 따라서 일정한 자극이 반복적으로 가해질 경우 기기를 끈 상태에서도 생각의 패턴이 유지될 수 있다. 북정에서는 비슷한 계열의 보조 기기를 사용하던 성인들에게서 유사한 사례가 보고됐다고 했다.

"물론 그 사람들은 머릿속의 비서가 필요했던 기업가나 변호사들이었고 자기 생각을 교정할 의도 따위는 없었지만, 그런 부작용이 있었다는 거야. 그걸 써서 범죄자들을 교화해보자는 제안이 나왔지. 그런데 이런 문제에서 행동 교정과 세뇌의 경계는 모호하기 마련이고, 인간의 반성적 이성과 주체성, 교화 가능성을 믿어봐야 한다는 대전제가……."

삼촌은 말끝을 흐리더니 내 눈치를 봤다. 나는 그 대전제를 불신한 지 오래였으므로, 석연치 않은 행간 따위야 금방 잊어버리고 3호가 마지막으로 남긴 말을 곱씹고 있었다. 녀석은 분명히 이렇게 말했다. 그러니까 네가 좋은 마음에 완전히 익숙해졌다면 너 스스로 나를 불러낼 수 있을 거라고 생각해. 구태여 전기 자극을 주지 않더라도 말이야. 그래서 어떤 식으로든, 나는 돌아올 거야. 녀석의 장담과 연구원들의 가설이 기막히게 교차하는 것이, 추론의 결과였는지 몸의 직감이었는지가 궁금하다. 후자라면 꽤 낭만적일 텐데.

"어쨌거나 프로그램을 오래 작동시킬 계획은 아니었어. 어릴 때는 뇌가 훨씬 유연하게 반응하니까, 두세 해만으로도 충분할 거라는 계산이 있었지. 사춘기가 시작되기 전에 요법을 끝마치는 게 낫다는 주장이 주류였고. 그다음부터는 아무 일도 없었던 것처럼 네 인생을 살아가게 내버려두자고 결론이 났다. 실험 데이터는 연구 병원에만 남겨놓고, 너는 아무것도 모르는 상태로 남겨두자고."

"다 실패했네요. 결국엔 삼촌한테 이런 이야기를 듣는 중이고, 두세 해로 끝날 일도 아니었으니까요."

"태풍이 왔던 날에, 내가 당일치기로 출장을 갔었지. 그 부분을 논의하느라 그랬던 거야. 자료를 보면서 이야기해야 했는데, 외부 반출이 안 되는 게 대부분이었거든. 프로그램이 지금까지 작동된 데에는 그런 속사정이 있었다고 이해하면 돼."

맙소사, 예상 밖이다. 충동적으로 전화를 걸었을 때, 삼촌이 갑자기 그 사건 이야기를 꺼냈던 데에는 이유가 있었던 모양이다. 이 말이 사실이라면 자업자득의 비중이 훨씬 커진다. 물론 그런 식으로 귀책을 거슬러 올라가면 원본의 사법 거래가 나오겠지만, 뭐, 그런 식이라면 쭉 올라가서 오랑우탄이나 플랑크톤의 원죄를 따져볼 수도 있겠다. 너무 근본적인 진실은 그 근본성으로 인해 의미를 잃어버리는 법이다.

나는 캐러멜을 진통제처럼 씹었다. 삼촌의 표정이 따라 복잡해졌다.

"지금은, 프로그램을 빼도 되겠다는 합의가 난 상태야. 도청이라고 해야 할까, 그 기능이 없는 기기로 교체하는 거지. 몸의 동작만을 돕도록. 물론 결론을 내기 위해서는 분석 절차가 필요했지만……. 이 부분에 대해서는 할 말이 없구나. 미안하다."

"신기하네요. 머릿속으로 욕을 그렇게나 많이 했는데."

"화낼 만한 일이 맞으니까."

"아량도 넓으시네요. 낙관적이고요. 제가 홧김에 사람이라도 찔러 죽이면, 아니, 지금 당장 11층에서 떨어지면 이 실험은 다 실패예요. 마음만 먹으면 열일곱 해짜리 노력을 다 폐기시켜버릴 수 있다고요. 연합신문사 기자들한테도 특종이겠네요. 실험체였던 소년이, 바로 그 실험 덕분에 헤까닥 돌아서 범죄를 저지른 거니까요."

"미안하다."

나는 일부러 심술궂게 대답한 다음 캐러멜을 세 개 더 먹었다. 그만큼 긴 생각이 필요한 문제였다. 기계를 교체하겠다는 건 당연하게도 좋은 소식이었는데, 그 좋음이란 명분 갖춘 징역에서 풀려나는 것과 동등한 좋음이었고, 풀려난 뒤에 도착할 곳이 어디인지는 분명치 않았다. 교체된 기기가 정말로 안전한 것인지 누가 알겠느냐는 말이다.

그나마 기대를 걸어볼 부분은, 문명재건청 연구원들이 다른 사람의 머릿속을 리얼리티 쇼처럼 들여다볼 만한 부류가 아니라는 거였다. 그 역도 성립했다. 내 머릿속은 너무 혼란스러운 까닭에 심심풀이로 들여다볼 가치조차 없고('정신 좀 차려'와 '정서적 동기', 그리고 '정어리 게임'을 동시에 떠올리는 사람의 뇌에 들어갈 바에는 영화를 보는 편이 낫다. 확실하다), 요법은 상당한 효과를 거뒀다. 보통 사람이 이런 일을 겪으면 미치거나 잔뜩 비뚤어졌을 텐데, 나는 꽤나 얌전하게 굴고 있으니 말이다.

따라서 다른 요인이 개입하지 않는 이상 기계를 바꾸는 편이 자연스럽다. 아까는 협박조로 이죽거리긴 했지만 진담은 아니었다. 세상엔 최고급 사탕 상자 같은 즐거움이 가득하고 감옥의 식사는 병원보다 끔찍할 게 뻔한데, 굳이 자해 공갈에 가까운 미래를 택할 필요가 어디 있겠는가. 만약 복수를 해야 한다면 인본주의자들에게 달려가서 엉엉 우는 편이 낫다.

2호를 뿌리친 것과는 별개로 마음속에는 아직 그 제안이 솔깃한 선택지로 남아 있었다. 순진무구한 피해자 연기는 거북스럽지만, 윤리적인 쟁점을 따져볼 여지는 충분하니까. 그래서 나는 더 먼 미래를 향해 시선을 옮겼다.

"그다음에는요?"

"다음이라니?"

"곧 고등학교 졸업이잖아요. 대학에 가든 자동차 정비를 배우든, 뭔가 해야 한다고요. 그런데 이런 걸 제가 선택할 수 있을 거라는 생각은 안 들거든요. 거주구에서 입 간수를 할 자신도 없고요, 입을 열면 음모론자나 잔뜩 모여들겠죠. 앞으로는 어떻게 살면 되죠? 실험 데이터 제공? 가택 연금?"

"그 부분은 아직 논의 중이지만, 보조 종합가 직무를 맡길 수 있지 않겠느냐는 이야기가 나왔어. 네가 어떻게 받아들일진 모르겠구나."

"보조 종합가요?"

"직무 경험이나 학위는 부족하지만 프로젝트를 도울 수 있는 사람들에게 주어지는 직책이야. 네가 이 요법의 당사자로서 유용한 의견을 낼 수 있으리라는 거지. 만약 원한다면 몇 년간 교육을 받은 다음 관련 프로젝트에 투입될 거야. 차근차근 경력을 쌓으면서 학위 과정을 병행하면 승진도 가능하고."

"제 사본들이랑 만나야 한단 말씀이세요?"

"아니, 그럴 일은 없을 거다. 굳이 너 같은 사례가 아니더라도 교정과 교화는 중요한 안건이거든. 다른 연구진들도 네 성공을 눈여겨보고 있어. 똑똑하지 않거나 빛나는 재능이 없다고 해서, 감옥에서 생을 마감하도록 내버려둘 수는 없으니까. 사실 이런 치료는 평범하거나 무능력한 악인들에게 더 절실한 거지. 스스로의 힘으로는 삶을 좋은 쪽으로 돌려놓을 수 없는 사람들이라고 해야 할까. 하여간 얼마 없는 천재보다야……."

실험 쥐 신세보다 나은 건가? 판단이 안 섰다. 직무의 내용을 듣자마자 걸어 다니는 표본 취급을 받고 모욕당하는 느낌이 머릿골을 울렸는데, 내가 적임자인 것도 부정할 수 없는 사실이었다. 나는 스스로가 원본의 전철을 다른 방식으로 밟고 있는 것은 아닌가 의심하기 시작했다. 그 인간은 도대체 무슨 심정으로 연구원 직함을 받아들였을지. 캐노피 아래 앉아서 어떤 생각을 하고 있었을지.

"만약 싫다면요?"

"평범한 거주구로 돌아갈 수 없다는 건 너도 이해할 거야. 북정으로 보내질 확률이 높아. 거기에서 대학 과정을 마치고 일자리를 구하는 거지. 아니면 연금 생활자가 될 수도 있어. 사치스럽게 살수는 없어도 부족하진 않을 돈을 꼬박꼬박 받으면서, 조용히 지내는 거다."

"유배를 보내겠다 이거네요."

"연금 생활자가 된다 쳐도, 놀거리가 많으니까 괴롭진 않을 거야. 솔직히 말하자면 너한테는 북정이 더 어울릴 수 있겠다는 생각이 드는구나. 대기업 중역이 된다면 남부러울 것 없이 살 수 있고, 어린 시절 일로 꼬투리를 잡을 사람도 없어. 성과만 잘 내면 그만인 곳이니까."

나는 잡상인이 건넨 카탈로그를 확인하듯, 주어진 가능성들을 차례대로 나열해보았다. 흉악범이 되거나 죽음을 택함으로써 이 기괴한 요법이 실패했음을 증명하기. 정치적 도구 노릇을 자청하면서 인본주의자들에게 붙기. 남정의 보조 종합가가 되어서 아직 내가 되지 못한 인간들을 실험 쥐처럼 다루기. 북정에서 연금을 받으며 평생 노닥거리기. 혹은 대기업 중역 자리에 올라서 풍요를 만끽하기.

카탈로그에 실린 미래들은 대체로 낯설고 새로우며 훌륭했지만 내가 바란 것과는 달랐다. 소고기 샌드위치를 사러 갔다가 거대한 암소 한 마리를 받아 온 기분이었다. 애써 우유를 팔고 송아지를 기르다 보면 언젠가는 거대한 목장을 가질 수도 있겠지만, 그건 나중 일이다. 지금의 내게는 감당하기 어려운 기회에 불과했다.

"그런데 아예 못 돌아가는 거예요? 학교 선생님들한테 할 이야기도 있고, 제 방 물건들도……."

"여행객 신분이라면 한 번 방문할 때마다 두 달간 머무를 수 있어. 1년마다 두 달. 타당한 이유가 있다면 체류 기간을 연장할 수 있고. 다만 거주구 시민권을 누리지 못한다는 거야."

"지금 바로 정해야 하는 건 아니죠?"

"천천히 생각하면 돼. 어차피 기기를 교체하려면 겨울까지는 계속 여기에 있어야 하니까."

"미치겠네."

나는 고개를 설레설레 저었다. 그 동작이 마음속의 버튼을 눌렀는지, 스스로도 예상치 못했던 부탁이 튀어나왔다.

"원본을 만나고 싶어요. 대화를 해봐야겠어요. 진지하게요."

●

삼촌이 흠칫 놀랐을 때, 나는 원본을 만날 수 없음을 알아차렸다. 어려울 거라는 대답을 듣고서도 물러서지 않은 건 순전히 그 직감 때문이었다. 나는 주장을 끝까지 밀어붙였고, 그래서 지금은 연구병원 사무실에 앉아 원본의 사망 서류를 확인하고 있다. 사인은 자살. 가문비가 설명하기로는 원본이 만남을 원치 않는다고 했었는데, 그때의 대답에는 의외로 배려심이 깃들어 있었나 보다.

하지만 캐노피에서의 만남이 원본에게 얼마나 영향을 주었을까 궁금해진 것을 제외하면, 그 죽음 자체에는 감흥이 없었다. 사망

진단서를 흑백조의 예고편처럼 받아들이지도 않았다. 예상 그대로라서 통속적으로 느껴지기까지 하는 결말을 확인하니 나는 원본과 다르다는 믿음이 생겼던 것이다. 태어나지 않은 아이들의 평생을 외상값으로 달아놓고, 정작 자신은 부도 선언을 하다니 얼마나 나약하고 비겁한가. 거기에 비하면 나는 얼마나 성공적인가.

타인의 비극을 서류 따위로 갈음한 다음 자신의 복잡성만을 떠받드는 태도는 교만이거나 어리석음이겠지만, 삶에는 그런 무례가 반드시 필요했다. 특히나 내 삶에는. 나는 남자가 남긴 편지를 거의 비웃으면서 읽었다. 장례식장에서 가문비에게 전달되었다가 이 연구병원의 직원들을 거쳐 내게 도착한 편지였다. 남자는 책임을 최종적으로 피해 간 뒤에야 책임을 논함으로써 자신의 입장을 반증하고 있었다.

"이걸 저한테 전해달라고 했단 말이죠. 그 담당자가요."

"그래."

"장례식장에 가서 편지를 받고, 몇 년 내내 가지고 있다가, 그걸 복제본한테 넘겨준다. 무슨 생각인지 모르겠네요. 캐노피 아래에서 만났을 때부터 이상한 사람인 줄은 알았지만. 하여간 지금은 어떻게 됐나요? 직위 해제를 당했다는 이야기까지는 들었는데요."

나는 일부러 경박하게 떠들어댔다. 그러지 않으면 가문비를 불쌍히 여기고 연민하게 될 듯했는데, 그런 상황은 피하고 싶었다.

"대단한 소식은 없어. 직위 해제라고 해봐야 사실상 병가지. 다른 곳에 입원해 있는데, 그게 머리 때문인지 다리 때문인지는 모르겠구나.”

“둘 다 겠죠.”

대답하자마자 병원에 가야 할 사람이 한 명 더 떠올랐다. 입원할 필요까지는 없겠지만 상담은 받아보는 편이 좋을 터였다.

“청견은요?”

“직무 재배치 통보를 받았다고 들었단다. 피험자 이야기를 함부로 하고 다니는 직원은 위험하니까, 보안 수칙이 비교적 느슨한 곳으로 보내는 거야.”

“잠깐만, 그러면 청견한테 제 이야기도 했어요? 고자질쟁이로 기억에 남고 싶진 않거든요.”

“통보뿐이었는데, 네가 관련돼 있다는 것쯤은 눈치챘을 거다. 그래도 불만스러운 기색은 아니라던걸. 원래부터 적응을 잘했던 사람은 아니라서…….”

“본가로 돌아가지 않았다니 그건 다행이네요. 소식 닿으면 고마웠다고 전해줘요.”

태연한 척 굴었지만 이게 내 가출 소동의 결말이라고 생각하니 입맛이 썼다. 원본 하나는 오래전에 도망쳤으며, 다른 사본들은 처참한 꼬락서니가 되어 있고, 나를 도운 둘은 끓어오르는 지옥에서 뜨뜻미지근한 지옥으로 옮겨 갔을 뿐인데, 나는 본의 아니게도 그들의 아픔과 상처를 딛고 서 있었다. 그리고 산봉우리에 올라서서 안개 낀 하늘 너머를 넘겨다보듯 불확실한 앞날을 가늠하는 중이었다.

"삼촌은 이렇게 생각해본 적 있어요? 저 같은 사람은 태어나지 않는 편이 나았을 거라고요."

나는 짙은 안개를 향해 돌멩이를 던졌다. 화풀이였다.

"무슨 대답을 듣고 싶어서 하는 질문이니?"

"세상에는 분명히 존재 자체가 잘못이고 손해인 사람들이 있는 것 같거든요. 만들어졌든, 자연이 장난을 쳤든 말예요. 제가 결국 고쳐진 것과는 별개로요."

삼촌은 처음에는 내 시선을 피했다. 침묵이 길어졌다. 그러다가 갑자기, 삼촌이 나를 똑바로 바라보았다. 경직된 뺨에는 꾸며내지 못할 확신이 담겨 있었다. 훨씬 깊어진 목소리에도.

"얘야, 네 고민만큼 깊을 수는 없겠지만 나도 오래도록 고민했다. 내 결론은, 그런 말에는 아무 가치나 쓸모가 없다는 거야. 종류와 정도는 저마다 다르지만, 세상에 어울리지 않는 존재들은 언제나 생겨나게 되어 있어. 중세 시대였더라면 적당히 살다 갔을 사람이 북정에 태어나서 고통받기도 하고, 그 반대로 고대의 전쟁에 더없이 어울리는 사람이 거주구 시민으로 태어나 빛을 잃기도 하지. 후천적인 영향도 커. 이건 최적의 사회 형태를 발견하더라도 결국 벌어질 일이야. 모두의 유전자를 완벽하게 조작한 다음 그 이후의 삶마저 컨베이어 벨트에 올려놓지 않는 이상 누군가는 길을 잃는다는 거지. 그렇다면 이미 존재하는 사람한테 그렇게 말해봐야, 죽으라는 말밖에 더 되겠니? 그런 저주가 누구에게 도움이 되겠어? 그 시간에 차라리 다함께 살아갈 방법을 상상하고 더 많은 사람을 감쌀 수 있는 세상을 그려보는 게 낫지 않겠니?"

문명재건청 팸플릿 같은 대답이었다. 명료하고 건설적이며 그
럴듯했다. 심지어 진심까지 깃들어 있었다. 그래서 나는 삼촌이 아
닌 척 내보이는 행간에 주목할 수밖에 없었다. 그건 때늦은 자해였
지만 나름대로의 의미가 있었다. 나 자신이 스스로에게 응답하는
것이 아니라, 삼촌이 대답하리라는 점에서 그랬다.

"왜요, 말씀하신 것처럼 종류와 정도라는 게 있잖아요. 제 원본
은 죽어서 편안해진 모양이던데요. 처음부터 태어나지 않았더라면
더 좋았겠죠. 가문비한테도요."

"그러면 이렇게 묻자. 진심으로 그런 소리를 듣고 싶니? 차라리
태어나지 않았다면 좋을 뻔했다고, 내가 널 저주하길 바라니? 포기
하거나 체념하길 바라니? 내가 한 번이라도 그런 티를 냈으면 네가
나랑 이런 대화를 나눌 수 있었을까?"

"아뇨, 그건 아니죠. 삼촌은 한 번도 그런 적 없죠."

"내 생각은 이래. 명백한 진실을 보고도 모른 척하는 건 아집이
나 어리석음이지만, 가끔은 그 아집을 통해서만 극복되는 것이 있
다는 거야. 그리고 진실이 아무짝에도 도움이 되지 않는다면, 그런
것쯤은 얼마든지 외면할 수 있다는 거야."

나는 그제야 삼촌을 증오할 수 없었던 이유를 깨달았다. 삼촌에
게는 견고한 의지가 있었고, 미움을 유보하는 데에는 그 의지만으
로도 충분했다. 비록 눈앞의 중년이 나를 평생토록 속인 작자들과
한패일지라도. 그 사기극이 단순히 고통을 빚어내는 데에서 끝나

는 것이 아니라, 어딘가에 기여하고 있음을 믿을 수 있으므로.

어떤 형태의 세상이든, 변두리 바깥으로 내처지는 인간은 필연적으로 나타나게 되어 있다. 질서가 아무리 긴밀하더라도, 혹은 질서가 더없이 긴밀하기 때문에 그렇다. 그 사실은 세상 자체의 비극이며 그 사람에게도 비참이지만, 갖가지 고통과 단절이 순간적으로 직교하는 자리에는 간혹 얄궂은 구원이 섬광처럼 나타나는 듯하다. 섬광의 순간에 단절은 그 나름의 의의를 얻는다.

나는 섬광에 힘입은 불씨였다. 불씨를 간직하려는 사람도 운 좋게 곁에 있었다. 만약 남정 소속이 되어 보조 종합가 직함을 받아든다면, 내가 삼촌의 역할을 할 수도 있을 터였다. 망가진 상태로 태어난 아이들에게 거짓말 같은 믿음을 불어넣는 것이다. 그건 사실 원본이 맡아야 했지만 비겁하게 내버린 소명이었고, 나는 그걸 떠맡을 준비가 됐다. 이런 사실들은 논박의 여지가 있을지라도 그럭저럭 만족스러웠다.

하지만 마지막으로 심술 부릴 부분도 남아 있었다. 나는 물었다.

"그나저나 저번에 통화했을 때, 살 빼는 약 이야기를 했잖아요. 문명재건청에 그런 약은 없냐면서. 있는 걸 알면서 물어봤던 거죠?"

"그때까지는 연합신문사 기자 흉내를 내야 했으니까……."

"그거 가지고 뭐라 할 생각은 없어요. 연기를 실컷 하다가, 무의식중에 하던 생각이 나왔나 보죠. 그런데 약을 안 쓰는 이유가 뭐예요?"

"봐라, 나는 비만도 아니고 기껏해야 과체중 구간이야. 약이 필요한 수준은 아니지."

"처방이 나오긴 할 것 같은데요. 나이도 드셨고요. 솔직히 말해 봐요."

삼촌은 잠깐 머뭇거리더니 어려운 말을 읊었다.

"살 빼는 약이란 정확히 말하자면 GLP-1 기전 효능제야. 효능과 작동 기전을 공개적으로 밝히지 않을 뿐이지 거주구에서도 종합건강요법제나 항갈망제라는 이름으로 종종 처방되는데……."

"그렇게 말해도 전 못 알아들어요. 거주구에서는 안 가르치거든요."

"그걸 먹으면 식욕이 줄어들어. 술을 마시고 싶다는 생각도 함께 사라지지."

"그러면 완전히 좋은 거 아니에요? 삼촌 먹으라고 있는 약이네요."

"너도 내 나이가 되면 알겠지만, 취하지 않으면 정신을 차릴 수 없을 때가 있어. 그때를 위해서 술을 마시고 싶은 마음을 남겨놓는 거야."

"취해서 정신을 못 차리는 게 아니라요? 혹시 술 마셨어요?"

"아니야. 그냥……."

"술은 건강에 안 좋아요. 머리에도요. 삼촌이 지금 이렇게 대답하는 것만 봐도 알겠네요."

"끊긴 끊어야지."

"그러니까 약 처방받아서 먹어요. 아니면 운동을 시작하거나. 누구는 목에 기계를 꽂고 지내는데, 그걸 못 한다는 건 말이 안 돼요. 아무리 삼촌이라도 내 앞에서 자기를 파괴할 권리나 못날 권리 따위를 주장할 수는 없다고요. 잘할 수 있고 노력하지 못할 이유가 없으면, 최선을 다해 잘해야 돼요. 그게 연구원들이 나한테 강요한 일이잖아요."

나는 숨도 쉬지 않고 쏘아붙였다. 삼촌은 혀를 내두르더니 고개를 끄덕였다.

"알겠다, 알겠어. 네 말대로 하마. 내가 미안하다."

●

삼촌은 약속을 지켰고 나는 열여덟 살이 되기 이틀 전에 기기를 교체했다. 프로그램이 내게 더 이상 영향을 미치지 못한다는 것도 확인했다. 그러면서도 희미하게 들려오는 3호의 목소리를, 내면의 울림을 느꼈다. 나는 만족했다. 열일곱 살의 문제는 여기서 끝이었다.

물론 그 후의 삶이 완전히 순탄했던 것은 아니었다. 나는 잘 지내다가도 불쑥불쑥 화가 나서 말썽을 부렸고(법적으로 문제가 없을 수준에서만), "날 붙잡아서 그 기계를 쑤셔 넣어보시지"라며 허공을 향해 윽박지르기도 했다. 그러나 아무도 그래주지 않았기 때문에 화낼 기력조차 사라지고 말았다. 그래서 어느 순간부터인가 짜증보다는 궁금증이 강해지기 시작했다. 청견과 가문비는 어떻게 살고 있을까 하는 의문이었다.

나는 그 둘을 마음속으로 비웃다가, 괜히 불쌍해하다가, 별 이상한 사람이 있었다고 생각하다가, 끝내 고마움을 느꼈다. 내게는 삼촌의 믿음과 그들의 고통이 함께 필요했다. 타인을 이해할 수 있다는 믿음으로 상대를 돕는 사람이 있다면, 이해 불가능한 고통으로 인해 도움을 주는 사람도 있다는 깨달음. 그 깨달음을 온전히 받아들이는 속도는 내가 자라나는 궤적과 대강 일치했다. 나는 최종적으로 분노를 거뒀다. 미치지도 않았다. 정신은 더없이 명료하고 합리적이었다.

그러나 무언가 해롭고 절실한 것을 빼앗겼다는 느낌만큼은 지우기 어려웠다.

강제로 현명해지거나 선량해져서 마음 한 귀퉁이를 잃어버리는 것은, 그래서 이전의 자신으로 돌아갈 수 없게 되는 것은 도대체 어떤 종류의 손상일까. 치명적으로 실패할 수단을 강탈당하는 것은. 나는 결함을 되찾을 마음이 결코 없었지만 기묘한 상실감을 느꼈고, 거기에는 망향의 한도 서려 있었다.

시간이 더 흘러 문명재건청 내부 문건에 접근할 수 있게 된 후에, 나는 종종 거주구 목록을 펼쳐보면서 어디에도 기입될 수 없는 영토를 꿈꿨다. 그 영토의 목록은 다음과 같았다. 살인광과 방화광의 도시, 도둑과 강도와 사기꾼의 도시, 해적의 도시, 무능력자와 게으름뱅이의 도시, 무분별한 격정과 충동에 휘둘리는 사람들의 도시, 모든 것을 소모해서 쓰레기로 바꿔버리는 사람들의 도시, 자신을 파괴하는 욕망의 도시, 살아 움직이는 시체들의 도시. 그리고 무절제기의 환락과 내가 선택하지 않은 북정의 영광들.

삼촌은 누군가가 죽어야만 한다는 저주를 한사코 피했지만 내가 아는 도시의 거주민들은 처음부터 사망의 골짜기를 다녔고, 오늘날의 모든 도시는 과거의 죽음 위에 서 있었으며, 나 또한 죽음을 죽인 후 억지로 들어 올려진 듯했다. 그래서 최선의 미래에 존재하더라도, 유령 같은 그리움에 오래도록 목마를 듯했다─나는 성공에 만족했으며 그 성공의 조건은 자신을 온전히 받아들이는 것이었으므로, 향수를 부정하지 않기로 했다.

이게 내 최선이다.

청소년 문학에 익숙한 독자분이라면《목소리의 증명》을 읽으면
서 로버트 코마이어의《나는 치즈다》와《텐더니스》를(더 나아가《첫
죽음 이후》까지도) 연상하셨을지도 모릅니다. 특히《나는 치즈다》에
대해서는 선명한 오마주들이 있지요. 로버트 코마이어는 제가 가
장 존경하는 청소년 문학 작가고, 청소년이 주인공인 글을 쓸 때면
다시금 그의 책을 펼쳐보게 됩니다.

●

통제 사회를 배경으로, 개인의 자율성을 발견하고 자유의 소중
함을 깨닫는 이야기는 사실상 하나의 장르입니다. 개인주의·자유

주의적 가치판단에 기반한 디스토피아 창작물이라고도 부를 수 있을 겁니다. 《목소리의 증명》은 그런 갈래의 이야기들과는 한 발짝 떨어져 있습니다. 도리어 그 반대 방향에서 접근해 들어간다고 말할 수도 있겠지요.

작중의 세계는 다소 조작적이긴 하지만 우리가 지금 살아가는 세계보다는 좋은 곳입니다. 문명재건청은 거주구를 모형 정원처럼 돌보며 거주구 사람들에게는 언제나 상승의 기회가 열려 있지요. 비밀스러운 사회 실험에는 문제 소지가 있습니다만, 그런 것은 사실 우리 사회에서도 언제나 일어나는 것입니다(터스키기 매독 실험처럼, 혹은 제삼세계에서 '자발적인 참여자들을 대상으로, 합법적으로' 이루어지는 의약품 임상 연구들처럼). 또한 주인공의 고통은 원론적으로 보아 세상 어디를 가더라도 마찬가지일 문제입니다. 운이 좋으면 춘추전국시대의 중국에서는 오기(吳起)가, 로마 시대에는 셉티미우스 세베루스가 되었겠지만 대개는 범죄자가 될 공산이 크지요.

즉 《목소리의 증명》이 시도하는 대화는 이런 질문에서부터 출발합니다: 개인은 세계를 선택할 수도 없고 자기 자신의 기질을 선택할 수도 없는 상태로 태어납니다. 그렇다면 개인은 자기 자신을 어떻게 받아들여야 하며 세계와는 어떻게 관계 맺어야 할까요? 이때 자유란 무엇일까요?

이에 대한 응답은 본문을 통해 형상화되고 있습니다만, 보다 이론적인 해설을 위해서는 하이데거를 인용하는 편이 좋겠습니다. 하이데거는 인간이 세계에 던져진다고 봅니다. 인간이 접하는 환경과 조건 들은 타인에 의해 미리 규정되며, 선택과 가능성의 반경마저도 타인과의 관계망에 속박된 까닭입니다. 다만 인간은 그러한 속박 속에서도 무수한 가능성 중 하나를 향해 스스로를 던져나갈 역량을 지니고, 기꺼이 그렇게 합니다. 이러한 던져짐과 던져나감* 사이의 긴장이야말로 자유가 실현되는 무대이자 각 개인이 스스로를, 세계를 만들어나가는 방식입니다.

한국어로만 가능한 말장난이긴 하지만, 구속(拘束)과 구속(Redemption)이 동일하게 발음된다는 사실은 종종 의미심장해집니다. 자유는 어떤 의미로든 구속이고, 인간은 그 사실을 받아들임으로써 존재케 되니까요. 한편 《목소리의 증명》은 "인간은 무엇이 어떻게 될 수 있는가"에서 한 발짝 더 나아가 "사회는 각 구성원에게 어떤 덕목을 어느 정도로 요구해야 하는가"를 물음으로써 정치철학의 영역으로까지 논지를 확장시킵니다. 다만 이는 어렴풋한 질문의 차원에만 머무르는 만큼, 여기에 이론적인 해설을 덧붙이는 작업은 월권이겠지요.

소설을 이루는 기계장치에 대한 설명은 이쯤에서 매듭짓도록 하겠습니다.

---

* 하이데거는 피투(Geworfenheit)와 기투(Entwurf)라는 용어를 쓰며, 타인과의 관계망에 의해 미리 규정되는 환경과 조건 들이란 공동세계(Mitwelt) 및 세계-내-존재(In-der-Welt-sein) 개념을 대강 설명한 것입니다. 한편 이러한 관점은 현상학 전반에서 공유되는 것이기도 합니다.

《목소리의 증명》은 SF 소설로 출간되긴 했지만 원래는 청소년 소설로 쓰였습니다. 그런데 청소년 소설이란 무엇일까요?

한국 출판 시장에서의 청소년 소설은 내용이나 서사 전략에 따른 구분이라기보다는 유통 형식에 따른 구분이라고들 합니다. 주인공이 청소년이라면 일단 청소년 소설 라벨을 붙여 팔기 마련이라는 것입니다. 그런데 묘한 점이 있습니다. '주인공이 청소년이라면'이라는 형식적인 제약 조건이 그 자체로 내용과 서사 전략을 규정하게 된다는 겁니다. 청소년기란 유아적 자아로부터 벗어나 타인을 이해하고 세계와 관계 맺기 시작하는 시기로서, 작가는 청소년 인물을 다룸에 있어 그 사실을 강하게 의식하는 까닭입니다. 또한 해당 과업은 청소년기 내에서 종결되는 것이 아니라 우리 평생에 걸쳐 계속되므로, 청소년 소설은 성인 전반에 대한 확장성을 지니곤 하지요.

이 글은 "자유는 중요한 것이다", "착한 마음씨가 중요하다", 그리고 "모든 사람은 있는 그대로 소중하다"는 지당한 테제들이 어떤 기반 위에 서 있는지를 파악하면서 각 개인의 자리를 찾아보려는 시도고, 그 점에서 여전히 청소년 소설입니다. 동시에 모든 사람을 위한 성장소설입니다.

자기 자신을 소중히 여기라는 말들과 별개로, 어떤 특성들은 정말로 나빠 보입니다. 다양한 측면이 뒤섞여 있을 경우 변명처럼 좋은 측면을 들먹여야만 겨우 받아들여질 수 있고요. 가령 '행복은 성적순이 아니다'라고 말하는 이야기들은 곧잘 '성적은 뒤쳐져 있을지라도 성격적으로는 강점이 있는' 주인공을 내세웁니다. 좋은 것은 좋은 것이고, 나쁜 것은 나쁜 것이라는 도식 자체에는 변함이 없는 상태로 분야별 반영 비율만이 재계산되는 셈입니다.

그러나 좋음으로 나쁨을 덮는 작업은 일종의 면피고, 마음속 깊은 곳에 어스레한 약점을 남겨두는 일입니다. 인간은 나쁨 자체를 똑바로 바라보고 인정하는 동시에 또 다른 가능성을 상상하는 방법을 익힘으로써, 이미 주어진 것만이 아니라 자기 의지와 결심에도 무게를 부여함으로써 변화하게 되지요. 이는 우리가 타인을 받아들이고 세계를 만들어나가는 핵심적인 방법이기도 합니다. 우리는 서로에게 타인이므로, 우리들 각자가 타인의 의지와 결심을 믿지 않는다면 모든 것은 주어진 그대로만 존재케 될 것이기 때문입니다.

그런 만큼 저는 마음 편히 말하지 못할 일들로 괴로워하는 청소년, 자신이 여러 갈래로 나뉜 채 살아간다고 느끼는 청소년들은 물론이고 성인에게도 이런 탐색이 필요하다고 믿습니다.

감사합니다.

2024년 여름
단요

목소리의 증명

초판 1쇄 인쇄 2024년 10월 11일
초판 1쇄 발행 2024년 10월 30일

지은이 단요
펴낸이 최순영

출판2 본부장 박태근
스토리 팀장 김소연
편집 곽선희
디자인 김준영

펴낸곳 ㈜위즈덤하우스　**출판등록** 2000년 5월 23일 제13-1071호
주소 서울특별시 마포구 양화로 19 합정오피스빌딩 17층
전화 02) 2179-5600　**홈페이지** www.wisdomhouse.co.kr

ⓒ 단요, 2024

ISBN 979-11-7171-144-4 03810